U0896750

名家散文典藏

彩插版

李国文散文精选

李国文 著

长江出版传媒 | 长江文艺出版社

图书在版编目（C I P）数据

李国文散文精选 / 李国文著. -- 武汉 : 长江文艺出版社，2017.12
（名家散文典藏：彩插版）
ISBN 978-7-5354-9981-3

Ⅰ. ①李… Ⅱ. ①李… Ⅲ. ①散文集－中国－当代
Ⅳ. ①I267

中国版本图书馆 CIP 数据核字(2017)第 247395 号

责任编辑：张远林　黄文娟　　　　责任校对：陈　琪
封面设计：龙　梅　　　　　　　　责任印制：邱　莉　王光兴

长江出版传媒 | 长江文艺出版社
出版：
地址：武汉市雄楚大街 268 号　　邮编：430070
发行：长江文艺出版社
电话：027—87679360
http://www.cjlap.com
印刷：中印南方印刷有限公司

开本：640 毫米×970 毫米　1/16　印张：15　插页：10 页
版次：2017 年 12 月第 1 版　　2017 年 12 月第 1 次印刷
字数：181 千字

定价：30.00 元

目录

名家散文典藏

李国文

散文精选

上辑　文人·生死行藏

◆ 下辑　历史·点面深浅 ◆

上辑 文人·生死行藏

孔夫子人在窘途

公元前489年，孔子在陈州绝粮。

与他一起被围而饿肚子的，还有他的学生颜渊、闵子骞、冉伯牛、仲弓、宰予、子贡、冉有、季路、子游、子夏，共十人，也称“孔门十杰”。

在《论语》中，关于这件事，有33个字的简略记载：“在陈绝粮，从者病，莫能兴。子路愠见曰：‘君子亦有穷乎？’子曰：‘君子固穷，小人穷斯滥矣。’”孔子的意思是：君子陷于困境之中，穷而弥坚，不失志节；而小人到了穷途末路之时，就无所顾忌，什么事情都会做得出来。在陈州的明代古碑《厄台碑》上，将孔子陈州绝粮与“天地厄于晦月，日月厄于薄蚀，帝舜厄于历山，大禹厄于洪水，成汤厄于夏台，文王厄于羑里”相提并论。由此可证，百炼成钢，不焠火无以锋利坚硬；剖璞为玉，不雕琢很难晶莹剔透。古往今来的先贤绝圣、达者通儒、巨匠国手、仁人志士，无不要经历艰苦卓绝的磨炼，无不要受到生死存亡的考验，才能达到凤凰涅槃、浴火重生的蜕变。发生在孔子和他门徒身上的这次磨难，也就是所谓的“厄”，对他们思想境界的提高、精神品质的升华、人生视野的开阔、学问阅历的增长，不但起到了飞跃的推动作用，而且对其一生都有着很大的影响。

孔夫子的一生，不算走运，落魄的时候甚至被人嘲笑为“丧家之犬”。不过，他的志向，他的追求，堪称伟大。其目标是要在广泛和普遍的范围内，贯彻其“治国、平天下”的儒家思想。一般来讲，伟大之所以伟大，就是因为其难以实现。如果一蹴而就，顷刻间神鬼附体，顿成不朽；如果阿猫阿狗，忽然间人五人六，领袖群伦，如同时下那些一脱而红的过气明星、一炒而火的钻营作家、一抄而名的无聊学者，像二踢脚那样制造轰动效应以后，随即销声匿迹，也就谈不上什么伟大了。有生之年的孔子，一直为这个理想世界奔走，然而，其一，其命不济；其二，其时不应；其三，小人太多；其四，到处碰壁。古往今来，所有应该伟大而没有伟大的人，都因为这四大不顺而埋没一生。孔夫子更惨，差一点饿死在陈州。

由于汉武帝刘彻用董仲舒之议，“罢黜百家，独尊儒术”，孔子死后五百年，坟头冒烟，开始抖起来，被封为“至圣先师”、尊之“百代素王”，历代帝王都跑到山东曲阜的孔庙里给他磕头。中国文人从来是磕头的命，给当官的磕，给有钱的磕，更给拿刀拿枪的磕，甚至给拿板子的衙役磕，因为那板子专打文人的屁股，但是所有这些当官的、有钱的、拿刀拿枪拿板子的，都得朝孔夫子磕，也实在是给中国文人出了口气。

孔子生前很“伟小”，没想到死后却伟大起来，一直到辛亥革命、“五四”运动，打倒孔家店，他才不怎么吃香；后来到“文化大革命”，批林批孔，批宋江架空晁盖，他更是灰头土脸。幸好，他老人家的行情似乎逐渐看涨，许多自己没有读好文言文的名流，去鼓励孩子穿上长袍马褂读经。许多自己不成器却望子成龙的家长，也要孩子磕头拜师读私塾。许多深爱中国传统的“孔孟之徒”，更希望孔子的思想发扬光大……看来，孔子的价值，还大有潜力可挖。记得耄耋老人季羡林还未仙逝前，在病房里提出来把孔子像抬到奥运会上去，绕场一周，以弘扬儒家文化云云，可见两千六百多岁的圣人，有着与时俱进的永久生命力。孟子说过，孔子乃“圣之时者也”，这话是有一定道理的。“圣之时者也”这句话，20世纪30年代被鲁迅翻成“摩登圣人”，不过，他也认为：“孔夫子做定了‘摩登圣人’是死了以后的事，活着的时候却是颇吃苦头的。”

“颇吃苦头的”孔丘，生于公元前551年，逝于公元前479年，鲁

昌平乡陬邑（今山东曲阜东南）人。父早死，寡母持家，艰辛度日。做过乘田（看管牛羊）和委吏（主管会计），相当于区乡干部，待遇一般，勉强糊口。直到公元前500年（鲁定公十年）才出现转机，为中都宰（熬到区长一级），所以很卖力气，擢任小司寇。随后就发达了，也许是大器晚成吧，竟然做到鲁国的大司寇，相当于司法部长的高官，这年他五十二岁。第二年，公元前499年（鲁定公十一年），“由大司寇行摄相事”。相，乃主宰一国之总理，圣人的仕途达到最高峰。没想到“面有喜色”的他，还未来得及得意，官运竟到此戛然止步。不过也好，他多少尝到一点成功的味道，能够在发号施令的位置上，得以实践他的理想抱负。这一点很重要，从此信心十足，只要给他以权力，他就能做到他想做的一切。

《史记·孔子世家第十七》称他在这短暂的辉煌中，也曾大刀阔斧地干成几件事，很是了得，很是神气。“诛鲁大夫乱政者少正卯，与闻国政三月，粥羔豚者弗饰贾，男女行者别于涂，涂不拾遗，四方之客至乎邑者不求有司，皆予之以归”，一百天左右的新政，可以说是他一生中最牛的日子。公元前497年（鲁定公十三年），鲁国的利益阶层跟他闹翻，他想给特权人物以颜色，没想到对手早就要收拾他。加之齐国挑拨离间其中，美女也来了，骏马也来了。子路一看来势凶猛的糖衣炮弹，便替圣人担忧，劝说他：“夫子可以行矣！”不要再恋栈了。孔子说且慢，“鲁今且郊，如致膰乎大夫，则吾犹可以止”。知识分子处事，总是机会主义：未必吧，不至于吧，哪能呢？把事情往好处想，结果，当年郊祭，国君居然连祭祀的腊肉，也没能照例送给孔子一份，这实在太不给面子了。

此事放在今天，算什么，不给就不给，可夫子一气之下，率其弟子出走。

这就是中国文人好不容易挤进权力盛宴中，却又轻易地被挤出饭桌的悲剧了。说白了，文人在当道者眼里，不过摆设罢了，用得着摆，用不着就不摆。所以挤上台面的文人，第一，挣口气，坐上主位，让在座者仰着脸马屁你；第二，如果坐不上主位，至少也要靠主位近到可以附耳而言，让在座者不敢小觑你。否则，那就够你一受。即使你有请柬，你有VIP卡，同席者与你握手，避不住桌子底下拿脚踹你。孔夫子学问虽大，脸皮却薄，既然不给俺这份脩肉，对不起，那就拜拜再见。虽然郊祭上供的猪头肉脏兮兮的，给也未必吃，不给却不行，攸关脸面，这就逼得他非走不可。于是，匆忙上路。

在中国，不要脸的人活得比要脸的人好。

要面子的圣人只有离开鲁国，好在有一大帮门生跟随着他，虽然有的中途退出，有的半路参加，但始终坚持下来的铁杆，有十数人，抱着传道的决心，拥有必胜的信念，迈着整齐的步伐，鼓起无比的勇气，开始周游列国。

孔子希望能找到接受其政治主张和儒家思想的国度，好继续实现其“以仁为本”的治国理念。由于走得仓促，也没有进行必要的调查研究，人家欢迎你这不速之客吗？此乃一；人家不担心你们这个工作队来者不善吗？此乃二；人家过去跟你有交情现在跟你有联系吗？你是老几？你算老几？你觉得自己是块料，人家未必当你是块料，此乃三。撞了好多的锁，尝了好多的闭门羹，好不容易敲开的门，你还没转身，人家马上就关上了。再接着走下去，热情开始下降，劲头儿逐渐衰减。这支队伍的行进速度，日见缓慢。

最主要的原因，春秋末期的大形势是礼崩乐坏，各自为政，互相倾轧，纲纪不存。诸侯崇信“丛林法则”（The Law of the Jungle），不是弱肉强食，就是强衰弱食，怎么想办法食人而不被人食、自己的国不灭而能灭别人的国，是生存的第一要务。孔圣人提倡“克己复礼”，跟人家南辕北辙，背道而驰。温良恭俭让那一套，嘴上标榜倒也无妨，真正实行，坐等倒霉。所以，从公元前497年（鲁定公十三年）到公元前484年（鲁哀公十一年），这十四年间，孔子和他的门生，一直马不停蹄地东奔西走，做广告，递名片，讲道理，做工作，套近乎，拉关系，走后门，装可怜，硬是无人搭理，更谈不到赏识。最初出发前的动员会上，何其信心满满，以为一出鲁国国门，鲜花铺路，红毯迎宾，马上就会有人延之为客卿，待之若上宾，提供政治试验田，由着你施展雄才大略。此刻来看，只是一个破灭的梦罢了。

那时的道路很糟糕，在秦始皇以前，各诸侯国的统治者修长城积

极，修路不积极，对行路人来说，那可真是辛苦劳累。鲁迅就考证出来，圣人所以“食不厌精，脍不厌细”。就是因为这十四年的行路难，颠簸出来胃下垂的病，才不得不如此讲究，而并非老人家摆什么穷谱。据《史记》载他至少周游了大半个中国，这其中包括卫、陈、匡、蒲、曹、宋、郑、蔡、叶、楚等诸侯国，行程数千里，木屐磨穿不知多少双，牛车坐坏不知多少辆。这是圣人之所以成为圣人，其让后人肃然起敬的地方。这种政治“走穴”，可不是当下那些没落明星和野路子模特的走穴，只要脱得多，露得多，便无往而不利。孔子周游列国，自带干粮不说，还得背上铺盖卷。一路上，东碰钉子，西招不是，不是惹非议，就是受辱骂。尽管如此，九死不悔，百折不回，非要找到得以兜售其治国理念、推销其“仁政”思想的下脚之地，师生们就不信，天下这么大，没有识货的买主。但行路之人，有目的地，走一步，少一步，脚底有劲儿；这支队伍，无目的地，总是走不到终点，精神全无。但师生们不停地走，有一点可以肯定，他们绝不回头。夫子这份执着，让人敬重；而他的主要弟子，鞍前马后，追随左右，不离不弃，不开小差。他老人家的这份魅力，就尤其令人钦佩了。

不过，我一直妄自判断，孔夫子离开他的出生地鲁国，是最大的错。他在鲁国再不济，却也经营多年，有人脉基础，有故土情谊，有家族信誉，有乡亲支持，这等资源何其可贵？一个人要是丢了根本，以为他的名望、学问、人品、政绩，走到哪儿都应该是香饽饽，就舍本逐末，大谬而特谬矣！所谓“品牌效应”，系对熟知的消费群体而言；所谓“名人效应”，系对特定的环境空间而言。距离根本越远，知名度越低；而知名度打不出去，推销难度必然大大增加；再加上贸贸然愤而出走，事先准备不足，包装宣传不足，舆论造势不足，财政支持不足，匆促上路，打一枪换个地方，你要人家接受你的“仁政”思想，你要人家按照你的办法治国平天下。难呀！第一，三言两语，说不清楚；第二，远水近火，救不得急；第三，陈、蔡、卫、叶，基本上是处于大国夹缝中的瘪三国家，仰人鼻息都来不及，哪敢接纳这样的庞然大物呀！

好了，公元前489年（鲁哀公六年），“吴伐陈。楚救陈，军于城父。闻孔子在陈、蔡之间，楚使人聘孔子”。楚是“春秋五霸”之一，大国礼请，夫子觉得很有面子，弟子们也都扬眉吐气，他们再次踏上征程。告别的时候，主客双方假惺惺惜别的场面，是少不了的。我估计，离去的一方，未免春风得意，露于形色；送行的一方，自然是陈、蔡两国的上层，脸上五官挪位，心底五味杂陈，大不得劲儿。孔夫子一生犯小人，而陈、蔡这些小诸侯国的小官僚，一个个小屁虫子，比小人还小人。他们很担心这支团队，抵达楚国以后，得到重用。夫子手下，文有颜渊，武有子路，理财有子贡，外交有宰予，这样一个领导班子，掌握实权，绝对不会对陈、蔡持友好态度。他们说：“孔子圣贤，其所刺讥皆中诸侯之病，若用于楚，则陈、蔡危矣！”因此，一致决议，不能放虎归山，不能纵龙下海，他们要在楚国得意，我们就得饱受凌辱。这帮虫子商量好久，杀和关，都不是最好的办法，只有发动群众，围住他们，困死他们，饿死他们。将来楚国要人的话，唯老百姓是问好了。

这主意太阴了，陈、蔡两国的卿大夫够卑鄙的，躲在幕后当黑手，挑起这场“绝粮事件”。凡浪荡于江湖，混迹于官场，厮守于市井，裹乱于文坛的中国人，正经本领通常不大，挑拨离间无不一等。在他们的教唆煽动下，那些起哄架秧、啸聚好事之辈，那些趁火打劫、泼皮亡命之徒，那些寻衅找碴、无恶不作之流，那些唯恐不乱、心性歹毒之人，也就是孔子所说的“群氓”“小人儒”，毛泽东所说的“痞子先锋”“流氓无产者”，蜂拥而至，吆五喝六，层层包围，水泄不通；挡住去路，堵住来路，前进不得，后退不成。

中国的老百姓虽然善良，但一旦被蛊惑到跳大神的错乱程度，那也就未必善良了。孔夫子碰上这样的批斗场面，也真是活该倒霉。若围夫子一个人，三五壮汉足矣，而要围夫子及其弟子，没有三五十人，百八十人，恐怕不易奏效。因此，面对其势汹汹的数百愚民，他老人家相当镇静，还能够抚琴弄弦，歌之咏之，这也就是“厄于陈、蔡，弦歌不绝”的由来。

陈州，即今之周口市淮阳县，县城里至今犹有一座四合院式的古建筑，为该地观光名胜，即夫子临危不惧、临难不苟、体现出万世师

表风范的弦歌台。

我是不大相信精神至上主义的，吃饱了可以精神变物质，肚子里没有食，饿得咕咕叫，绝对是一个唯物主义者。所以对夫子又拉又唱，或又弹又唱的弦歌行为，持怀疑态度。第一，绝粮一周，夫子有没有力气弦歌？第二，面对暴徒，夫子有没有勇气弦歌？第三，弟子反感，夫子有没有心气弦歌？都是值得打个问号的。而绝粮事件的最早版本《论语》，那 33 个字中，未见“厄于陈、蔡，弦歌不绝”的字样，这本由孔门弟子编纂的典籍，其权威性无可置疑。“弦歌”说，显然，是后来人的演义了。

孔子陈州绝粮，除《论语》外，还在其他古籍中出现过，如《庄子》中的《让王》《山木》，如《孔子家语》中的《困誓》《困厄》，如《荀子》中的《宥坐》，如《墨子》中的《非儒下》，如《史记》中的《孔子世家》，如《孔丛子》中的《诘墨》，如《吕氏春秋》中的《任数》等等。

庄周（公元前 369—前 295）的《让王》就是从孔子的弦歌说起：

> 孔子穷于陈、蔡之间，七日不火食（不加热而食），藜（野菜）羹不糁（连小米粒也没有），颜色甚惫，而弦歌于室。颜回（掌厨）择菜，子路、子贡相与言曰：“夫子再逐于鲁，削迹于卫（在卫国受到铲除足迹的侮辱），伐树于宋（在宋国连他休息遮阴的大树也被砍掉），穷于商周，（一系列的倒霉碰壁之后）围于陈、蔡，杀夫子者无罪，藉夫子者无禁。（这算是一个什么世界啊？可我们夫子却若无其事地）弦歌鼓琴，未尝绝音，君子之无耻（这两个字可真是说重了，说狠了）也若此乎？”颜回无以应，入告孔子。孔子推琴，喟然而叹曰：“由与赐，细（见识短浅）人也。召而来，吾语之。”子路、子贡入。子路曰：“如此者，可谓穷矣（混到如此穷途末路的地步，先生怎么还有心思弦歌）！”孔子曰：“是何言也！君子通于道之谓‘通’，穷于道之谓‘穷’（一个人大方向明确就是通，大方向不明确才是穷）。今丘抱仁义之道以遭乱世之患，其何穷之为？故内省（头脑保持清醒）而不

穷于道，临难而不失其德（操守坚定不移）。天寒既至，霜雪既降，吾是以知松柏之茂也。陈、蔡之隘（即厄难），（这种磨炼）于丘其幸乎。”孔子削然（悄然）反琴而弦歌，（终于明白事理的）子路扢然（用力地）执干（盾牌）而舞。（终于觉悟的）子贡曰：“吾不知天之高也，地之下也。”（庄周总结说）古之得道者，穷亦乐，通亦乐，所乐非穷通也，道德于此，则穷通为寒暑风雨之序矣。（庄周是持出世观点的，在他看来，穷和通乃是一种有规律的变化。不赞成持积极入世观点的孔子，把穷、通看得太重。他认为，能够适应这种穷通之变化）故许由（古隐士，虽穷而安）娱于颍阳，而共伯（即共伯和，曾一度被推为西周执政）得志乎丘首。

荀况（公元前313—前238）的《宥坐》，则继续他们师生间的这个“穷”和“通”、“达”和“不遇”的话题：

孔子南适楚，厄于陈、蔡之间，七日不火食，藜羹不糂（同“糁”），弟子皆有饥色。子路进问之曰：“由（子路自称）闻之，为善者天报之以福，为不善者天报之以祸，今夫子累德、积义、怀美，行之日久矣，奚（为什么）居（处）之隐（困顿状态）也？”孔子曰：“由不识，吾语女（汝）。女以知者为必用邪？王子比干不见剖心乎！女以忠者为必用邪？关龙逢（夏之大臣，因正直而为桀所杀）不见刑乎！女以谏者为必用邪？伍子胥不磔于姑苏东门外乎！夫遇不遇（得不得到重用）者，时（时机）也；贤不肖（能力的大和小）者，材（才能）也；君子博学深谋，不遇时者多矣！由是观之，不遇世者众矣，何独丘也哉？且夫，芷兰生于深林，非以无人而不芳。君子之学，非为通也，为穷而不困，忧而意不衰也，知祸福终始而心不惑也。夫贤不肖者，材也；为不为（做不做）者，人也；遇不遇者，时也；死生者，命也。今有其人，不遇其时，虽贤，其能行乎？苟遇其时，何难之有？故君子博学、深谋、修身、端行，以俟其时。”孔子曰：“由！居（坐下来）！吾语

> 女。昔晋公子重耳霸心生于曹，越王勾践霸心生于会稽，齐桓公小白霸心生于莒，故居（所处的环境）不隐（穷困没落）者思不远，身不佚（通‘逸’，奔走逃亡状态下）者志不广；女庸安（怎么）知吾不得之桑落（残秋败落，喻窘迫不堪）之下！”

《孔子家语》中的《困誓》，则把这支遭遇绝粮的队伍，在夫子的循循善诱下，全部成员都在思想上得到提升的过程写了出来：

> 孔子遭厄于陈、蔡之间，绝粮七日，弟子绥（通“馁”，即饥饿）病，孔子弦歌。子路入见曰：“夫子之歌，礼乎？”孔子弗应。曲终而曰：“由（子路）来！吾语汝。君子好乐，为无骄（防止骄傲）也；小人好乐，为无慑（消除惧怕）也。其谁之子不我知而从我者乎（你是谁家的孩子，不了解我，却跟从着我呀）？”子路悦，援（持）戚（兵器，斧之一种，亦作舞具）而舞，三终而出。明日，免于厄，子贡执辔，曰：“二三子从夫子而遭此难也，其弗忘矣！”孔子曰：“善恶何也，夫陈、蔡之间，丘之孛也。二三子从丘者，皆幸也。吾闻之，君不困不成王，烈士不困行不彰，庸知其非激愤厉志之始于是乎在。”

磨难不可怕，可怕的是在磨难面前跌倒趴下。而经过陈、蔡绝粮的考验，肚子饿了，精神不垮；身体弱了，气势不竭；生命危殆，雄心犹在；刀枪威慑，凛然不屈，由此所激发出来的非凡能量，才是圣人和他门徒们此行的最大收获。

人称“西方孔子”的苏格拉底，有句名言：“逆境是磨炼人的最高学府。”自古以来，中国人所受到的磨难，可谓多矣，虽然磨难不是一件愉快的事情，但是不经磨难，哪能造就中国的辉煌，这也是历史证明了的真理。太快活了，太惬意了，太舒适了，太幸福了，就必然“好吃不过饺子，坐着不如躺着”地懒下来，就必然不想去奋斗、去争取、去发愤、去努力了。正如《国语·鲁语下》中所说：“沃土之民不材，淫也；瘠土之民向义，劳也。”

屈原的非正常死亡

中国非正常死亡的文人，第一位就是屈原。

可有史以来，文人能够享受到将其忌辰列为全国性节日，全民为之年年纪念者，也仅仅只有屈原。

中国老百姓对于文人的敬重，以此为最，这也说明中国文化传统精神之根深蒂固、之源远流长。也许某一个朝代、某一段岁月，灭绝文化的沙尘暴，会刮得乌天黑日、万马俱喑，然而，值得为之额手称庆的是中国文化生命力之顽强，世所罕见，史所罕见。即使书焚尽、儒坑绝，当云消雾散，霁天空阔，春风润泽，万物复甦，依旧是朗朗乾坤，文化中华。到了端阳这天，艾叶高悬，雄黄遍洒，龙舟竞渡，米粽飘香。

这就是中国文人的厉害了——死了，还活着，而且活得会比所有皇帝加在一起的年纪更长久。皇帝，总是要去的；但是屈原，中国人都记得住。

“屈原，名平，楚之同姓也。”这是司马迁《史记·屈原列传》的第一句。所谓“楚之同姓”，因为他和楚王一样，原先都姓芈。这个稀见字读（mǐ），字典上的解释为“羊的叫声”和“姓氏”。芈姓，熊氏，后来改为昭、屈、景三姓，为楚国三大族。管理这三姓事务的官，就是三闾大夫。屈原被免掉左徒以后，一直到死，都担任着这个类似清朝宗人府的长官。第一，绝对的闲差；第二，绝对的清水衙门，这

使出身贵族门第、担任过政府要职、操作过国家大事的屈原，有点郁闷。

文人分两种，一种得意，一种不得意。得意者，怕郁闷；不得意者，无所谓郁闷。屈原相当得意过，所以感到相当郁闷。

其实，左徒不过是谏议国政的高官而已，所在为政府的一个职能部门。但屈原的实际权力还要更大一点，国事、外交一身挑，做到类似美国国务卿那样重要的职务，起到左右楚怀王的作用。所以，为左徒时的屈原，很牛、很抖。那时，楚国的都城在郢（今湖北江陵），城不大，人不多，前呼后拥的屈原，出现在街头，这个既风流又潇洒，领导时代潮流的明星人物，很引人注目。何况他是一个如兰似芷、洁身自好的男子汉呢！连楚怀王都十分欣赏他的风度和气派。

后来，诗人碰上了小人，最大的小人就是这个楚怀王，不幸也就随之而来，左徒被免，去做三闾大夫，失落是当然的。任何人，再有涵养，再有胸怀，都受不了这突如其来的遭遇，这是云泥之分的差别。屈原是诗人，诗人的感情本来要比常人丰富，而诗写得好的诗人——不是那种写顺口溜、写大白话、写标语口号式诗歌的诗人——那澎湃的、洋溢的、泛滥的、汹涌的感情，更是不可抑制，唯其难以忍受这种碧落黄泉式的跌宕，为此感到受不了，为此而写出不朽之作《离骚》，是可想而知的事，也是可以理解的事。

司马迁说："屈平之作《离骚》，盖自怨生也。"太史公本人也经历过由沸点到冰点的人生体验，有过极深刻的体会，一锤定音，正好说到了点子上。

屈平（公元前339—前278），字原。虽然，他在《离骚》中称自己"名余曰正则兮，字余曰灵均"，但是，数千年来，公众习惯称其为屈原。他是楚国丹阳（今湖北秭归）人，最早的祖先为有熊氏，从北方迁徙到楚地。《史记》称他"为楚怀王左徒，博闻强志，明于治乱，娴于辞令。入则与王图议国事，以出号令；出则接遇宾客，应对诸侯。王甚任之"。

"王甚任之"的"任"，说明中国文人，像屈原这样在朝当官的，并非他一人。应该看到，三千多年的封建社会里，能够称得上文人者，百分之九十，都是在朝的。我们都很熟悉的“唐宋八大家”，无一不具官员身份。他们所任的官职，可能有大，大如王安石为副宰相；可能有小，小如苏洵为县里的主事，无论如何，有个官家的差使干干，得到一份吃穿不愁的俸禄，对于文人来说，还是挺有诱惑力的。正因如此，悲剧也就来了，这就注定中国文人无法养成独立生存的能力，同时，也注定了中国文人必须依附国家机器，必须仰仗统治阶级，必须听命于上级、上司、上峰、上面的意志、命令、训示、指导，必须按照共同遵守的游戏规则，在一定的空间中、一定的时间内，做可以做的事情，而不做不可以做的事情。

这自然很不爽，可你别忘了老百姓有句谚语：“端谁的碗，服谁管；吃谁的饭，为谁干。”在这个世界上，只有伙计听老板的，没有老板听伙计的。

对统治者而言，你是文人，不错，但你更是陛下的臣仆。作为文人，也许你是自由的；作为臣仆，你就没有资格跟陛下谈自由了。中国皇帝不停收拾文人的原因，就在于文人得到文人的自由时，常常忘却他作为臣仆的不自由。从这个意义上考较，绝对在野，自食其力，不领国家工资，不吃公家口粮的文人，应该拥有相对多得多的自由，然而，这样在野的文人，过去少之又少。即使在今天，还是少之又少。因为，文人要靠稿费生活，否则别说老婆养不起，连填饱自己的肚皮，都难。因此，历朝历代，在野的削尖脑袋想成为在朝的，在朝的时刻担心犯错成为在野的；在野的为了挤进利益集团必须干掉在朝的，在朝的为巩固自己的位置必须防范在野的，这都是不言自明的潜规则。况且，谁在野，谁在朝，都非终身制，而是在不停演变之中。今天在野，招安了、委任了、体制内了、黄马褂穿上了，明天就算是在朝之辈。同样，今天在朝，流放了、开革了、体制外了、扫地出门遣返回乡了，明天成为在野人士，这都是常见的事。

因此，中国文人无论在朝的、在野的，都明白屈原得到“王甚任之”这四个字的斤两。何谓“任”？第一，责任之任也；第二，任务之任也；第三，信任之任也；最后，也是最能体现这四个字的含金量者，落到实处的任命之任也。一个文人从陛下那儿得到这个“任”

字，还愁没有权力可用，没有轿车可坐，没有银子可拿，没有待遇可享吗？反之，若多一个“不”字，“王不甚任之”，就意味着老坐冷板凳，不得烟儿抽，看上面白眼，受他人排挤。再反之，如果，“王不待见”，甚至憎你、恨你，那你就等着吧，好则扫地出门、充军发配，坏则开刀问斩、脑袋搬家。

诗人屈原，正好亲身经历过从“王甚任之”，到“王不甚任之”，到“王不待见”的三阶段，最后只有一条路可走，那就是投汨罗江了。

楚怀王芈槐，也叫熊槐，是个昏君。中国出过二百多个皇帝，其中一大半属于昏君，熊槐则是其中最自以为是、最乱作主张、最不知深浅、最自取灭亡的一个。昏君的最大特点，就是都患有一种叫作“选择性耳聋”的大头病。君子想要陛下听的，他听不进，装疯卖傻，置若罔闻；小人想要陛下听的，他听得进，句句入耳，如闻纶音。这种病的临床症状表现为：只听甜言蜜语，不听直言谠论；只听顺耳的话，不听逆耳之言。而这个熊槐犯起病来，绝对是老百姓所讽刺的“死爹哭妈”的主。如果熊槐和他儿子熊横（也就是屈原碰上的楚怀王和楚顷襄王）智商提高一点，头脑清醒一点，屈原在跳江前也许会踟蹰一下，楚国还有救吗？楚国还能救吗？一想起他老姐女嬃那句绝望的话，本来，听蝲蝲蛄叫唤，你还不种地了呢！可现在，楚国都没有了，老弟啊，你还种什么地。于是，走上自沉之路。

战国后期，群雄纷争，七国之中，秦和楚，地盘大，人口多，都是具有相当实力而且拥有领袖野心的大国。秦国东进，要一统天下；楚国北上，也未尝不想一统天下。

秦为一流强国，楚为二流强国，二流当然干不过一流。然而，二流加三流加四流，肯定大于一流，这是傻子也能算得出来的题。“横则秦帝，纵则楚王”八个字，乃当时的大形势，屈原终于让这个昏君学会傻子也会做的算术题。熊槐开窍了，好吧，你就放手干吧！屈原的政治主张，说来也很简单，对内变法图强，对外联合抗秦。经他反复奔走，多次说服，终于将齐、燕、赵、韩、魏五国首脑，连蒙带唬，连骗带诈，加之许愿、收买、塞红包、给好处费等等，聚会于楚国京城郢都，结成反秦联盟，楚怀王被推为盟主。江陵这个城市，现在也不大，那时就更不大，满街都是来自各国的贵宾，和他们的侍卫、随从，因为没有推行普通话这一说，作为这个联盟秘书长的屈原，必须精通各地方言，安排吃住，组织观摩，准备礼品，送往迎来，忙得诗人差点吐血。

春秋战国时期，谁要能够一呼百应，纠合诸侯，歃血为盟，谁就是无上荣光的诸侯共主，最为人企羡。熊槐得到了空前的虚荣，马上觉得堪与祖先楚庄王媲美，高兴得挂不住汁，脸上五官挪位，更加赏识和重用屈原，对他言听计从，百依百顺，弄得他老婆郑袖，好一个吃醋。此时的郢都，最快活、最得意的人，莫过于屈原，文人快活得意的标志，就是不再用功，不再写作，即或提起笔来，也是游戏笔墨。我记不得是否老托尔斯泰的名言：一个在赌场得意的人，他在情场必然是要失意的。仕途上进步，文学上退步，是自古以来文人难以治愈的痼疾。我在文坛厮混这多年，颇见识一些朋友，自从仕途上一路顺风以后，他们的文学人生，也就迅速进入了更年期。也许还会写，都属无用功，正如一个停止排卵的女人，还要她怀孕生育，那不是违背自然规律吗？这就是《离骚》中所写的“唯草木之零落兮，恐美人之迟暮”，时令不饶人，花期不再来，除非发生奇迹，上帝托梦，才能让他回复文学青春。

当上诸侯共主的楚怀王，遂将国家交给屈原全权处理。屈原入则议国事，出则会诸侯，忙得一塌糊涂，那些日子里，他一句诗也写不出来了，连学生宋玉、唐勒、景差所交的作业，也抽不出工夫批改。他在“王甚任之”的时候，作为文人所特有超乎常人的品质，如独到的观察角度、如敏锐的感知反应、如提前的预知能力、如应急的防范措施，统统置诸脑后。他不知道他在替楚怀王发布旨令增强国力时，他的敌人也在摩拳擦掌；他不知道他在为抗秦联盟的加紧团结而努力时，他的反对派也在磨刀霍霍。这个世界上，有益虫，就有害虫；有家畜，就有野兽；有君子，就有小人；有爱国志士，就有汉奸走狗。通常情况下，地球上生物链的构成，维持在一比一的平衡状态，而在诗人屈原的左右，老天爷好像特别眷顾，一比三，这就是打小报告的

上官大夫靳尚、搞小动作的公子子兰、贪小便宜的王后郑袖几个人，结成一个反屈原的“铁三角”联盟。

屈原自然了解“铁三角”在他背后搞的一些名堂，但是，他最大的疏忽，是毫不戒备那个耳朵根子软的昏君的“选择性耳聋”，却认为步楚庄王后尘当上诸侯共主的楚怀王感激他都来不及，岂有马上变脸翻牌的可能？诗人啊诗人，这就大错而特错了，对于王八蛋，对于那些具有王八蛋倾向的人，千万不能抱有幻想，尤其不能因为他一时之间，居然不王八蛋了，就认为从此以后，他永远再不王八蛋，那才真是百分百的痴人说梦，这恐怕是诗人最为失算的地方。屈原作为楚国的特命全权大使，游说除秦以外的五国，也是纵横捭阖、得心应手、运筹帷幄、决策千里的高段级谋士，但应对这个充满邪恶的“铁三角”，却无能为力。他既未采取任何防范措施，也未实施有效的反击，顶多感叹两声“何灵魂之信直兮，人之心不与吾心同”，那可真是啥用都不顶的！

诗人宣泄情感的手段，当然就是作诗，其实到了正面冲突的时候，比诗歌更有力的是拳头。可完美主义者屈原，理想主义者屈原，不是该出手时就出手，而是吟诗作赋，这就注定他难逃失败的命运。他不会妥协认输，不会向恶黑势力低头，这是可以肯定的。但是，他也不会采取以其人之道还治其人之身的办法，进行回击。他们告你的状，为什么你就不能告他们的状呢？他们无中生有地陷害你，为什么你不以牙还牙地中伤他们呢？他们不君子，你何必君子？再说了，“铁三角”真的就那么“铁”吗？为什么你不下点功夫，分而治之，拉住一个，稳住一个，集中火力打击第三个呢？对这班明码标价的小人，你姑且小人一回又何妨？

在狼的世界里，是按照“丛林法则”（The Law of the Jungle）行事的。而在人类社会里，强弱之外，更有卑鄙，这就是人不如狼，或者是狼不如人之处。他卑鄙，你不卑鄙，你就被他干掉；他卑鄙，你也卑鄙，双方打成平手；他卑鄙，你更卑鄙，你就占了上风。中国知识分子最了不起的品质，就是清高；然而，害中国知识分子终于做不成大事的，也是这个清高。凡清高者，不能降尊纡贵，不能营私逐利，不能藏垢纳污，不能低级趣味，因之贱不可为，俗不可为，浊不可为，恶不可为……当“铁三角”一心一意以除掉他为快时，主张孤高、主张洁净、主张纯真、主张正直的他，也只能毫无作为，毫不作为，唯有以诗明志，以诗感言：“吾不能变心以从俗兮，故将愁苦而终穷。”“苟余心之端直兮，虽僻远其何伤?”“世溷浊莫事知，人心不可谓兮。”对诗人的书生气，真有夫复何言之感。

屈原所以还能沉得住气，因为他对这个楚怀王抱有信心，“王甚任之”这四个字，给了他勇气和力量。

在封建社会里，造成中国人全部不幸的原因，都是由于“不幸的人”所碰上的皇帝，其智商并不比白痴、低能儿高多少，这样才造成民不聊生的灾难，才出现暗无天日的岁月。司马迁在《屈原列传》中记述诗人由“王甚任之”，到“王不甚任之”的过程，只是极其简单的两行字。为什么如此草草？因为他很气愤。靳尚编造谎言，太低级；挑拨手段，太拙劣。而熊槐信之不疑，太离谱；断然处置，太幼稚。大臣混账，国王更混账，太史公大概觉得不值得为这对混账多费文墨，故而一笔带过。“上官大夫与之同列，争宠而心害其能。怀王使屈原造为宪令，屈平属草稿未定。上官大夫见而欲夺之，屈平不与，因谗之曰：‘王使屈平为令，众莫不知。每一令出，平伐其功，曰非我莫能为也。’王怒而疏屈平。”

于是，屈原被降为三闾大夫，开始郁闷。

话说回来，郁闷对诗人来讲，并非坏事，不正好是创作冲动的最好契机吗？尤其进了这个坐冷板凳的清水衙门，连创作假也不用请，还不笔走龙蛇，神驰八极，作你的诗赋。然而，屈原却写不出一行字，整日忧心忡忡。连他老姐女媭也劝他，你不要再对他们抱有什么指望了。屈原说，老姐啊老姐，我是觉得楚国快要完蛋了，才坐立不安的呀！其实，那时的楚国离灭亡还远，但诗人先知先觉的神经，已经预感到祸祟将临，灾难即至，似乎危机就在眼前。中国文人也许确如人所形容：百无一用是书生。其实，最牵挂大地山河的，是文人；最惦记祖国母亲的，是文人。历朝历代，当父老乡亲陷于水深火热，当同胞兄弟沦为刀俎鱼肉，站出来投笔从戎、救亡奋斗、为国为民、杀身

成仁的文人，不知有几多。在20世纪40年代，日本帝国主义侵略中国时，多少大师、学者，多少名流、教授，多少作家、诗人，乃至多少文学青年，奔赴抗日前线。虽然，在北平的周作人，粉墨登场，变节卖身；虽然，在孤岛的张爱玲，勾搭汉奸，为虎作伥，但是，请记住，中国文人对于祖国的热爱，对于土地的眷恋，从屈原开始，从来就是历史的主流，并且浩荡不正。

果然，被诗人不幸而言中，秦国的谋士张仪，出现在郢都的迎宾馆，楚国从此江河日下，国将不国。

公元前304年（怀王十五年），熊槐再一次出现严重的选择性耳聋，竟然不听谏阻，糊涂到了不可救药的程度，相信张仪的鬼话。“秦甚憎齐，齐与楚从亲，楚诚能绝齐，秦愿献商、於之地六百里。”齐楚联盟是屈原多年来苦心经营的政治规划，也是常保楚地安泰的国策，秦国之所以千方百计地加以离间，正因为一加一等于二，甚至大于二，令其望而生畏；正因为二比一，强秦不敢轻举妄动。《史记》写道：“楚怀王贪而信张仪，遂绝齐。使使如秦受地，张仪诈之曰：‘仪与王约六里，不闻六百里。’楚使怒去，归告怀王。怀王怒，大兴师伐秦。”

世界上竟有这样的笨蛋，而这样的笨蛋居然坐在一国之主的位子上，老百姓只能欲哭无泪。第一，你拿到了这六百里地，再与齐毁约背盟也来得及的呀！第二，如果张仪坚持齐楚联盟不解散，六百里地不给，那你完全可以不见兔子不撒鹰，反正秦是有求于楚呀！第三，即使上当了，秦国的土地没有得到，你也没损失什么，齐国的友谊泡了汤，还可以重修旧好，你一个二流强国，单打独挑，逞匹夫之勇，与一流强国较量，岂不是找挨打吗？

结果，熊槐被秦国打得灰头土脸，原来被屈原做了工作，成为其盟友的国家，也趁火打劫，落井下石一番。“秦发兵击之，大破楚师于丹、淅，斩首八万，虏楚将屈匄，遂取楚之汉中地。怀王乃悉发国中兵，以深入击秦，战于蓝田。魏闻之，袭楚至邓，楚兵惧，自秦归。而齐竟怒，不救楚，楚大困。”现在弄不清楚是熊槐觉悟到齐楚联盟的重要性，指派屈原使齐呢，还是心急如焚的屈原说服熊槐，由他出使齐国恢复联盟呢？秦国很在意楚国的这个动向，马上表示，将所侵占的汉中地还给楚国，表示友好。“秦割汉中地与楚议和。楚王曰：‘不愿得地，愿得张仪而甘心焉。’张仪闻，乃曰：‘以一仪而当汉中地，臣请往如楚。’”张仪，何许人也？他和苏秦，乃中国历史上最古老的两张名嘴，可以毫不夸大地说，凡战国时期所有大大小小的战争，无不经由这两张嘴的挑拨、教唆、忽悠、撺掇而打得不亦乐乎。他俩以后，中国再无一张嘴具有如此大的法力，所向披靡，无往不胜。

张仪“如楚，又因厚币用事者靳尚，而设诡辩于怀王之宠姬郑袖，怀王竟听郑袖，复释去张仪。是时屈原既疏，不复在位，使于齐，顾反，谏怀王曰：‘何不杀张仪？’怀王悔，追张仪，不及”。这就是为什么屈原，总是输给张仪的缘故了，因为文学家玩政治，哪能玩得过所谓的政治家呢？据说，张仪初到郢都，观察到“王甚任之”屈原，便对郑袖说：南后啊，您真是天下第一、世间无二的美人，然而，您知道吗，齐国通过屈左徒，正准备献给怀王陛下一打或者两打，不一定有您漂亮但一定比您年轻的姑娘，以示两国通好呢！可想而知，熊槐尽管非常赏识屈原，但哪经得起“铁三角”的联合攻势。略施小计的张仪，就把诗人摆平了。

公元前305年（怀王二十四年）秦楚签订“黄棘之盟”，本来与齐为盟，转而向秦靠拢，基本国策的改变，屈原当然是要竭力反对的。楚国的有识之士，也认为这是不平等条约，如果说过去的齐楚联盟是兄弟关系，那么现在的秦楚联盟则绝对是主从关系，这不是卖国吗？一时舆论大哗。这时楚怀王也好，“铁三角”也好，都觉得将屈原留在郢都，碍手碍脚，于是将他流放到汉北。

在封建社会里，处置异议文人，无非杀、关、管三道。杀，即杀头；关，即坐牢；管，即流放。关是要供给人犯吃喝的；管则是限定在一定区域之内，允许自由行动，吃喝政府不管，是生是死，全看流放者命大还是福薄了。也许因为流放，从经济角度看，省钱；从管理角度看，省事，所以，中国的清朝、俄国的沙皇，都热衷于将异议文人，流放到人烟稀少、荒凉偏僻之地。清朝为乌苏里江、沙皇为西伯利亚，那都是让人不死也得剥层皮的地狱绝境，文人发配到了那儿，

基本上是很难活着回来的。

屈原比较走运，六年以后，公元前 299 年（楚怀王三十年），他从汉北回到郢都。让所有他的朋友、他的敌人惊讶的，他还是他，还是那个毫不顾惜自己的安危、敢于犯颜直谏的诗人，虽然他早就不再是“左徒”，官职让楚怀王免去多年，但一日“左徒”，终生谏诤。第一他忠君，第二他爱国。加之有话不说，有言不发，那不是屈原的性格。大家这才明白，汉北的流放，不是挫折了他，而是锻炼了他。他请求面见熊槐，对这位正兴冲冲要赴秦王“武关之会”的怀王，提出谏阻的意见。秦国乃背信弃义之国，武关乃权谋苟且之会，陛下已经上过当，为什么不接受教训，还要自投罗网呢？《史记》载：“怀王欲行，屈平曰：‘秦，虎狼之国，不可信，不如毋行。’怀王稚子子兰劝王行：‘奈何绝秦欢！’怀王卒行。入武关，秦伏兵绝其后，因留怀王，以求割地。怀王怒，不听。亡走赵，赵不内。复之秦，竟死于秦而归葬。”

“身死而天下笑”，就是这位极糊涂、极白痴、极混账、极愚蠢的昏君的下场。

怀王死，其子熊横继位，是为顷襄王。公元前 293 年（楚怀王六年），秦将白起扬言讨伐楚国，熊横计穷，无奈，只有向杀父之国告饶。屈原写诗反对再度向秦求和，并表明他尽管受到迫害打击，却无论何时，无论何地，眷恋楚国，心系怀王，不忘欲返的忠诚感情，至死不渝。他提醒顷襄王熊横，王之所以落得尸横国外的结果，是由于“其所谓忠者不忠，而所谓贤者不贤也”。楚国的老百姓也认为，如果不是子兰的催促，如果听信屈原的劝阻，怀王不会死在异国他乡，这对令尹子兰构成很大压力。于是，这个坏蛋唆使另一个坏蛋，也就是靳尚，在顷襄王面前谗害屈原，“铁三角”再次发挥作用，置屈原于死地而不复，更何况熊横与他老子熊槐，可谓一丘之貉，于是一纸诏令，永远流放，不得再进国门。从此，屈原再也没有回到郢都，他老姐女媭天天倚门等待，直到泪尽，直到老迈，也未能盼到她弟弟的归来。

如果说，他的第一次流放，是对楚怀王的完全绝望；那么，他的第二次流放，则是对楚王国的完全绝望。

公元前 278 年（顷襄王二十一年），秦将白起攻破楚都，满城都是兵马俑般的枭悍秦兵，楚国臣民哪见过这等阵仗，只有拱手降服。次年，消息传到流放途中的屈原耳中，这位爱国诗人怎么也舍不得离开故土，更不愿意他心爱的故国灭亡在他眼前，悲愤交加，无以复生，只好自沉汨罗，以死殉国。

司马迁在这篇列传的最后，这样写道：

> 太史公曰："余读《离骚》《天问》《招魂》《哀郢》，悲其志。适长沙，过屈原所自沉渊，未尝不垂涕，想见其为人。及见贾生吊之，又怪屈原以彼其材，游诸侯，何国不容，而自令若是！读《鹏鸟赋》，同死生，轻去就，又爽然若失矣。"

"同死生，轻去就"，司马迁明白了，中国人也明白了，这就是中国文人对于生养自己的土地，那一份眷顾之情；这就是中国文人对于抚育自己的祖国，那一份热爱之心。此情此心，以此所形成的精神传统，也是中华民族得以五千年长存下来的巨大凝聚力。

年年岁岁，岁岁年年，每逢端午节，每个中国人，都会向屈原的爱国精神肃然致敬的原因也在于此。

「建安七子」的生活环境

历史好比一座出将入相的舞台，生旦净末丑，各类人物都是少不了的。耍笔杆子的，自然也要走出来亮一亮相。尤其中国是一个文化古国，翻开“二十几史”，文化人在这个舞台上，还是少不了的角色。古往今来，没有文人这个行当，是真的要少了许多热闹。所以，文人很像凡中药方里都有的甘草一样，多一分不嫌多，少一分也不嫌少，但完全没有这味药，君臣配伍就要成问题，文化人就是要起这样一个点缀角色的作用。

在有皇帝的封建社会里，歌舞升平的随班唱和啊，文修武治的山呼万岁啊，歌功颂德的封禅加冕啊，皇恩浩荡的树碑立传啊，没有文人的帮衬，那许许多多的场面，就怕不会那么精彩了。数千年来，这样用惯了文人，也使他们出了风头，遂养成了其中一部分人那种时刻准备着的、只要一掀帘子就能登台献艺的本事。开场锣一响，便马上手之舞之、足之蹈之。表演欲强烈得过头的文人，甚至锣鼓家伙还没响起来，就会情不自禁地跳踉出来，在那里卖老、卖俏、卖苦、卖骚、卖病、卖隐，乃至于卖寡廉鲜耻、卖死猪不怕开水烫的“舞蹁跹”了。

这真是没有办法的事情，一是耐不住，二是不怕丑，三是挺自得，这或许就是曹丕所说的“文人类不护细行”的职业病了。

《三国演义》是中国第一部历史小说，写了那么多的帝王将相，笔锋之余，描绘了三五个文人雅士凑趣，也是理属正常的。现在看起来，魏晋文人，特别是建安时期的几位作家和诗人，也许是中国最早意识到作为文学家存在于社会之中的独立个体，他们作为文学家的个性更为突出了。在此以前，像司马迁、班固、班婕妤、司马相如、枚乘、邹阳之流，他们的身份，主要还是附庸于帝王贵族的官员、清客、幕僚、侍从，或者竟是医、祝、巫、仆的三教九流之类。这种职业身份，压倒他们的文学家身份，而文学不过是他们讨好皇帝老子，巴结王公贵族的一种谋生手段，很少作为表现自我的工具。到了汉末，这些文人，就是以文学名，以文学为生存手段，为文学而文学，以文学来表现自己了。至于职务，只是形式或象征意义的事情。

这些以文为生的作家，叫作“建安七子”，因为他们都是在汉献帝的建安年间，活跃于许都的诗人作家。那时的中国，在文化上有点号召力的，主要是曹操父子，其次是刘表。至于江东的孙吴，那时还不成气候，而刘备则是一个无处存身的亡命徒，处于犬突狼奔的状态之中。在中国古代，一旦落到肚子吃不饱，生活不安定的时期，领导人便只会破坏文化，是顾不上建设文化的。而自身文化素质很低的皇帝，更把文化视为末流了。回顾五千年文明史，中国文化的历次毁灭性劫难，大半是这些人造成的。

在中国帝王级的人物中间，真正称得上为诗人的，曹操得算一个。他的诗写得有气概、有声势。而且他能花重金，把蔡文姬从匈奴单于手里赎回来，就因为她的诗把他感动了，这绝对是诗人的浪漫行径，别的领袖人物未必能有这等胸怀。他还让蔡文姬，把她能记下来的她父亲蔡邕的已被战乱毁坏的图书文字，整理出来，以不致湮没，这也是一种了不起的行为。

曹操在平定吕布、陶谦、公孙瓒、袁绍、袁术以后，公元196年的许都有了一个初步安定的局面，才使得他有可能在文化上有所建树。加之他手中有汉献帝这张王牌，对士族阶层、对知识分子，具有相当的招徕作用。“是时许都新建，贤士大夫，四方来集。”延揽了一批像崔琰、孔融这样的大士族和大知识分子，遂形成了中原地带的文化中心。当时，到许都去献诗作赋、吟文卖字，便是许多有名和无名作家

竞相为之的目标。

当时驻镇在荆州的刘表，是一个志大才疏的人物，号称“八俊”，喜以风雅自命。这种经常舞文弄墨，偶尔谈诗论经，平素要找几个文化人装点门面，动不动来上几句酸文假醋的官僚，是中国官场的土物产品。凡是文人，哪怕是假文人，也有不大肯安生的毛病。由于中原混战，他在荆州得以偏安一隅，经营他的地盘，相对稳定，而且也网罗了像王粲这样的很负盛名的文人。因此，他在文化上，也想与北方的曹操分庭抗礼。其实，真的就是真的，假的就是假的，曹操的“对酒当歌，人生几何”的感叹，被后人咏唱了几千年，而现在看刘表，不过是以文博名的无聊政客而已。

项羽烧阿房宫的时候，不会想到作诗，到了在乌江四面楚歌的时候，就唱开“虞兮虞兮我奈何”来了。凡无出路、无出息，在仕途上晋升无望、拓展无门，但天性又不甘落寞、不肯归田，情不自禁犹想一搏，然而却无气力的吃政治饭者，就只有以附庸风雅、作斯文状为最佳的保持心理平衡之计了。亦文亦官，似官似民，有名有实，亦下亦上，说在位又不在位，说不管事又管事，说退了还很忙，说忙吧还忙里偷闲跳跳舞、唱唱歌、看看戏、指导指导创作，是中国官场中的落魄者和即将落魄者的最能接受的处境。

外国人不大搞这一套“假惺惺”，打仗就打仗，绝不唱偃武修文的高调；做官就做官，不表示自己案牍劳形，也不做清高状。拿破仑绝不羡慕作家的荣誉，非要当一名作协会员。据传他从莫斯科败退时，把作家和驴子编在一个队伍里，放在最后，不知确否？伊丽莎白女王可以示意莎士比亚写她喜欢看的《第十二夜》，但绝不亲自执笔，还要在剧本开头署上芳名。哈维尔当了捷克总统以后，就管做他的总统，不再当他的剧作家了，而且也不过问别人应该写喜剧还是写悲剧的事。一到我们这儿，什么儒将啊、儒吏啊，全出来了，最近更扩而大之，还有“儒商”一说。人们知道，商是唯利是图的，而儒是反对上下交征利的，儒和商联在一起，实在是有些莫名其妙。若以此类推的话，岂不是可以有“儒盗”“儒匪”一说了么？那可就是真正的笑话了。

其实，像刘表这样的官僚，说穿了，有了足够的权力还不满足，和暴发户、百万富翁，有了许多的钱，甚至做到有钱能使鬼推磨以后，还觉得缺点什么一样，就因为中国是一个文化古国，事实上存在着一种权力、金钱之外的社会价值观，那就是文化。所以，文理不通、平仄不分的官员，要作两句歪诗，以显肚子有墨水；毛笔握不好，字像鬼画符的老爷，喜爱到处题词，表示自己有学问；分明文学白丁，却要指导作家，证明他什么都明白；唐宋元明，五代十国，都搞不清楚说不上来，却大讲历史教训，以示自己渊博。与有钱人在多宝格里摆假古董、在墙上挂赝品字画、修不今不古的亭台楼阁，雇几个作家为自己写传或者当枪手弄出一部著作一样，他们不过是钱多了权有了以后，在文化方面沽名钓誉，给自己沾点书卷气而已。

荆州的平稳假象，使得刘表错以为他的感召力、凝聚力和政治、经济、文化实力，可以与曹氏父子一埒高低。人通常缺乏自知之明，有一定实力的人物，尤其容易过高地估计自己。这也不只是文人的毛病，绝对清醒的政治家，和具有深刻自省意识的作家，终究是少数。处于中原战乱之外的荆州，不过是一个暂时安稳的地方，许多人的到来是为了逃难避乱。其实，明白人也看出虚名无实的刘表，前景不佳。《世说新语》引《魏志》曰："裴潜，字文行，河东人，避乱荆州，刘表待之宾客礼。潜私谓王粲、司马芝曰：'刘牧非霸主之才，而欲以西伯自处，其败无日矣！'遂南渡过长沙。"可见有识之士，并不把他当成什么中心的。后来的荆州，实际上成了吴、蜀、魏的兵家必争之地，也就成为重灾区。刘表也成了过眼烟云，除了他的怕老婆名声外，现在谁还知道他在文化上的任何成就呢？就算他当时做了荆州作家协会的主席，又如何？

文人的不肯安生，也实在是没有办法。曾经在荆州待过的那位很自负的青年才子祢衡，大概觉得刘表不过是个浮泛虚靡的人物，到底打了个铺盖卷，不远千里跑到许都，想在那里一鸣惊人，结果没想到却送了一条小命。写《登楼赋》的王粲，命运比祢衡强多了。刘表死后，劝他的儿子刘综依附曹操，也随之来到许都，跟着立了功。这位被刘表以其"貌寝通脱，不甚重之"的王粲，颇被曹操、曹丕倚重，很快成为"建安文学"的主力。

此其时也，许都的文学气氛达到了高潮。《文心雕龙》的作者刘勰，对活动着许多文人墨客的这个中心，有过这样一段评述："自献帝播迁，文学蓬转，建安之末，区宇方辑。魏武以相王之尊，雅爱诗章；文帝以副君之重，妙善辞赋；陈思以公子之豪，下笔琳琅；并体貌英逸，故俊才云蒸。"孔融、杨修、陈琳、刘桢、徐干、阮瑀、应玚，和从匈奴赎回的蔡琰，真可谓济济一堂，竞其才华。刘勰距离这个时代约两个世纪，来写这段文坛盛事，是相当准确，并具有权威性的。

曹植的《与杨德祖书》中，说到这番繁荣景象，不免为他老爹的气派自负："昔仲宣独步于汉南，孔璋鹰扬于河朔，伟长擅名于青土，公干振藻于海隅，德琏发迹于大魏，足下高视于上京……吾王（曹操）于是设天网以该之，顿八纮以掩之，今尽集兹国矣！"看起来，曹操是振一代文风的始创者，而曹丕、曹植是不遗余力的倡导者。所以，在三国魏晋文学中起先河作用的，正是曹氏父子和"建安七子"，他们开创了文学史上的一个新时期。

文学的发展，与时代动乱与安定的关系至大。东汉末年，先是黄巾农民起义，九州暴乱，生灵涂炭；后是董卓那个军阀折腾，战祸不已。洛阳夷为平地，中原水深火热，这时候，一切都在毁灭败坏之中，文学自然也陷于绝境。因为农民革命虽然有其推动时代进步的作用，但其破坏文化和毁灭社会财富的极其消极的方面，则更可怕。董卓这个军阀，不过是一个穿上战袍的西凉农民而已，在这种涤荡人类文明成果的气氛里，在硝烟战火的刀光剑影中，文学这只鸟儿，只有噤若寒蝉，举步维艰。

"建安文学"得以勃兴，很大程度上是由于曹操削平袁绍，北征乌桓，统一中原，休养生息，出现了一个安定局面的结果。加之曹操本人"雅爱诗章"，懂得文学规律，与只知杀人的董卓用刀逼着大作家蔡邕出山，就是完全不同的效果了，"建安之初，五言腾涌"的局面出现了。

《文心雕龙》说到"建安文学"的特点时说："观其时文，雅好慷慨，良由世积乱离，风衰俗变，并志深而笔长，故梗概而多气也。"

曹操的《蒿里行》、曹丕的《燕歌行》、曹植的《送应氏诗》、王粲的《七哀诗》、陈琳的《饮马长城窟》、蔡琰的《悲愤诗》，以及《孔雀东南飞》等具有强烈现实色彩的诗篇，便成了“建安文学”的主流，也就是文学史所说的“建安风骨”。

经历了巨大的社会变乱，接触到遭受严重破坏的社会实景，加之当时一定程度的社会思想的解放，文人的个性得以自由舒展。“慷慨任气”便成为这一时期文学的特征。“文革”结束后新时期文学所以如井喷而出，一时洛阳纸贵，也正由于这些从“文革”中走出来的作家，适逢新时期思想解放运动，才写出了那些产生轰动效应的作品。这和“建安文学”的发展，颇有大同小异之处，就是对于那个动乱年代“梗概而多气”，真实而深刻的描写引起读者共鸣的。“造怀指事，不求纤密之巧，驱辞逐貌，唯取昭晰之能”，也是时代不容精雕细琢的产物，求全责备是大可不必的。无论后来的诸位明公，怎样摇头贬低，起到历史作用的文学，在文学史上便是谁也不能抹杀的。现在那些嘲笑新时期文学发轫作如何幼稚的人，其实正说明自己不懂得尊重历史唯物主义、幼稚。

由“建安文学”的发展看到，乱离之世只有遍地哀鸿，而文学的繁荣确实需要有一个安定的环境和思想解放的背景，以及适宜的文学气氛。“建安文学”的发展，得益于曹氏父子的提倡，得益于相对安定的中原环境，也得益于“建安七子”为代表的文人个性的解放。

有一次，曹操派邯郸淳去看望曹植，据《三国志》裴注引《魏略》曰：“植初得淳，甚喜，延入坐，不先与谈。时天暑热，植因呼常从取水自澡讫，傅粉，遂科头，拍袒，胡舞，跳丸，击剑，诵俳优小说数千言讫，谓淳曰：‘邯郸生何如邪？’于是，乃更衣帻，整仪容，与淳评说混元造化之端，品物区别之意，然后论羲皇以来贤圣名臣烈士优劣之差次，颂古今文章赋诔及当官政事宜所先后，又论用武行兵倚伏之势，乃命厨宰酒炙交至，坐席默然，无与伉者。”从这里，可以看到建安文人的浪漫、豪情，和无拘无束的自由。这和司马迁《报任安书》里那种对于帝王委曲求全、低三下四的心态，和司马相如给皇帝献赋时那种唯唯诺诺、谄媚依附的神情相比，多了一点作家

近代·傅抱石《屈原》　何灵魂之信直兮，人之心不与吾心同

的自我意识和不羁的精神。

从曹丕的《于谯作》中："清夜延贵客，明烛发高光。"曹植的《箜篌引》中："置酒高殿上，亲友从我游。"可以看到他们的宴游燕集、豪饮小酌、斗鸡胡舞、高谈畅啸的快乐情景。《文心雕龙》曰："文帝陈思，纵辔以骋节；王、徐、应、刘，望路而争驱；并怜风月，狎池苑，述恩荣，叙酣宴，慷慨以任气，磊落以使才。"这类沙龙式文人聚会活动时的自由竞争、各驰所长、平等精神、批评空气，也是此前文人所不曾具有的状态。尤其是在党锢之祸将大批知识分子无情镇压，人人胆战心惊、唯恐连坐、精神萎靡不振的状态下，建安文人的崛起，实则给中国文学注入一股活流。

曹丕《与吴歌令吴质书》里，具体地描写了他们的一次出游，也是很令人神往的："每念昔日南皮之游，诚不可忘。既妙思六经，逍遥百氏，弹棋闲设，终以六博，高谈娱心，哀筝顺耳；驰骋北场，旅食南馆，浮甘瓜于清泉，沈朱李于寒水。白日既尽，继以朗月，同乘并载，以游后园，舆轮徐动，参从无声，清风夜起，悲笳微吟，乐往哀来，怆然伤怀。"这种文友间的平等来往，证明了建安文人思想解放的程度。作为五官将的曹丕，那时正如日中天，是个炙手可热的人物，能够这样不摆架子，与一个地方官吏友情深厚若此，恐怕时下的某些文化要人，也未必做得到的。

建安文人，可能是中国较早从绝对附庸的地位摆脱出来，靠文学生存的一群作家。他们追求自由不羁、企慕放任自然、赞成浪漫随意、主张积极人生，并对礼教充满叛逆精神，成为中国非正统文人的一种样本。鲁迅先生认为这种文学态度，可以用"尚通脱"三字来概括。到了魏晋南北朝，由阮籍、嵇康、陆机、潘岳、陶渊明、谢灵运，一脉相承，"通脱"则更加发扬光大，一时成为文学发展的主流。

然而，文学的每一步，总是要付出不大不小的代价。因为任何新的尝试，总是要打破过去的格局，失掉原有的平衡，必定引起旧秩序维护者的反扑。倘若探索实验，一旦越出了文学的范围之外，被视做离经叛道、逾轨出格的话，就要以文人的脑袋做抵押品了。

"建安七子"的孔融，是死在曹操手下的。有一个被曹操送到采石场去劳动改造的人，那就是刘桢。还有一个不属“七子”之列的杨修，也是曹操杀掉的。至于文学新秀祢衡，虽然不是曹操杀的，但事实上也是他用“借刀计”让黄祖杀的。

曹操作为文学家，写诗是一把好手；作为政治家，杀作家也是一把好手。但掉脑袋的这三位，也有其不大肯安生而惹祸的缘由。孔融的地位相当高，曾任北海相，到许都后担任过将作大匠，也就是建设部长，这还不是曹操主要嫉恨的。由于他总和曹操总过不去，经常发难，加之又有作为孔子后代的号召力，成为士族豪门的代表、知识分子的领袖。他的府邸已成为反曹操的各种人物聚合的“裴多菲俱乐部”。这时就不管你的文章写得多好和儿时让梨的美德了，于是找了一个叫路粹的文人——作家中的败类还不俯拾即是——写了封告密信，检举孔融“与白衣祢衡跌宕放言，云，父之于子，当有何亲，论其本意，实为情欲发耳。子之于母，亦复奚为，譬如寄物瓶中，出则离矣……大逆不道，宜极重诛”。书奏，下狱弃市。

杨修的职务要差一点，在曹操的指挥部里，只当了个行军主簿，大概相当于参谋，而且不是作战参谋，连行军口令还得从别人嘴里听说，显然是闲差了。所以杀他不像杀孔融那样颇费周章，只“扰乱军心”四个字，就推出去斩首。《三国演义》里说曹操嫉妒杨修的捷才，生了杀心。其实，是由于杨修不安生，介入政治，成为曹植的嫡系党羽，出谋划策，卷入了宫廷接班人的夺权斗争之中，而且出了许多臭主意，都被曹操拆穿了，才被除掉的。

老实说，文学家玩政治，和政治家玩文学，都有点票友性质，是不能正式登场的。在中国历史上，有几个像曹操这样全才全能的政治家兼文学家呢？因此，他的一生，既没有出过政治家玩文学玩不好的闹剧，也没有出过文学家玩政治玩不好把小命搭上的悲剧。所以鲁迅先生才说：“曹操是一个很有本事的人，至少是一个英雄，我虽不是曹操一党，但无论如何，总是非常佩服他。”

只看曹操对付那个自视甚高的刘桢，就可知道文学家永远不是政治家的对手。他把刘桢送去劳改的理由，就在于这位文学家崇尚“通脱”到了过头的地步，也是不怎么安生，越出了文学的范围。有一

次，曹丕在私邸宴请他的这些文学朋友，也就是“建安七子”中的几位。当时，大家酒也喝得多了些，言语也随便，曹丕的夫人甄氏是位闻名的美人，可能有人提出来想一睹芳容，也许这正是刘桢的主意。

《三国志》裴注引《文士传》中讲述了这段插曲：“刘桢辞旨巧妙皆如是，由是特为诸公子所亲爱。其后，太子尝请诸文学，酒酣坐次，命夫人甄氏出拜。坐中众人咸伏，而桢独平视，太祖闻之，乃收桢，减死输作。”就因为看了一眼皇太子妃的“通脱”和不在乎，对不起，刘桢被关进劳改营去采石了。

过了一些日子，“武帝至尚方观作者，见桢匡坐，正色磨石。武帝问曰：‘石如何？’桢因得喻己自理，跪而对曰：‘石出荆山悬崖之巅，外有五色之章，内含卞氏之珍，磨之不加莹，雕之不增文，禀气坚贞，受之自然，顾其理，枉屈纡绕而不得申。’帝顾左右大笑，即日赦之”（《世说新语》）。

看来，这篇即席吟诵的《琢石赋》，把文学家的曹操打动了，当场把他释放。看来，这该是最早的大墙文学了。张贤亮和丛维熙两位先生，常为自己是否“大墙文学之父、之叔”争论不休，其实“大墙文学之祖”，这位刘桢先生倒是当仁不让的。

被政治家这样耍了一下以后，这位文学家还敢坚持建安文人所倡导的“通脱”吗？所以，文学家想搞些什么名堂，都以适可而止为佳，太自以为是了，罔顾一切，便有物极必反的回应。假如这反馈是一把悬在头上的达摩克利斯剑，大多数凡人，是不大容易潇洒得起来的。于是，不但不“通脱”，甚至还拘谨过分了。曹丕在刘桢死后，在给吴质的一封信里评说到他：“公干有逸气，但未遒（尽）耳！”看来，在采石场劳改了一阵儿，不但为人，连文章也收敛了不少，所以这魏文帝才有“未遒”之叹吧？

以后听到有些不知世事深浅的年轻人，不问具体环境、具体条件，动不动指责一些作家为什么懦弱，为什么不说真话，为什么不顶着枪口上，为什么不杀身成仁？看似义正词严，掷地有声，其实不过是站在干岸上，说风凉话而已。且不说鼓吹别人去当烈士，那居心之险恶，而自己碰上这样状况，是否也说到做到，是大可怀疑的。因为这多年来，我很看到一些银样镴枪头的同行，嘴上说得不知多么激昂慷慨，事到临头，骨头比醋焖鱼还要酥软，两腿开溜得比兔子还快者，绝非一位。但愿这些说大话的勇者，能够真正的无畏无惧，文坛和人间也许更有希望一点。

建安文人，最早被曹操用来祭刀的，应该算是祢衡，公元 198 年就让黄祖杀了。208 年孔融弃市，杨修是 218 年被曹操以军法处死的。在这前一年，也就是 217 年，许都流行了一场瘟疫，徐干、陈琳、应玚、刘桢都未能逃脱，相继去世。王粲随曹操征吴，也在这一年死在路上。220 年，曹操死；226 年，曹丕死；曹植是建安文人中活得最久的，但到 232 年，也被他的侄子魏明帝用毒酒害死，于是“建安文学”便画了句号。

数千年过去，如今谈起建安文人，这些名字还是常挂在嘴上的，“融四岁，能让梨”，是连小学生都知道的。至于谈到“建安文学”，在非专业研究者的心目中，只有曹氏父子是居霸主位置的。曹操的“何以解忧，唯有杜康”；曹丕的“盖文章经国之大业，不朽之盛事”；曹植的《七步诗》(虽然不能证明是他的作品)，还能在普通人的记忆之中，占一席之地。而像出类拔萃的王粲、地位很高的孔融、才华出众的祢衡，他们的作品，当然也很了不起，但已很少被现代人知悉。至于徐、陈、应、刘，他们写的东西，大半失传，如今只不过是文学史中的一个符号而已。

懂得也许最后连符号还混不上，多些自知之明该多好啊！文学界里那些年纪大一点的，必欲当祖师爷，要众人膜拜；名声响一点的，定要领袖群伦，一言九鼎才过瘾；位置高一点的，就成了容不下别人的把头，称霸排他；资格老一点的，便来不及地给自己建纪念馆，开研究会，树碑立传，立地成佛。这形形色色的表演，很大程度在于看不大透，折腾个没完没了。

但继而一想，衮衮诸公的心有外骛，不在文学上争一短长，而忙于文学外的建树，很大程度上是由于创作力衰退，已如阉鸡，无振翅一鸣之雄风，才在这些地方寻找自我。如果不让他干这个，他又能做些什么呢？世界本是舞台，没有这些膀大腰粗的、迎风掉泪的、顾影

自怜的、哗众取宠的老少作家粉墨登场，你方唱罢我方休，也就不热闹了。

作为一名观众，不妨莞尔一笑，且看诸公如何把戏演下去就是了。

嵇康和阮籍的活法

鲁迅先生认为，这两位文人，“脾气都很大，阮籍老年时改得很好，嵇康就始终都是极坏的。后来阮籍竟做到‘口不臧否人物’的地步，嵇康却全不改变。结果阮得终其天年，而嵇竟丧于司马氏之手，这大概是吃药和吃酒之分的缘故：吃药可以成仙，仙是可以骄视俗人的，饮酒不会成仙，所以敷衍了事”。

骄视俗人，当然是无所谓的；骄视当朝执政，就有吃不了兜着走的结果。

“竹林七贤”中的这两位文人，阮籍的佯狂，似是南人所说的“捣糨糊”“无厘头”；而嵇康的刚肠疾恶、锋芒毕露、抵抗到底、不逊不让，则是北人所说的“较真”“别扭”“犯嘎”“横头”。

当时，司马氏当政，这两位文人不开心。因为“司马昭之心，路人皆知”，要篡夺曹魏政权。虽然，阮籍于高贵乡公在位时，被封过关内侯这个虚位，任过散骑侍郎这个闲差；虽然，嵇康娶了长乐亭主，与魏宗室有姻亲关系，还任过中散大夫，但是阮和嵇，并非特别坚定的要誓死捍卫曹氏帝王的勇敢者。

应该说，谁来当皇帝，这两位已经享有盛名的文人，既好不到哪里去，也坏不到哪里去。可他们是有头脑的文人，不能不对眼前发生的这一切置若罔闻。第一，司马氏之迫不及待，之步步进逼，之欺软凌弱，之凶相毕露，让苟延残喘的魏主，度日如年。太过分了，太不

像样子了，因此很是看不过去。第二，司马氏大权在握、钳制舆论、镇压异己、不择手段，弄得社会紧张、气氛恐怖、道路以目、宵小得逞。太嚣张了，太过分了！所以，很心烦，很厌嫌！这两位很有点脾气的文人，便产生出对立甚至对抗的情绪。

大多数中国文人，在统治者的高压政策下，常常采取既不正面抵抗，也不公然唱反调的态度，以不回应、不合作、不支持、不买账的消极精神，也就是鲁迅诗中所写的“躲进小楼成一统”那样，尽量逃避现实。

逃避，谈何容易，文人在这个世界上，又没有得了自闭症，怎么可能感官在受到外部声音、颜色、气味的刺激后，了无反应呢？现在来看魏晋时期的这两位大师，阮籍在反应方面；掌控得较为适度，而嵇康在反应方面，则掌控得往往过度。于是，在这两位身上，聪明的人不吃亏，不太聪明而且固执的人常吃亏。

《世说新语》载：“晋文王（即司马昭）称阮嗣宗至慎，每与之言，言皆玄远，未尝臧否人物。”注引《魏氏春秋》：“阮籍，宏达不羁，不拘礼俗。兖州刺史王昶请与相见，终日不得与言，昶愧叹之，自以不能测也。口不论事，自然高达。”

嵇康与阮籍，是极好的朋友。《晋书》载嵇康“以高契难期，每思郢质，所与神交者，唯陈留阮籍，河内山涛”，但他对山涛承认：“阮嗣宗口不言人过，吾每师之而未能及。”很是羡慕，很是想学习这位小他一岁的神交之友，很是希望自己聪明而不吃亏，但好像总是学不到位，总是把不住嘴，总是要反映出来。

这两位的分野，也就成为后来中国文人延续下来的生存方式。

一是像阮籍这样，不去找死，在统治者划定的圈子里，尽量写到极致。一是像嵇康这样，不怕找死，想方设法，要把一只脚踩到圈外，哪怕为此付出代价。前者，我佩服，因为与强权周旋，如走钢丝，那需要极高的智慧；后者，我钦佩，因为这种以卵击石的游戏，敢于挑战必输的结果，那需要极强的勇气。

生存的智慧、战斗的勇气，是除了才华和想象力以外，中国文人最可宝贵的财富。既无智慧又无勇气的碌碌之辈，只有期望一位与你同样平庸的君主，网开一面，度过一生了。嵇中散先生的不幸，在于他有智慧，更有勇气，偏偏生在了魏末，偏偏碰上了那个司马昭，这真得感谢老天爷给他安排的好命。

司马昭当时不可一世，连曹姓皇帝也只能仰其鼻息讨生活，何况你嵇大师？

他干掉高贵乡公曹髦以后，又不能马上下手再干掉元帝曹奂。因为曹魏政权，还没有到了摧枯拉朽、一触即溃的地步。司马昭仍需继续积蓄力量，扩大地盘，继续组织队伍、制造声势，继续招降纳叛、削弱对手，继续将社会名流、上层人士、豪门贵族、文坛高手拉到自己的阵营里来。

于是，大将军授意嵇康的好友山巨源，动员这位著名作家出来做官，纳入自己的体系。但嵇康，却断然拒绝了。

司马昭的这种拉拢手法，同样也施之于阮籍。阮籍当然与嵇康一样，也是要拒绝的。不过，他拒绝的办法，不是像嵇康那样公开表示不屑，而是一个月醉了 29 天，剩下的一天还总是睡不醒。《世说新语》载："晋文王功德盛大，坐席严敬，拟于王者。唯阮籍在座，箕踞啸歌，酣放自若。"司马昭对他哭笑不得，跟醉鬼计较，岂不要被人笑话？

嵇康不会喝酒，也不愿这样耍奸脱滑，非要让人家尝他的闭门羹。按说，不想干，就算了；或者，婉谢一下，也就拉倒。他不但不稀罕司马昭给的官，还写了一封绝交书给山巨源，公开亮出观点，显示出他的不阿附于世俗，不屈从于金钱，不依赖于强势，不取媚于权力的坚贞刚直、冰清玉洁的品格。这样，他不仅把老朋友山涛得罪了，也把期望他投其麾下的大将军司马昭得罪了。

这篇《与山巨源绝交书》，在《古文观止》里可以读到。他把绝交书公开出来，等于发布他的战斗宣言。嵇康告诉世人，我为什么不当司马昭的官，就因为当他的这个官，我不快活。这篇书信，写得淋漓尽致，精彩万分。读起来无比过瘾，无比痛快。尽管我们未必能做到嵇康那样决绝、那样勇敢，但不妨碍我们对其人格的光明磊落、坦荡自然，表示衷心钦佩。

鲁迅一生除写作外，研究过许多中国文人及其作品，多有著述。但下功夫最多、花时间最长来剔微钩沉者，就是他刚到北平教育部当佥事，住在绍兴会馆，亲自辑校的《嵇康集》。这大概是文化巨人在心灵上的呼应了。

他说："阮籍作文章和诗都很好，他的诗文虽然也很激昂慷慨，但许多意思都是隐而不显的。嵇康的论文，比阮籍更好，思想新颖，往往与古时旧说反对。"所以含糊其辞，语焉不详，王顾左右而言他，后来的聪明人都这样写文章的。而针砭王纲、议论朝政、直书史实、布露民瘼，就是那些不聪明的文人，最犯统治者忌的地方。

而嵇中散的死，最根本的原因，正是鲁迅所指出的，是他文章中那种不以传统为然的叛逆精神。任何一个帝王最不能容忍的，除了推翻他的宝座，莫过于否定他赖以安身立命的纲常伦理了。司马昭虽然还未篡魏为晋，还未当上帝王，但这些只不过是时间问题，江山其实早就姓司马了。他自然不能容忍这个中散大夫，来挑战他的权威。

嵇康在给山巨源的信中，提出了"非汤武而薄周孔"的口号。司马昭一看，这还了得，这不是动摇国之根本嘛，当时是要把他干掉的。第一，山涛保护了嵇康，说书生之见，一家之言，大将军何必介意？第二，司马昭也不愿太早露出狰狞面目，没有马上下刀子，按下不表，但不等于他从此拉倒，只是看时机、等借口罢了。

鲁迅分析："非薄了汤武周孔，在现时代是不要紧的，但在当时却关系非小。汤武是以武定天下的；周公是辅成王的；孔子是祖述尧舜的，而尧舜是禅让天下的。嵇康都说不好，那么，教司马懿（这是鲁迅先生的笔误，应是司马昭，但真正坐上帝位的，却是白痴司马炎）篡位的时候，怎么办才是好呢？没有办法。在这一点上，嵇康于司马氏的办事上有了直接的影响，因此就非死不可了。"

在司马昭的眼中，凡与曹魏王朝有联系的人，都是他不能掉以轻心的敌对势力。何况嵇康的太太，还是曹操的曾孙女长乐亭主呢！这门婚姻的结合，让一个贫家出身的文人，娶了一位公主，已无可知悉细情。但有一点可以肯定，这位金枝玉叶，看中嵇康并嫁给他，还使他得到一个中散大夫的闲差，很大程度上，由于嵇康是当时大家公认的美男子。

古代作家有许多风流倜傥的人物，现在的作家能称得上美男子者，几乎没有，而歪瓜裂枣、獐头鼠目者，倒不乏人，真是令后来人愧对先辈。史称嵇康“身长七尺八寸，风姿特秀，见者叹曰：‘萧萧肃肃，爽朗清举。’或云：‘肃肃如松下风，高而徐引。’山公曰：‘嵇叔夜之为人也，岩岩若孤松之独立，其醉也，傀俄若玉山之将崩’”。按近代出土的魏晋时的骨尺，一尺约合23—24厘米计算，嵇康该是一米八几的高个子。史称他“美词气，有风仪，而土木形骸，不自雕饰，人以为龙章凤姿，天质自然”。长乐亭主能不为之倾心么？何况那是一个持开放观念的社会，她的曾祖父曹操，在平袁绍的“官渡之战”中，还不忘找个“三陪女”呢！

另外，魏晋时期的嵇康，颇具现代人的健康观念，好运动，喜锻炼，常健身，他擅长的项目，曰“锻”，也就是打铁。“性绝巧而好锻，宅中有一柳树甚茂，乃激水环之，每夏月居其中以锻。”这个经常抡铁锤的诗人，肯定肌肉发达，体魄健全，比之当今那些贴胸毛、娘娘腔、未老先衰、迎风掉泪的各式人等，要男人气得多。“弹琴咏诗，自足于怀。”“学不师受，博览无不该通。”像这样一位真有学问的人，不是时下那些糠心大萝卜式的人，动不动弄出学问浅薄的笑话来，令人丧气。加之保持身体健美，一位运动健将式的未婚夫，打着灯笼难寻，自然是一抓住就不会撒手的了。长乐亭主以千金之躯，下嫁这位健美先生，便是顺理成章的事情。

嵇康讨这个老婆，倒有可能与他跟掌权者的对立情绪有关，是一次很政治化的选择，却也说不定的。试想，他的朋友阮籍为摆脱司马氏与之结亲的要求，干脆大醉两月不醒，让对方找不到机会开口。而他却与司马氏的政敌通婚，显然是有意的挑战。他难道会不记取曹魏家另一位女婿，同是美男子的何晏，娶了曹操的女儿金乡公主，最后被司马懿杀掉的教训吗！嵇康就是嵇康，他却偏要这样行事，这正是他的性格悲剧。

他写过文章，他很明白应该超脱。“夫称君子者，心不措乎是非，而行不违乎道也。何以言之？夫气静神虚者，心不存乎矜尚；体谅心

达者，情不系于所欲。矜尚不存乎心，故能越名教而自任自然，情不系于所欲，故能审贵贱而通物情。物情顺通，故大道无违；越名任心，故是非无措也。是故言君子则以无措为主。”但实际上，他说得到，却办不到，至少并未完全实行这个正确主张。

他也找到了理论与实践脱节的病根所在，因为他有两点连自己都认为是“甚不可”的“毛病”，一是“每非汤武而薄周孔，在人闲不止，此事会显，世教所不容”；二是“刚肠疾恶，轻肆直言，遇事便发”。这是他给山巨源的绝交信中说的，说明他对自己的性格了如指掌。

但由于他对世俗社会、官僚体制、庸俗作风、无聊风气的不习惯，对司马氏统治的不认同，对他们所搞的这一套控制手段的不开心，他就更为顽固地坚持己见，知道是毛病，也不想改掉。如果说前面的“甚不可”，是他致祸的原因，后面的“甚不可”，就是他惹祸的根苗了。

阮籍就比嵇康聪明一些，虽然他对于司马昭，跟嵇康一样不感兴趣，但他懂得如何保全自己的首级，不往大将军的刀口上碰。一是捏住酒葫芦不撒手；二是写文章时，竭力隐而不显，犹如当代新潮学者那些佶屈聱牙的高论，说了半天，连他自己也不知梦呓了些什么一样，尽量不让司马昭抓住他的把柄；三是偶尔地随和一下，不必那么寸步不让，针锋相对。

《世说新语》载：“魏朝封晋文王为公，备礼九锡，文王固让不受。公卿将校当诣府敦喻。司空郑冲驰遣信就阮籍求文。籍时在袁孝尼家，宿醉扶起，书札为之，无所点定，乃写付使。时人以为神笔。”而且，不得已时，阮步兵也会给大将军写一篇祝寿文，唱一曲 Happy birthday to you 应付差事的；到了实在勉为其难，不愿太被御用，而推托不了时，索性佯狂一阵，喝得烂醉，躺在当炉的老板娘旁边，做出拍 A 片样子的亲密状；甚至像亚当夏娃似的，把衣服脱得精光，像一个大字躺在屋当中。人家笑话他荒唐，他却说我以天地为房舍，以屋宇为衣服，你干吗钻进我的裤衩里来呢！这样一来，司马昭也就只好没脾气。

但嵇康做不到，这是他那悲剧性格所决定的。史称嵇康“直性狭中，多所不堪”，是个“不可强”“不可化”的人物。这就是俗话说的，江山易改，禀性难移。一个梗惯了脖子的人，要他时不时地低下头来，那是很痛苦的事情。

他想学，学不来，只好认输：“吾不如嗣宗之资，而有慢弛之阙，又不识人情，暗于机宜。”结果，他希望“无措乎是非”，但“是非”却找上门来，非把他搅进“是非”中去。这也是没有办法的事，凡古今文人，如果他是个真文人，便有真性情；有真性情，便不大可能八面玲珑、四处讨好，也就自然不善于保护自己。

现在只有看着嵇康，一步步走向生命途程的终点。最痛苦的悲剧，就在于知道其为悲剧，还要悲剧下去，能不为悲剧的主人公一恸乎！

嵇康虽然被司马昭引以为患，但忙于篡夺曹魏政权的大将军，不可能全神关注这位皇室驸马，在他全盘的政治角斗中，嵇康终究是个小角色。如果在中国历史上，统治者周围君子多、小人少，尤其小人加文人者少，那么知识分子的日子可能要好过些。但小人多、君子少，加之文人中的小人有机会靠近统治者，那就有人要遭殃了。假如此人特别想吃蘸血馒头的话，首选的对象，必是作家同行无疑。

不幸的是，司马昭极其信任的高级谋士钟会，不是一个好东西。他跳出来要算计嵇康，对司马昭来说是件正中下怀的事情。现在，已经无法了解，究竟是钟会心领神会大将军的旨意，故意制造事端；还是由于嵇康根本不理他，衔恨在心，予以报复。或者两者兼而有之，总之不怕贼偷，就怕贼算，从他后来与邓艾一块儿征蜀，整死邓艾接着又背叛作乱来看，他是个货真价实的小人，当无疑问。

碰上了这样的无赖同行，对嵇康来说，等于敲了丧钟。

钟会年纪与嵇康相仿，只差一岁，算是同龄人。不过，一是高干子弟，一乃平民作家，本是风马牛不相及。但钟会也玩玩文学，以为消遣，这是有点权势的官员，或有点金钱的老板，最易患的一种流行病。这种病的名称，就叫“附庸风雅”。或题两笔孬字，或写两篇歪诗，或请人代庖著书立说，或枪手拟作空挂虚名。这直到今天还是屡见不鲜的。

钟会虽是洛阳贵公子之一，其父钟繇位至三公，其兄钟毓官至将军，但贵族门第，并不能使其在文学上与贫民出身的嵇康，处于同一等量级。他有些嫉妒，这是文人整文人的原始动力。假如钟会写出来的作品差强人意，也许眼红得不那么厉害；但是，他写得不怎么样，又不愿意承认自己不怎么样，心头的妒火便会熊熊燃烧起来。

于是就有了《世说新语》所载的两次交锋：第一次，“钟会撰《四本论》始毕，甚欲使嵇公一见，置怀中，既定，畏其难，怀不敢出。于户外遥掷，便回急走”。如果嵇康赶紧追出门来，拉住钟会的手说，老弟，我能为你做些什么呢？写序？写评论？开研讨会我去捧场？那么，自我感觉甚好的钟会，得到这样的首肯，也就天下太平了。嵇康是显然不会这样做的，一个如此圆通的人，也就不是嵇康了。肯定，他拾起钟会的《四本论》，扔在打铁的红炉里，付之一炬。第二次，钟会约了文坛上的一干朋友，又来登门趋访。嵇康却是有意惹他了，这可是犯下了致命错误。现在，已弄不清楚嵇康之排斥钟会，是讨厌他这个人呢，还是对他政治上背魏附晋的唾弃，还是对他上一次行径的反感？当这些“贤俊之士”到达嵇康府上，“康方于大树下锻，向子期为佐鼓排，康扬槌不辍，傍若无人，移时不交一言。钟起去，康曰：‘何所闻而来？何所见而去？’钟曰：‘闻所闻而来，见所见而去’”。

这当然是很尴尬的场面，但钟会可不是一个脓包，而非脓包的小人往往更为可怕。临走时，他撂下来的这两句话，可谓掷地有声，然后拂袖而去。不知道嵇先生送客以后如何态度，依我度测，中散大夫对这威胁性的答话，恐怕笑不大起来。他也许爽然若失，把铁锤扔在一旁，觉得没劲儿吧？那位拉风箱的向秀，肯定也怔怔发呆了，如此低水平地没风度地羞辱对手，又能顶个啥用？

唉！这就是文人意气、不谙世事的悲哀了，只图出一口恶气而后快，却不懂得“打蛇不死反遭咬”的道理。对一个一下子整不死的小人，是绝对不能够轻易动手的。何况这种“脱口秀式”的挑衅，只不过激怒对方而已。“刚肠疾恶，轻肆直言，遇事便发”的后果，便是钟会跑去向司马昭说：“嵇康，卧龙也，不可起。公无忧天下，顾以康为虑耳!”

没有说出口的一个字，便是“杀”了。

凡告密出首某某，打小报告检举某某，而听者正好也要收拾某某，那这个可怜虫就必倒大霉不可。等到嵇康的朋友吕安，“以事系狱，辞相证引”，把他牵连进去，钟会就公开跳出来大张挞伐了。“康上不臣天子，下不事王侯，轻时傲世，不为物用，无益于今，有败于俗。昔太公诛华士，孔子戮少正卯，以其负才乱群惑众也。”他的结论，透露出小人的蛇蝎之心：“今不诛康，无以清洁王道。”其实这也正是司马昭的想法，不过是利用钟会的嘴说出罢了，“于是录康闭狱”。

现在看起来，嵇康第一个要不得的，是曹党嫡系，在政治上站错了队；第二个要不得的，是公开与司马政权唱反调不合作；第三个要不得的，或许是最关键的，这位中散大夫得罪了小人。

一部“文字狱”史，通常都是小人发难，然后皇帝才举起屠刀的。但对于惑乱其间，罗织罪名，告密揭发，出卖灵魂的小人，常常略而不提，所以这类惯用同行的鲜血，染红自己顶子的人，才会络绎不断地繁殖滋生吧!

接下来，便是嵇康最后的绝命镜头：

第一，“嵇中散临刑东市，神气不变，索琴弹之，奏《广陵散》。曲终，曰：‘袁孝尼尝请学此散，吾靳固不与。《广陵散》于今绝矣!’太学生三千上书，请以为师，不许。文王亦寻悔焉。”(《世说新语》)

第二，“康之下狱，太学生数千人请之。于时豪俊皆随康入狱，悉解喻，一时散遣。康竟与安同诛。”(《世说新语》注引王隐《晋书》)

第三，“康临刑东市，太学生三千人请以为师。弗许。康顾视日影，索琴弹之，曰‘昔袁孝尼尝从吾学《广陵散》，吾每靳固之，《广陵散》于今绝矣!’时年四十，海内之士，莫不痛之。”(《晋书》)

第四，“临死，而兄弟亲族咸与共别，康颜色不变，问其兄曰：‘向以琴来不邪?’兄曰：‘以来。’康取调之，为《太平引》。曲成，叹曰：‘《太平引》于今绝也。’”(《世说新语注引《文士传》)

读到以上的四则记载，不禁惊愕古人的慷慨、胆识、豪气和壮烈，竟有好几千罢课的太学生，居然跟随着囚车向法场行进，而且打出标

语口号，反对司马昭杀害嵇康，要求停止行刑，让嵇康到太学去做他们的导师。现在已很难臆测魏晋时太学生们游行示威的方式，是什么样子的？可以设想，这是洛阳城里从未有过的，一个万人空巷、全城出动、非常悲壮、气氛肃穆的场面。否则，司马昭不会产生后悔的意念，他大概也是慑于这种民众的压力吧！

更令人激动的，是嵇康被捕后，一些具有社会影响的知识分子，不畏高压，挺身而出，以与这位作家一块受罪的勇气，走进牢房。这支涌向大牢的队伍，完全不把小人的报复、统治者的镇压放在眼里。于是，想起近人邓拓先生的诗："谁道书生多意气，头颅掷处血斑斑。"历史上虽有许多缺钙的人，但绝不可能是全部，这才是中国文化的脊梁。

日影西斜，行刑在即，围着法场的几千人，沉默无声，倾听嵇康弹奏他的人生绝响。这里不是放着花篮的音乐厅，而是血迹斑斑的行刑场，等待演奏者的不是掌声和鲜花，而将是一把磨得飞快的屠刀。但他——这位中散大夫，正因为他不悔，所以也就无惧，才能在死亡的阴影中，神色安然地抚弄琴弦，弹完《广陵散》的最后一个音符，从容就义。

嵇中散之死，不但在中国历史上，就是在世界史上，恐怕也是绝无仅有的。他那种"非汤武而薄周孔"的一生追求革新的进取精神，"刚肠疾恶，遇事便发"的始终直面人生的创作激情，甚至对今天我们的为人，也是有其可资借鉴之处的。

正因如此，嵇中散用生命写出的这个不朽，才具有永远的意义吧！

王徽之作秀

《世说新语》里有很多魏晋文人的潇洒故事，最脍炙人口的莫过于“雪夜访戴”这段佳话。中国文人作秀，他算是领潮流之先者，要论潇洒，能玩到如此令人叫绝的程度，从古至今还无人与之拮抗。

如今，不是没有潇洒的文人，也不是没有文人的潇洒故事，只是称得上为文人的今人，很遗憾，学养、教养、素养、修养，实事求是地讲，这“四养”较之古之文人要差池一点（有的，恐怕还不止一点）。即使潇洒，也难免捉襟见肘，进退失据；纵有风雅，弄不好也会贻笑大方、令人气短。

“潇洒”二字，谈何容易？也不是说潇就潇，说洒就洒的。冷眼旁观半个世纪，有的，潇洒得起来；有的，潇洒不起来；更多数人，其实是在装潇洒。装，也就是演戏了，红脸、黑脸、白脸、三花脸，老绷着那架势，我看他们也挺累的。演好了尚好，演不好，拿不住那个劲儿，不知哪招哪式，露了马脚，不知哪腔哪调，错了板眼，一片倒彩，也蛮不是味的。从古至今，人的内涵如何，才是能不能够潇洒起来的基础。

且看公元4世纪的王徽之先生，是怎么“秀”的？从中我们又可以观察到一些什么东西呢？

王子猷居山阴。夜大雪，眠觉，开室命酌酒，四望皎然。因

明·商喜《关羽擒将图》　“关帝”历千年而不倒

起彷徨，咏左思《招隐》诗，忽忆戴安道。时戴在剡，即便夜乘小船就之。经宿方至，造门不前而返。人问其故，王曰："吾本乘兴而行，兴尽而返，何必见戴！"

这个王子猷，其父，是晋代大书法家、江州刺史、右军将军、会稽内史王羲之；其弟，是与父同样有名气的书法家、简文帝婿、建威将军、吴兴太守王献之；其叔祖父，更是个了不起的人物，由于王导在晋室南渡后的筹谋擘划，才使司马睿得以偏安江南一隅，使晋祚又延续了百年之久。

从这样总揽过晋元帝、明帝、成帝三朝国政的宰辅家门里走出来的年轻人，今天某些高干子弟是无法望其项背的。真正的贵族，和暴发户贵族，和装扮出来的贵族，和尚未洗净腿上泥巴的贵族，是有着本质区别的。王徽之以古老的门阀背景和深厚的文化底蕴为基础的潇洒，不是随便一块什么料，就能行得出、做得到的。

而时下那些认为有钱就能够买到一切，认为有权就等于拥有了一切的新贵们，我也真佩服他们那种以没吃过猪肉但见过猪跑的勇敢，觉得恶补一顿，便也八九不离十地像模像样了。于是，活像巴尔扎克笔下那些来到巴黎的外省绅士，勋章、宝石、假发、燕尾服、长柄眼镜、跳小步舞的紧身裤，都一律装备齐全。可贵族岂是好当的主儿？一要有渊源，二要有传统，三要有气质，四更在于谈吐、举止、风度、仪态所反映出来的器识、历练、修养、人品等文化素质。一不留神，那呆鹅般的眼神，怔在那里；那傻张着的嘴，愣在那里；那习惯于跟在牛屁股后面的蹒跚步态，戳在那里，乡巴佬的本色便和盘托出了。

有钱也好，有权也好，可以附庸风雅，无妨逢场作戏，但一定要善于藏拙，勿露马脚。即使你的吹鼓手、你的啦啦队，闳然叫绝，说你酷毙了、雅透了，你也千万别当真，别以为自己就是真雅，就是大雅而忘乎所以。毛泽东那首《沁园春》，也许是一贴清醒剂，连秦皇汉武、唐宗宋祖，都"稍逊风骚""略输文采"呢，问一问自己，究竟算个老几？

雅是文化、精神、学问、道德等长期积累的结果，雅是境界、意趣、品位、见识等综合素质的表现。琅琊王家，到了王徽之这一代，那记载着雅传统的厚厚家谱，不知翻过去多少页了？您哪，先生？所以，雅这个东西，表面上有，不算有；肚子里有，也不算有；只有骨子里有、基因里有，才算真有。

大家心知肚明，如今报纸上、电视上呶呶不休的那些文人、名人雅事，只能说是要名、要利、要权、要色的赤裸裸自我表演，离真正的潇洒甚远。于是，谁也没有开会研究，谁也没有统一口径，约定俗成，一言以蔽之，统称之曰“炒作”。这个名词，颇是那些急功近利的文化人状态的精彩表述。当然，王子猷也在表演，也有他的欲望和想得到的东西。不过，他够水准，不那么“下三烂”，不那么迫不及待。装出来的贵族，不是真贵族；做出来的潇洒，也算不得真潇洒。王子猷坐在船舱里，那一张脸上，炉火纯青得让你几乎猜不出他心底里，究竟是在想什么。

剡溪，大约是今天的嵊州市。旧时读郁达夫先生的文章，知道他喜欢听“的笃班”，而且同鲁迅先生一块儿去听过。所谓“的笃班”，就是越剧的前身。从绍兴开车去这个越剧的发祥地，现在估计用不了一个钟头。可在古代，得在曹娥江上坐一夜船才能到达。这位王羲之先生的五公子，在欸乃桨声之中、雪花纷飞之夜，终于到了要去的这个地方。但故事来了，走到要去访问的隐士戴逵的家门口，正想举手叩门，忽而迟疑停住，然后转身返舟，依旧原路折回。

乘兴而去，到了；兴尽而返，回了。说白了，去等于没去，说等于没去，可实际上又还是去了。这位名士要的就是这份意思，见不见到戴逵，那是无所谓的。在意的是这个过程本身，过程既然有了，其他就不在话下了。

经南朝宋临川王刘义庆记下来，大家读到这里，无不钦佩，赞不绝口。

我也曾经心仪得不行，而且还读到别人的文章，把王子猷这一次“雪夜寒江舟，把盏独酌人”的行径，足足那么誉扬了一通。但有时，细细考量过去，如果王子猷去了剡溪，回到山阴，不那么张扬的话，除了他自己和几位划了一夜船、已经筋疲力尽的船工，没有人会知道

这次忽发奇想的旅行。我一直以小人之心忖度，王徽之也是在演潇洒，是营造他在时人心目中的风雅形象。

好像这位公子哥，也难逃炒作之嫌呢！

尽管如此，我还是十分服膺他的高明。高明之处在于他这样做了以后，不仅名噪一时，而且成为千古风流。更高明的是，他这样做了以后，别人再也无法重新来过。他把事情做绝了，前无古人，后无来者，天地悠悠，只此一次，他独领风骚。你能不为这样顿成绝唱的“秀”，五体投地吗？

现在，即使你雇一架直升机，飞过去，又转回，别人只会视你神经有问题，而不会赞扬；知道这典故者，顶多笑笑，说一句东施效颦，就够客气的了。而且，我也不相信今日之现用现交的文人才子，会那么冒傻气，投资于一位马上见不到回报效益的隐士？除非那是一位刊发文章时附月份牌“美女”照一帧的同行。除此而外，就要看红包里有几张百元大钞了。

从有皇帝那阵，迄至今日，写作和写作的人基本上都很“物质化”了，功利目的压倒了其他一切。也许，人们在性腺、金钱、权欲的驱动下，有可能不辞劳苦、奔波于途，去做一件什么事，去看一位什么人，但前提必须是对自己有利。但穷酸秀才，囊中羞涩，广文先生，捉襟见肘，想潇洒，爱潇洒，以潇洒自命，但要真的潇洒起来，也并非容易的事。而且，几乎很难做到王子猷如此大牌的潇洒。银两充足者，未必具有这等雅兴；而涌上来这份突发奇想的情致者，也不会绝对没有，可物质、精神两手均不硬，就大牌不了。这就是“雪夜访戴”成为后代文人艳羡的原因。

王子猷，豪门出身，高官子弟，本人也是黄门侍郎、骑兵参军，至少也是正师级的干部，官、钱、位应该是说得过去了，不是所有人都能达到的境界。比起十年寒窗，熬尽灯油，蹭蹬科场，拼命八股的人，不知快活多少倍。按常理而言，王子猷似乎没有什么必要去张罗、去铺垫、去造势、去促销自己了，还有什么不够心满意足的地方呢？我也常常替这位古人纳闷，干吗呀，子猷先生，你累心不累心啊？

正如那些报纸上天天见名字、荧屏上晚晚见形象、书店里处处见作品、网络上时时被点击的红人，令我不解一样，怎么总是没完没了地，永无餍足地折腾呢？闹不闹？烦不烦？后来我明白了。这是一种“多米诺骨牌效应”，第一张牌倒下，第二张牌也就跟着倒，欲罢不能。

因为你想罢，别人也不让你罢，靠你卖钱，靠你嗷饭的人，恐怕轻易也不会让你罢。再说，你已经拿大顶，头朝下倒立在那里了，成了时人注目的中心，你也不能就此拉倒。至少，有人向你讨钱的帽子里扔钢镚，至少，还有人为你的面不改色心不跳喝彩，因此，你自己也不想罢。一罢，全完，不就白费劲儿了吗？于是，只好抱着生命不息、炒作不止的恒心，继续头朝下地竖立在那里。

“雪夜访戴”的主角，虽然高明，说穿了，也是很在意这种热闹效应的，这也是所有热衷于炒作者的共同心态。要是，听不到别人嘴里念叨自己的名字，看不到别人眼里关注自己的神色，觉不出无论走到哪里，身边总有环绕自己的一圈人，那一份寥落、寂寞、冷清、凄凄惨惨切切，真像是有无数的蠕虫，在咬啮着自己那颗已经受不了冷落的心。

不制造一些新闻，不弄出一些响动，他是受不了的。于是，又看到了这位公子哥的表演：“王子猷尝行过吴中，见一士大夫家极有好竹，主已知子猷当往，乃洒扫施设，在听事坐相待。王肩舆径造竹下，讽啸良久。主已失望，犹冀还当通。遂直欲出门。主人大不堪，便命左右闭门，不听出。王更以此赏主人，乃留坐，尽欢而去。”

如果放在今天，娱乐版肯定会有“王子猷大闹竹林”的报道。

可惜的是，在《世说新语》这部书里，还有一则情节类似的记载，未能让王徽之独美于前。偏偏与他抢风头的，不是别人，而是他的弟弟王子敬，即王献之。

> 自会稽经吴，闻顾辟疆有名园，先不识主人，径往其家。值顾方集宾友酣燕，而王游历既毕，指麾好恶，傍若无人。顾勃然不堪曰：“傲主人，非礼也；以贵骄人，非道也。失此二者，不足齿之伧耳。”便驱其左右出门。王独坐舆上，回转顾望，左右

移时不至，然后令送著门外，怡然不屑。

同样的剧情，不同样的结局，两相比较，倒能看得出来，一收一放之间，两兄弟的实力差距。他弟弟所以比他更有恃无恐些，更浑不在乎些，因为王献之的谱，能摆得更大些。而他，一个骑兵参军，是无法与驸马爷相比的；现在还查不出王献之逛顾辟疆花园赏竹的时候，是否已任吴兴太守，若如此，这狂就更没得说了。这样一比，顶多是肩扛四个豆的王子猷，能不黯然失色吗？

王谢子弟，谁不标榜清高，这种权位上的差别，会对王子猷产生影响而情绪低落吗？似乎应该不，然而却不能不。中国的文人，除极个别者，在乎权位甚于在乎金钱，为之朝思暮想，为之夙夜匪懈，要甚于一般的追名逐利。在封建社会里，皇帝兴“文字狱”，不知多少文人掉了脑袋，但无数举子，仍旧本着“天子重英豪，文章教尔曹；万般皆下品，唯有读书高”地做那金榜题名的梦，冀图从皇帝手里接过那件黄马褂。官之大小，权之轻重，是十分在乎的，连死了以后的谥名，都全力以赴地去争的。别看他们口口声声不为五斗米折腰，不稀罕那蜗角虚名、蝇头微利，但在有可能得到的权位面前，没有一个人会掉头不顾而去的。

所有的演潇洒、装潇洒式的炒作，都不会离这利益的原动力太远。因之，对于敏感的王子猷而言，虽然他和他的弟兄们都拥有与生俱来的风流，和根本推不开的富贵，但客观存在着的高低之别、上下之分，这种心理上的隐痛，也会使王徽之活得不那么百分百的开心。在王羲之的几个儿子中间，王子猷一直处于这种觉不出来的压抑气氛之中，所以他才有“雪夜访戴”“竹园闹主”的表演，他不但需要人知道他的存在，更需要人为他的存在喝彩、鼓掌、叫好、欢呼。

然而他总是失落。有一次，他们弟兄三人“共诣谢安”。在王导以后，这位曾经指挥“淝水之战”的谢安，便是朝野众望所归的人物了。不过，在很长时间里，他一直隐居，时人有“谢安不肯出，将如苍生何”的舆论，把希望寄托于他。这位头上有光圈的名流的人物品评，一句话便举足轻重。“二兄（徽之、操之）多言俗事，献之寒温而已。既出，客问安王氏兄弟优劣，安曰：'小者佳。'客问其故，安曰：'吉人之辞寡，以其少言，故知之。'"而且，谢安对王献之"其钦爱之，请为长史，安进号卫将军，复为长史"，如此重用，如此信任，在一向自视甚高的王子猷心灵里，能不留下难以抹去的阴影吗？

他先在大司马桓温属下任参军，后在其弟车骑将军桓冲手下任骑兵参军，成了一个弼马温的角色。这种与他家门光荣不相称、与他兄弟们职务不相称的安排，也不能让他心理平衡。有一次桓冲问他："卿署何曹？"对曰："似是马曹。"又问："管几马？"曰："不知马，何由如数！"又问："马比死多少？"曰："未知生，焉知死！"最后一句，是孔子答复子路的话，他竟然拿来调侃上司，这潇洒也相当够意思的了（以上均见《晋书》）。试想一下，琅琊王家，东晋政权中的第一豪门，皇帝都不得不让出龙椅的半边请姓王的坐，现在他却坐在冷板凳上，受命于行伍，那情绪会好起来吗？

更何况他的婚姻状态，显然属于太过平庸一类，在史书上找不到一笔记载，比之娶了金枝玉叶的弟弟王献之、比之讨了谢家才女的哥哥王凝之，王徽之也无法神采飞扬起来。尤其他弟弟在当驸马前，与爱妾桃叶浪漫的恋情、与前妻郗氏缱绻的挚爱，那首为心上人写的《桃叶复桃叶》的爱情歌曲，竟流行江南一带。所有这些风雅绮丽的韵事，都与王子猷无缘，作为一个男人来讲，岂止是感到扫兴、窝囊、别扭呢？更多的倒怕是泛上的酸不溜丢的苦恼吧？

所以，他时不时地要潇洒一番，要制造一些足够上娱乐版的头条新闻，在当时的南京城里，他肯定是娱记紧紧追踪的明星。"王子猷出都，尚在渚下，旧闻桓子野善吹笛，而不相识。遇桓于岸上过，王在船中，客有识之者，云是桓子野，王便令人与相闻，云：'闻君善吹笛，试为我一奏。'桓时已贵显，素闻王名，即使回下车，踞胡床，为作三调。弄毕，便上车去。客主不交一言。"（《世说新语》）

直到他弟弟垂危之际，出于手足之情，他道出了心底的隐衷，"吾才位不如弟"，正因为才力的不逮、权位的差别，才不得不一个劲儿地装潇洒、演潇洒，填补心灵中的空虚。然而，王献之一死，他也未能活多久。至此，这位公子，那可怕的"多米诺骨牌效应"，才终

止进程。

明白了这一点，也就懂得当今社会，那些热衷于炒作的人，干吗要死去活来地折腾了。估计这些先生们、女士们，与王子猷一样，大概都有他（她）们见不得人的精神上的隐痛和不可告人的内心里的苦衷。

文人嘛，大部分具有表现欲，甚者，还具有强烈的表演欲。这两者，从本质上看是一回事，只是低度酒和高度酒的区别而已。从语义上推敲，表演应该要比表现更外在、更夸张一些。表现，主要是突出自己，让别人知道他的什么，而这个什么，基本上还是属于真我。表演，当然也是突出自己，但突出的什么，很有可能并非真实的自我，而是假我，或者压根儿的非我。然而，无论他怎么兴高采烈地表现或者表演，总是会有他内心里不快乐的一面。

偶读明代唐寅的诗作，题为《梦》：

二十年余别帝乡，夜来忽梦下科场，
鸡虫得失心尤悸，笔砚飘零业已荒。
自分已无三品科，若为空惹一番忙，
钟声敲破邯郸景，依旧残灯照半床。

小时候，随大人在书场听弹词《三笑》，觉得在这个世界上，谁也比不上这位风流倜傥的吴中才子唐解元更快活无比、更开心自在、更得心应手、更放浪不羁的了。他的潇洒、他的炒作、他的表现，他的表演，无不臻于登峰造极的地步。然而，从这首诗、从这其实也是伴其一生的梦里，我们不也体会出他内心深处的阵阵隐痛、聊作佯狂背后的苦衷，和那掩饰不住的怅惘嘛！

潇洒难得，难得潇洒，想到这里，对于时下喧嚣的市场化炒作，对于时下文化人的忙忙碌碌、烈烈轰轰、奇奇怪怪、热热闹闹，也仿佛多了一份理解，随之也就豁然了。那还有什么好说的呢！

不过，你得佩服，王子猷之秀，秀得确实不同凡响。

李白很给力

“仰天大笑出门去”是李白最得意时候的诗，也是最具李白风格的诗。

每读到这里，不但让我们想象得出这位诗人，怎么昂着头、挺着脸、走出门来、迎着太阳、大笑不止的发烧样子，甚至似乎还能听到他情不自禁的、喜从中来的、按捺不住的、兴奋不已的朗朗笑声。

只有他能这样不管不顾地得意，也只有他敢这样大张旗鼓地得意。

这就使你懂得，为什么李白写诗，最放纵、最肆意、最冲动、最无拘无束？为什么在他笔下，总是写到极致、写到顶点、写到夸张得不能再夸张的临界状态、写到其对比度强烈到不能再强烈的巅峰程度。在中国，也不只在中国，也许他是最精到、最娴熟、最大胆、最醉心于将语言表达到极致境地的杰出诗人。

君不见，黄河之水天上来，奔流到海不复回。君不见，高堂明镜悲白发，朝如青丝暮如雪。(《将进酒》)

十步杀一人，千里不留行。
事了拂衣去，深藏身与名。
(《侠客行》)

愁来饮酒二千石，寒灰重暖生阳春。
（《江夏赠韦南陵冰》）

楚山秦山皆白云，白云处处长随君。
（《白云歌送刘十六归山》）

兴酣落笔摇五岳，诗成笑傲凌沧洲。
（《江上吟》）

桃花潭水深千尺，不及汪伦送我情。
（《赠汪伦》）

横河跨海与天通，我知尔游心无穷。
（《元丹丘歌》）

燕山雪花大如席，片片吹落轩辕台。
（《北风行》）

呼卢百万终不惜，报仇千里如咫尺。
（《少年行》）

天台四万八千丈，对此欲倒东南倾。
（《梦游天姥吟留别》）

大鹏一日同风起，扶摇直上九万里。
（《上李邕》）

俱怀逸兴壮思飞，欲上青天揽明月。
（《宣州谢朓楼饯别校书叔云》）

飞流直下三千尺，疑是银河落九天。
（《望庐山瀑布》）

朝辞白帝彩云间，千里江陵一日还。
（《早发白帝城》）

白发三千丈，缘愁似个长。
（《秋浦歌》）

凡中国人，无不知李白；凡中国人，无不能脱口而出数句或数首李白的诗。一部中国文学史，要是缺少了李白这个名字，就好像喜马拉雅山没有珠穆朗玛峰一样，立刻就会失去那一股顶天立地的感觉。

李白的诗，对于中国文学的发展，其影响甚为深远。

李杜文章在，光芒万丈长。
（韩愈《调张籍》）

白也诗无敌，飘然思不群。
（杜甫《春日忆李白》）

笔落惊风雨，诗成泣鬼神。
（杜甫《寄李十二白二十韵》）

其为文章，率皆纵逸，至如《蜀道难》等篇，可谓奇之又奇，然自骚人以还，鲜有此体调。（殷璠《河岳英灵集》）

诗人各有所得，清水出芙蓉，天然去雕饰，此李白所得也。（王安石的评价，见胡仔《苕溪渔隐丛话》）

太白于乐府最深，古题无一弗拟，或用其本意，或翻案另出

新意，合而若离，离而实合，曲尽拟古之妙。（胡震亨《唐音癸签》）

唐三百年一人。（李攀龙《唐诗选序》论李白绝句）

而谈到李白这个人，他的来历、他的出处、他的行状、他的踪迹，就不如他写的诗那样明明白白地便于言说了。

从公元701年（唐武后大足一年）生，到762年（唐肃宗宝应一年）死，他的一生，有许多不确定性的记载，不是一句两句就能说清楚、说明白的。他自称祖籍陇西成纪（今甘肃秦安），先代于隋末流徙西域，因此他出生于中亚碎叶城（今吉尔吉斯斯坦国的碑城，即托克马克城）。神龙初，随父回四川广汉，居绵州彰明县（今四川江油）清廉乡。也有一说，李白生于蜀中；更有一说，李白具有胡人血统。

724年（开元十二年）“仗剑去国，辞亲远游”，出蜀后，漫游江汉、洞庭、金陵、扬州等地。娶故相许圉师之孙女为妻，遂定居湖北安陆。

730年（开元十八年）这位倒插门女婿，不知什么缘故，在安陆待不下去了，遂西去长安求发达，与张垍、崔宗之、贺知章等交游。

732年（开元二十年）虽得到玉真公主的接待，但未能被她大力引荐，谋官不成，沮丧而归。

736年（开元二十四年），决心遁世，移居山东任城，与孔巢父等隐于徂徕山，号“竹溪六逸”。

742年（天宝元年）因道士吴筠荐举，应诏入京，突然发迹起来，为供奉翰林，达其人生最高潮。

745年（天宝三载）受权贵谗谤，加之未遂“使寰区大定，海县清一”的政治抱负，求去，被唐玄宗赐金放还。出京后，与杜甫、高适会于梁、宋，漫游齐、鲁，过着行吟放浪的日子。

752年（天宝十一载）北上塞垣，游幽蓟，浪迹天下。

756年（天宝十四载）“安史之乱”，隐居庐山。

757年（至德元载，即天宝十五载）应永王李璘邀，入幕为宾。他以为是一次得以报国的机会，谁知却上了贼船。

758年（至德二载）永王李璘兵败，李白亡走彭泽，坐系浔阳狱。

759年（乾元元年，即至德三年）因永王事坐罪，本来是要被杀头的，经郭子仪担保，免诛而被长期流放夜郎。

760年（乾元二年）未至夜郎，遇赦得释。

761年（上元元年，即乾元三年）往来于岳阳、浔阳、宣城。

762年（宝应元年）往依族叔当涂令李阳冰，是年十一月，以疾卒，年六十二。也有一说，游江上，投水死。

李白，一方面是有大才华的诗人，一方面也是有大抱负的志士。他实际是有大胸怀，想做大事业，是想达到他在诗歌上达到的成就相埒，是他一辈子不停拼搏，不断折腾的目标。在封建社会里做大事业，必须做大官；也许做大官者不一定做大事业，但要真想做大事业，还非得做大官不可。这也是李白毛遂自荐，削尖脑袋钻营官场的由来，虽然他很不愿意“摧眉折腰事权贵”，然而他又坚信“我辈岂是蓬蒿人”，因此，他始终处于相当程度的自我矛盾之中。他有时候是自己，有时候就不是他自己，有时候他在做一个想象中应该是什么样的自己，有时候失去自己走到不知伊于胡底的地步。

姑且相信有“上帝”这一说，不知为什么，上帝把人造成如此充满矛盾的一个载体，而人之中的诗人尤甚。设若矛盾在平常人身上，计数为一，那么，在诗人身上必然发酵为一百。同样一件事，你痛苦，他就痛苦欲绝；你快乐，他就快乐到极点、到狂。诗人与别人不同之处，无论痛苦，还是快乐，来得快，去得更快。于是，诗人像一只玻璃杯，总是处于矛盾的大膨胀和大收缩的状态下，很容易碎裂。

真正的诗人，短命者多，死于非命者多，这也是无可奈何的事。当然，有些诗人后来还苟活着，实际上他的诗情，早已掏空；他的五色笔也被梦中的美丈夫收回去了，压根儿已不是诗人，只不过是原诗人或前诗人，或曾经诗人过。写不出诗，并不妨碍他仍顶着诗人的桂冠，在文坛招摇，要他的一席位置，要他的一份待遇，位置低了不行，待遇少了不干。这也是当前中国文人的现状。

李白这个中国文学史上最伟大的诗人之一，可以说一生矛盾，矛盾一生。

读他的诗，如同读这个人。李白在逝世以前的那段日月，作为一个充军夜郎、遇赦折返的国事犯，羁旅江湖，家国难归，那心境怕不会是快活得起来的，他笔下只能写这种愁眉不展的诗：

窜逐勿复哀，惭君问寒灰。
浮云本无意，吹落章华台。
远别泪空尽，长愁心已摧。
三年吟泽畔，憔悴几时回？
（《赠别郑判官》）

在春风得意那一阵，李白在长安城里，过的是他挚友杜甫所写的那优哉游哉的日子。“李白一斗诗百篇，长安市上酒家眠。天子呼来不上船，自称臣是酒中仙。”（《饮中八仙歌》）

也许太快乐比太痛苦更不容易激发诗的灵感，声色犬马，“三陪”女郎，酒足饭饱，桑拿浴房，这时候的诗人只有饱嗝可打，臭屁可放，诗是绝对作不出的，即使作出来，如李白这样的高手，也就不过如此：

凤凰初下紫泥诏，谒帝称觞登御筵。
揄扬九重万乘主，谑浪赤墀青琐贤。
朝天数换飞龙马，敕赐珊瑚白玉鞭。
世人不识东方朔，大隐金门是谪仙。
（《玉壶吟》）

显然，仰天大笑的蓬蒿人，终于等到了这一天，欢悦之心，喜欣之色，全在这首诗中赤裸裸地烘托出来了。对这位诗人的童真、稚情、孩子气，我们也就只好一笑了之。谁也不是圣人，谁也不是神仙，谁也不能保证自己百分百的正确。

作为供奉翰林的李白，还得哄最高当局开心，也真是够难为他的。从宋朝王谠著的《唐语林》中的一则故事可知，诗人的马屁术，也挺有水平，能拍得皇帝老子蛮开心的。“玄宗燕诸学士于便殿，顾谓李白曰：‘朕与天后任人如何？’白曰：‘天后任人，如小儿市瓜，不择香味，唯取其肥大者；陛下任人，如淘沙取金，剖石采玉，皆得其精粹。’上大笑。”

因为武则天养男宠，“唯取其肥大者”，李白讲这个低级的色情段子，让李隆基开怀大笑，说明他很能揣摩老爷子的心理。当然，李白的作秀，或李白的佯狂，是他的一种舞台手段。他渴嗜权力，追逐功名，奔走高层，讨好豪门，是为了实现更远大的目标，宫廷侍奉，更使他必须全身心地投入，才能把握得住接近最高当局的唯一机会。所以，他忙得很，至少那一程子，分身乏术，忙得脚打后脑勺。下面这首近似“吹牛皮”的诗，便可了解他那时的得意心情：

少年落魄楚汉间，风尘萧瑟多苦颜。
自言管葛竟谁许？长吁莫错还闭关。
一朝君王垂拂拭，剖心输丹雪胸臆。
忽蒙白日回景光，直上青云生羽翼。
幸陪鸾辇出鸿都，身骑飞龙天马驹。
王公大人借颜色，金章紫绶来相趋。
当时结交何纷纷，片言道合唯有君。
待吾尽节报明主，然后相携卧白云。
(《驾去温泉宫后赠杨山人》)

看这首诗的标题，就可想见诗人那一脸得意之色了。“幸陪鸾辇”什么意思？是陪着李隆基去潼关洗温泉。也许认为自己是在护驾的诗人，在这支陪同队伍中，只是最后一辆面包车的乘客，那也了不起。

英国的莎士比亚，一生中侍奉两位君王，一位是伊丽莎白，一位是詹姆士二世。前者，他只有在舞台边幕条里探头探脑的份儿；后者，他也不过穿着骠骑兵的号衣，在宫殿里站过岗，远远地向那个跛子敬过礼。何况我们的诗人李白，不仅与李隆基同乘一辆考斯特，由西安同去临潼，一路上还相谈甚密，十分投机。《唐语林》也证实：“李白名播海内，玄宗见其神气高明，轩然霞举，上不觉忘万乘之尊，与之

如知友焉。”看来，诗人的“片言道合唯有君”，固然有自我发酵的成分，但大致符合实际。他给杨山人写诗的时候，肯定采取海明威的站着写作的方式，因为他已经激动得坐不住了。

744 年（天宝三年）第二次离开长安以后，他虽然有点失落，但未完全失落，这期间写的诗，有点失落，怨而不怒，是写风、雅、颂的最佳状态。完全失落，风、雅不起来，颂也没兴致，一心舒愤懑就有失温柔敦厚之意了：

处世若大梦，胡为劳其生？
所以终日醉，颓然卧前楹。
觉来盼庭前，一鸟花间鸣。
借问此何时？春风语流莺。
感之欲叹息，对酒还自倾。
浩歌待明月，曲尽已忘情。
（《春日醉起言志》）

正因为他还有一份对长安的憧憬，才生出“浩歌待明月”的期冀，无论如何，他终究是和皇帝在一辆考斯特车上坐过，很官方色彩过的。所以，他有一时兴来的正统情感，虽然自己倒未必坚持正统，犹如他习惯了写非主流的作品，兴之所至，偶尔主流一下，也未尝不可。大师出神入化的诗歌创作，在物我两忘的自由王国里任意翱翔，就不能以凡夫俗子的常法常理，来考量他了。

对李白这样彻头彻尾的浪漫主义者来讲，要他做到绝对的皈依正统、死心踏地地在体制内打拼，恐怕是一件最痛苦的事情，继续做笼中的金丝鸟，无异于精神的奴役。这也是他第二次终于走出长安的底因。如果我们理解李白，就知道他在人格上更多的是一个悖背正统的叛逆者。但也别指望他能大彻大悟，李白与历史上所有的大师一样，无不处于矛盾之中：一方面，建功当世，以邀圣宠，扬声播名，以求闻达，这种强烈的名欲，使他几乎不能自已；一方面，浪迹天涯，啸歌江湖，徜徉山水，看破红尘，恨不能归隐山林；一方面，及时行乐，不受羁束，声色犬马，胡姬吴娃，离开女人简直活不下去；一方面，四出干谒，曲事权贵，奔走营逐，卖弄才华，沉迷名利场中而不拔。所以733年，他第一次离开长安后，东下徂徕，竹溪友集，人在江湖，其实还是心存紫阙的。这是诗人一辈子也休想摆脱的“我辈岂是蓬蒿人”的攀高心结。

这不仅仅是李白，世界上有几个甘于寂寞、当真去归隐的人呢？唐代有许多在长安捞不到官做的文人，假模假式地要去隐遁，可又不肯走得太远，就到离长安不远的终南山当隐士。隔三岔五，假借回城打油买醋、背几箱方便面在山里吃的理由，屁颠屁颠地又溜进青绮门，窥探都城动静。

“天生我材必有用，千金散尽还复来。”《将进酒》诗中的这两句名言，注定了诗人不能忍受的，就是不堪于默默中度过一生。742年(天宝元年)，李白的机会来了，他的友人道士吴筠，应召入京，吴筠又向玄宗推荐了李白，唐玄宗来了好兴致，征召我们这位诗人到长安为供奉翰林。于是，他写下这首一点都不掩饰自己的得意之歌：

白酒新熟山中归，黄鸡啄黍秋正肥。
呼童烹鸡酌白酒，儿女嬉笑牵人衣。
高歌取醉欲自慰，起舞落日争光辉。
游说万乘苦不早，着鞭跨马涉远道。
会稽愚妇轻买臣，余亦辞家西入秦。
仰天大笑出门去，我辈岂是蓬蒿人。
(《南陵别儿童入京》)

老百姓形容某个人过分的轻狂，喜欢说，骨头轻得没有四两。我估计，这位大师此时此刻，浑身上下加在一起，怕也没有200克重的。最后两句，我们能够想象诗人当时那副乐不可支的模样。幸而他一向佯狂惯了，要是这幸运落在《儒林外史》中的范进头上，怕到不了长安就笑傻了。

凡诗人，都有强烈的表现欲，哪怕他装孙子，作假收敛，作假谦

唐·孙位《高逸图》(局部)　山涛赤膊袒胸，披襟抱膝

谨，那眼角的余光所流露的贪念，也是打埋不住的。像李白这样不遮不掩、不盖不藏的真性情，真自在、真实在的内心、真透明的灵魂，倒显得更加率真可爱。

李白倒不是浪得大名，“五岁诵六甲”，“十岁观百家，轩辕以下来颇得闻矣”，“十五观奇书，作赋凌相如”，深信自己具有“申管晏之谈，谋帝王之术，奋其智能，愿为辅弼，使寰区大定，海县清一”的能量，正是这一份超常智慧、卓异才华，使他既自信、更自负。他在《上安州裴长史书》中说，成年以后，“仗剑云国，辞亲远游，南穷苍梧，东涉溟海”。可以看到他读百家奇书、求治国韬略、历江湖河海、涉名山大川以后，诗创作越发成熟、求功名越发强烈、做一番大事业的欲望越发坚定、求一个大位置的野心越发迫切。

在《与韩荆州书》中的他，那豪放狂傲、不可一世的性格，和他干谒求售时急不可待的心情，两者如此巧妙地结合，不能不令人对其笔力所至，无不尽意地折服：“白，陇西布衣，流落楚汉，十五好剑术，偏干诸侯。三十成文章，历抵卿相。虽长不满七尺，而心雄万夫。皆王公大人许以义气，此畴曩心迹，安敢不尽于君侯哉？”把自己狠狠吹了一通以后，又把荆州刺史韩朝宗，足足捧了一顿。“君侯制作侔神明，德行动天地。笔参造化，学究天人。幸愿开张心颜，不以长揖见拒，必若接之以高宴，纵之以清谈，请日试万言，倚马可待。”然后，进入主题，凡吹，凡拍，无不有明确的目标。“今天下以君侯为文章之司命，人物之权衡，一经品题，便作佳士。而今君侯何惜阶前盈尺之地，不使白扬眉吐气，激昂青云耶！”

李白的“吹”，“吹”出了水平、“吹”出了高度，怎样“吹”自己是一门学问，以上引文不足百字，要“吹”的全“吹”了，要达到的目标全表达了，而且，文采斐然，豪气逼人。我绝无厚古薄今的意思，当今一些作家、诗人在包装促销、炒作高卖方面，可谓瞠乎其后。到底是大诗人、大手笔，连吹，也吹出这一篇难得再见的绝妙文章。直到今天，李白先生“吹”自己的杰作，还被莘莘学子捧读，还能读得十分动情。时下文坛上那些“吹”者和被“吹”者，三个月，不，一个月以后，还有人记得吗？

一个作家，写了些东西，想让人叫好，是很正常的情绪。在信息泛滥得无所适从的今天，给读者打个照会，不必不好意思，无非广而告之。适当“吹吹”，无伤大雅。如今铺天盖地的广告，有几个是有一说一，有二说二的呢？街头吆喝，巷尾叫卖，推销产品，便属必要。所以，别人不吹，自己来吹，老王卖瓜，自卖自夸，不是什么丢人现眼的事；拉点赞助，雇人鼓掌，也不必大惊小怪。

文人好“吹”，当然不是李白开的头，但不管怎么说，李白的诗和文章，却是第一流的，在文学史上的地位，也是众所周知的。有得“吹”，并不是一件坏事；让人痛苦的是没得“吹”的也“吹”，充其量，一只瘪皮臭虫，能有多少脓血，硬吹成不可一世的鲲鹏，“吹”者不感到难堪，别人就会觉得很痛苦。

但假冒伪劣产品，由于质次价廉的缘故，碰上贪便宜的顾客，相对要卖得好些。货真价实的李白，一脑子绝妙好诗、一肚子治国方略，就是推销不出去。《行路难》是李白离开长安时的诗作，写出了黑暗现实对他宏大抱负的阻遏：

> 金樽清酒斗十千，玉盘珍馐直万钱。
> 停杯投箸不能食，拔剑四顾心茫然。
> 欲渡黄何冰塞川，将登泰山雪满山。
> 闲来垂钓碧溪上，忽复乘舟梦日边。
> 行路难，行路难。
> 多歧路，今安在？
> 长风破浪会有时，直挂云帆济沧海。
>
> （《行路难》其一）

好容易走了驸马爷张垍的门子，以为能一登龙门、身价十倍，哪知权力场的斗争，可不是如诗人想象的那样简单。他两进长安，兴冲冲地来，灰溜溜地走，都栽在了官场倾轧、宫廷纷争之中。大概，一个真正的文学家，政治智商是高不到哪里去的；同样，一个真正的政治家，其文学才华，总是有限，这是鱼和熊掌不可得兼的事。不错，

英国的丘吉尔获得过1953年的诺贝尔文学奖，与其说奖他的文学，不如说奖他坚定的反共产主义的一生来得更确切些。后来，驸马将李白扔在了终南山里那位道姑的别墅里，再也不理不问，细雨蒙蒙之时，希望缥缈，他也只能发出感叹系之的悲鸣！

毛泽东曾用毛与皮的关系，比喻知识分子的依存问题。封建社会中所谓的“士”，也是要考虑“皮之不存，毛将焉附”的。李白为了找这块可以附着的“皮”，第二次进了长安。这回可是皇帝叫他来的，从此能够施展抱负了，虽然，他那诗人的灵魂，“安能摧眉折腰事权贵，使我不得开心颜”，不能完全适应这份新生活，只好以酒度日，长醉不醒。而李隆基分派下来的写诗任务，不过哄杨玉环开心而已。无法参与朝政，得不到“尽节报明主”的机会，眼看着“光景不待人，须臾发成丝”。最后，他只好连这份吃香喝辣的差使，也不干了。终于打了辞职报告，卷起铺盖，告别长安。

本来他以为从此进入决策中枢，一显才智。可在帝王眼里，供奉翰林与华清池的小太监一样，一个搓背擦澡，一个即席赋诗，同是侍候人的差使。也许，他未必真心想走，说不定一步一回头，盼着官中传旨让他打道回朝，与圣上热烈拥抱呢！我们这位大诗人，在兴庆宫外，左等不来，右等不到，只好噘着嘴，骑着驴，出春明门，东下洛阳，去看杜甫了。

这就是封建社会中的知识分子，总是处于出世与入世、在野与在朝、又想吃又怕烫、要不吃又心痒的重重矛盾之中的原因，也是历代统治者对文人不待见、不放心、断不了收拾，甚至杀头的原因。

第二次漫游，李白走遍了鲁、晋、豫、冀、湘、鄂、苏、浙。753年（天宝十二载），在安徽宣城又写了一首感到相当失落，但仍不甘失落的诗。

青春几何时，黄鸟鸣不歇。
天涯失乡路，江外老华发。
心飞秦塞云，影滞楚关月。
身世殊烂漫，田园久芜没。

岁晏何所从，长歌谢金阙。
（《江南春怀》）

一个人的性格可能决定了他的命运，同样，一个人的命运也可能支配着他的心路历程。十年过去，无论他兜了多么大的圈子，从那首“浩歌待明月”，到这首“长歌谢金阙”，轨迹不变，仍旧回到最初的精神起点上去。

真为我们想不开的诗人痛苦。老先生啊，文学史记住的是你的诗，至于你的官衔、你的功名、你的房子、你的车子、你的医疗待遇、你的红本派司，那是一笔带过的东西，即使写在悼词里，光荣、伟大、正确、英明，外加上高尚、雄伟、辽阔、壮观，一直到呜乎尚飨、节哀顺变，全写了，又如何？念完以后也就完了，没有一个人会听进耳朵里去。李白应该明白，人们记住的是你的诗，而不是别的。

当然，能让人记住你的诗，也要写得好才行，撒烂污是不行的。现在有些诗人，诗写得很狗屁，还指望有人记住，那就是感觉失灵。其实他人还没死，那些狗屁诗早就销声匿迹了。一看到我的许多同行，诗写得没有李白的万分之一好，“李白病”却害得不轻，忙忙碌碌，蝇营狗苟，鬼鬼祟祟，东奔西走，谋这个职位，求那个差使，拍这个马屁，钻那个空子。得着，欢天喜地，笑逐颜开；得不着，呼天抢地，如丧考妣。我就想，有那精神和时间，写点东西该多好？看点闲书该多好？不写东西，也不看书，躺在草地上，四肢撑开，像一个“大”字，看天上的浮云游走，又该有多自在？

文人得了这种病，也就没治了！

我一直在思索，若是李白死心踏地地去做他的行吟诗人、云游山人、业余道人、大众情人、长醉之人，有什么不好？可他偏热衷于做官宦，总是心绪如麻地往长安那个方向眺望不已，难道他还看不出来，那个不可救药的李隆基，已离完蛋不远了吗？就算朝中的清醒者，聘他回长安施展治国才能，坐在火药桶上的李唐王朝，引线已经点燃，开始倒计时，他能阻止这场帝国大爆炸吗？

但诗人不，撇开他的私念不论，应该说，他还不是像我所认识的

那些同行，利欲熏心，不能自已。他的心胸中，那一份爱家爱国的执着信念，那一份建功立业的强烈愿望，还是令人感动的。尤其那一份“欲献济时心，此心谁见明”的急迫感，简直成了他的心狱。在登谢朓楼时，还念念不忘“何时腾风云，搏击申所能”。那个昏聩的唐玄宗，早把醉酒成篇的诗人忘掉在九霄云外，时隔十年以后的李白还自作多情地“弃我去者昨日之日不可留，乱我心者今日之日多烦扰”忧国忧民不已。读诗至此，不能不为从三闾大夫起的中国文人那种多余的痴情，感到深深的悲哀。

他不爱你，你还爱他，这单相思岂不是白瞎了吗？

755 年，李唐王朝的盛世光景再也维持不下去，“安史之乱”终于爆发，从此大唐元气不复，走向衰弱。这场动乱也将李白推到皇室斗争的政治漩涡之中，成了牺牲品。他还没有来得及弄清谁是谁非，急忙忙站错了队，便草草地于垢辱中走完生命的最后旅程。

文学家玩政治，十有九败；政治家玩文学，十有十个，都是扯淡。

李白当然不知最后会是个什么下场，他是个快活人，即使在逃亡避难，奔走依靠途中，也不乏行吟歌啸、诗人兴会、酒女舞伎、游山逛水的快活，这是他几乎不可或缺的人生“功课”，该快活能快活，还是要快活的。但诗人是个矛盾体，快活的同时也有不快活，便是那场血洗中华的战乱，他不能不激动，不能不愤怒，不能不忧心忡忡。

马如一匹练，明日过吴门。
乃是要离客，西来欲报恩。
笑开燕匕首，拂拭竟无言。
狄犬吠清洛，天津成塞垣。
爱子隔东鲁，空悲断肠猿。
林回弃白璧，千里阻同奔。
君为我致之，轻赍涉淮原。
精诚合天道，不愧远游魂。

（《赠武十七谔》）

他那诗人的灵魂，总不会与国家的沦亡、民族的安危了无干系的，他不可能不把目光从酒杯和女人的胴体移开，关注两淮战事与河洛安危，“抚剑夜吟啸，雄心日千里”，“中夜四五叹，常为大国忧”，河山灰烬，社稷倾圮，爱国之情，报国之心，还是使得这位快活的诗人不快活，夜不能眠，起坐徘徊。

为李白辩者，常从这个共赴国难的角度，为他应诏入永王幕表白。但那是说不通的，很难设想关心政治的李白，会糊涂到丝毫不知这个握兵重镇的李璘，正在反叛的事实。他所以走出这一步，是经过深思熟虑的。我认为大唐王朝建国初期的“玄武门之变”，这个历史上的特例，对诗人的那根兴奋了的迷走神经来说，是一种隐隐的说不出口，可又时刻萦注在心的强刺激。他心中有个场，就是在决胜局尚未揭晓之前，既没有胜者也没有败者，谁知这位皇子，会不会是第二个李世民、明天的唐太宗呢？

诗人是以一个赌徒的心理，押上这一宝的。他哪里想到，这一步铸成他的大错，这一错加速他的死亡。

当他被李璘邀去参观那一支王牌水师，走上楼船的甲板时，官员们呐喊欢呼、列队欢迎，水兵们持枪致敬、恭请检阅。穿上军衣、戴上军阶、挎上军刀、行着军礼的李白，总算体验到一次运筹帷幄之威风、指挥统率之光荣，顿时间，忘乎所以、啸歌江上、脑袋发热、赞歌飞扬，把身边的野心家当成明日之星，大发诗兴，一下子泉涌般地写了 11 首颂诗。

马屁得也太厉害点了，诗人哪，你也太过分了吧！这实在有点破天荒，当年李隆基点名请他赋诗，才写了三首《清平调词》。

> 三川北虏乱如麻，四海南奔似永嘉。
> 但用东山谢安石，为君谈笑静胡沙。
> （《永王东巡歌》其二）

他也不掂掂分量，就把自己比作指挥“淝水之战”的名将。牛皮之后，又别有用心地暗示李璘。

龙盘虎踞帝王州，帝子金陵访故丘。
春风试暖昭阳殿，明月还过鳷鹊楼。
（《永王东巡歌》其四）

最后，则认为天下已定、佐驾有功，就等着永王璘记公司的老板给他分红了。

试借君王玉马鞭，指挥戎虏坐琼筵。
南风一扫胡尘静，西入长安到日边。
（《永王东巡歌》其十一）

一个本来“安能摧眉折腰事权贵”的诗人，现在成为政治上的糊涂虫，这是文人见木不见林的短见、太实用也太庸俗的功利主义！真不禁为误入歧途的大诗人李白叹息。

756年（至德元载）七月，太子李亨即位于灵武。十二月，一看没戏的永王李璘不再等待，公开打出反叛旗帜，割据金陵。757年（至德二载）正月，永王率水师东下，经浔阳，从庐山把诗人请了下来。政治家有时需要文学家，只不过起个招牌作用而已。李璘举事，民心不附，当然要打这样一位名流做号召。诗人有其天真的一面，当真想象他就是东晋的“斯人不出，如苍生何”的谢安，胡子一撅一撅，下山辅佐王业去了。

李璘集结军队，顺流而下，分兵袭击吴郡、广陵，已引起江南士民的抵抗，李白是清楚的。急于扩大地盘另立中央的行径，几乎没有州县响应，更无名流支持，李白也是了解的。否则就没有犹豫再三，最后经不起敦劝和诱惑，才入幕为宾的过程。

他哪里想到，那个刚登上皇位的李亨，一见后院着火，大敌当前也顾不得了，回出手来便狠狠地收拾他的兄弟。二月份在镇江的一场激战，曾被诗人歌颂过的英武水师被打得溃不成军，诗人至此，吃什么后悔药也来不及了。

李白先是亡走彭泽，后被捕，下浔阳狱，待定罪。幸好，得到御史中丞宋若思的营救，取保释放，免受牢狱之灾。出于感激，赶紧写了一首题目很长的诗《中丞宋公以吴兵三千赴河南军次寻阳脱余之囚参谋幕府因赠之》，献上去。这个马屁，我们应该体谅他不得不为之了：

独坐清天下，专征出海隅。
九江皆渡虎，三郡尽还珠。
组练明秋浦，楼船入郢都。
风高初选将，月满欲平胡。
杀气横千里，军声动九区。
白猿惭剑术，黄石借兵符。
戎虏行当翦，鲸鲵立可诛。
自怜非剧孟，何以佐良图。

之所以把这首泛泛的诗作，抄录出来，是因为我实在怀疑，这是不是原来打算献给永王的？如果那个野心家真的坐江山的话，这不是一首写他创业建功的现成的诗吗？

这世界上有的是小人，而皇帝有可能是最大的小人，这期间，李白还请托过大将军郭子仪，为他在陛下那里缓颊，“表荐其才可用”。但李亨很生气诗人一屁股坐在他弟弟那边为他写诗，而不为自己写诗。那好，长放夜郎，让你明白站队站错了，必须付出什么代价。最可笑的，那个主犯李璘，并没有定罪，而从犯李白，李亨却不肯原谅。李亨不保他，谁保也不行。诗人保外的日子很快结束，最后给他定了“从璘”罪，流放夜郎。

《旧唐书》为史家著，对于李白之死，是这样写的：“永王谋乱，兵败，白坐长流夜郎，后遇赦得还，竟以饮酒过度，醉死于宣城。”《新唐书》为文人撰，对于同行多有回避，连醉也略而不谈了。但从宋朝梅尧臣诗《采石月下赠功甫》说：“醉中爱月江底悬，以手弄月身翻然。”宋陈善《扪虱新话》记苏东坡赠潘谷诗句：“一朝入海寻李

白，空看人间画墨仙。”元辛文房《唐才子传》：“白晚节好黄老，度牛渚矶，乘酒捉月，沉水中。”李白醉酒落水而死，杜甫过食牛肉而亡的传说，却在民间一直流传至今。有一说，诗人醉酒泛舟江上，误以为水中月为天上月，俯身捉月，一去不回。有一说，诗人看到江上的月影，以为是九霄云外的天庭，派使者来接他上天，遂迎了过去，跃入江水之中，有去无归。

> 大鹏飞兮振八裔，中天摧兮力不济。
> 余风激兮万世，游扶桑兮挂石袂。
> 后人得之传此，仲尼亡兮谁为出涕？
>
> （《临路歌》）

这是他最后一首诗作，这个一辈子视自己为“大鹏”，恨不能振翅飞得更高的诗人，忘了万有引力这个规律，终于还是要重重地摔落在地上的。诗人最后选择了投入江水怀抱中的这个办法，也许他想到老子那句名言：“上善若水。”这个结局，说不定能给后人多留下一点遐想的余地。

另一面韩愈

公元802年5月（唐贞元十八年），时值初夏，风光明媚，初露头角的韩愈作华山游。

那年他35岁，正是意气风发的好年纪，何况又刚刚拿到太学里的四门博士委任状，情致当然很好。虽然四门博士，约相当于今天的研究员，在冠盖满京华的长安，属较低职位，不为人待见。正如时下有的人在名片上标出“一级作家”字样，会有人因此将他或她，当作一盘菜吗？不过京师官员的身份，对一个苦熬多年的文士来说，也算讨到一个正果。做一名公务员，唐时和现时差不多，在有保障这一点上，总是值得欣慰的事。

他在公元786年（唐贞元二年），来到京师应试。那是当时的全国统考，要比当今的高考难上好多倍。他用六年工夫，一连考了三次，都以名落孙山告终。直到公元792年（唐贞元八年）第四次应试，老天保佑，他得中进士。随后，他又用了十年工夫谋官，因为中了进士不等于就可以到衙门做事，还需要参加遴选官员的考试，考上以后成为公务员，方可留京或外放。唐代的科举，一方面要有学问，一方面要靠关系，后者比前者甚至更重要一些。在后者上韩愈是个弱势考生，一无门第背景，二无要人荐举，不过他有性格倔强的一面，相信自己的本事，三次参加吏部博学鸿词科会试，结果却三次扑空。不认输的韩愈，接着上书宰相，陈述自己的能力和品格，足堪大用，求其擢拔，

不知是宰相太忙，还是信未送达，写了三次信都石沉大海。看来命也运也难以强求，失望之余，他退而求其次，便设法到地方上谋一份糊口的差使。

正好宣武军节度使董晋赴任，需要人手，他投奔而去，在其手下任观察推官。后来董晋病故，他又转到武宁节度使张建封属下任节度推官。不久张建封也病故了，不走运的韩愈连一个小小的法官或者推事，也干不成，只好回到洛阳赋闲。从贞元二年到贞元十八年，他的遭遇恰如《将归赠孟东野房蜀客》诗中“倏忽十六年，终朝苦寒饥”写的那样无比辛酸。不过文学讲夸张，诗歌讲比兴，难免浮泛的成分，可信也不能全信，韩愈的日子不算好过，却真是事实。韩愈的一生，怕穷是出了名的，一篇《送穷文》大谈穷鬼之道。元人王若虚讽刺过他：“韩退之不善处穷，哀号之语，见于文字。”还奇怪他：“退之不忍须臾之穷。”韩愈发达以后，很会搂钱，渐渐富有，一直富到流油的地步。唐人刘禹锡这样形容“一字之价，辇金如山”，稿酬之高，骇人听闻。但有了钱的他，为人也好，为文也好，仍旧哭穷不止。

现在已查不到他是怎么谋到四门博士这个位置的，但可以查到“国子监四门助教欧阳詹欲率其徒伏阙下，请愈为博士”（《韩愈年谱》）这样一条花边新闻。看来，他有群众，他有声势，甚至还有舆论支持，说明他颇具能量、挺能折腾。他竟然蛊惑国子监的师生一众，聚集紫禁城下，伏阙示威，要挟最高行政当局，必让德高望重的韩先生来教诲我们，不然我们就罢课罢教。学运从来都是领导人头疼的事，也许因此，韩愈得以到太学里任四门博士一职。这说明16年他漂在长安，混得不错。穷归穷，诗归诗，苦归苦，文归文，声望日高，人气颇盛，否则众多太学生也不会成为他的“铁杆粉丝”。

一个有才华的人，不使劲儿折腾也许是出不了头的。韩愈的一生，证明了这个道理。话说回来，你没有什么才华，或者，有点儿才华也不大，还是不宜大折腾，因为这要折腾出笑话来的。同样，你确有才华、确有本事，你要不折腾，对不起，你就窝囊一辈子吧！凡既得利益者，因为害怕失去，无不保守求稳、循规蹈矩，努力压住后来者脑袋，不让他们出头；凡未得利益者，因为没有什么好失去的，无不剑走偏锋、创新出奇、想尽办法，使出吃奶的劲儿踢开挡道者、搬开绊脚石。看来韩愈成功的“葵花宝典”，奥秘和他始终以先锋、新潮、斗士的姿态出现有关。

应该说，要想在政坛、文坛立定脚跟，第一是领先，走前一步；第二是创新，与人不同；第三是折腾，敢想敢干，这是生死攸关的说不上是秘诀的秘诀。哪怕用膝盖思索，用脚后跟思索，也该明白：沿续前人的衣钵，前人的影子会永远罩住你；跳出前人的老路，没准能够开辟自己的蹊径。一个人，即使对自己的亲生父母，也不会甘心一辈子扮演乖宝宝的角色，何况有头脑、有思想、有天赋，因此不安于位的人呢？

在韩愈之前，有一个名叫陈子昂、字伯玉的人，在中央政府任职，颇受武则天赏识，授麟台正字（相当于国务秘书）。因他见解睿智、能力出色、敢出奇牌、行为独特。那女皇帝用他又疑他，关过他又放了他；曾擢至右拾遗，官四品高抬重用，也曾一抹到底解职归乡，将他抛弃。最终，陈子昂竟遭到一个小小县令的构陷，瘐毙狱中。他死时只有四十多岁，实在令人惋惜。当初，他从四川射洪来到长安为官，这个慷慨任侠、风流倜傥的人，很快成为那些活跃的、时代的、风头的、逆反的、非僵尸型同行的核心人物。长安很大，比现在的西安大十倍，没有公交，而且夜禁，天一黑就实行戒严。这一伙潮人，吃喝睡住，成天厮混在他身边。陈子昂不甚有钱，但敢花钱，这与韩愈有钱还哭穷正好相反，经常邀朋聚友高谈阔论，文学派对座无虚席，或评弹文坛，或刻薄权威，或笑话同行，或索性骂娘。因为，初唐文人仍旧宗奉“梁陈宫掖之风”，骈文统治文坛，而为唐高宗文胆的上官仪，以宫廷诗人身份所写的轻靡藻丽的诗篇，竟成为时人竞相仿效的“上官体”流行一时。让陈子昂相当恼火，什么东西，老爷子这种“彩丽竞繁而兴寄都绝”的玩意儿，怎么能够大行其道呢？于是他和他的文友，酒酣耳热之余，拍案乱喷狂言，对主持文学领导层面的要员表示不敬，也是可以理解的。

有一次到幽州出差，登蓟北台，朔风呼啸，山海苍茫，天高地阔，心胸豁朗，这是陈子昂在巴蜀盆地、河洛平原绝对欣赏不到的大气派、

大场面。他马上想到当时那种很不提气、很不给力的花里胡哨、空洞无物、精神萎靡、情志衰颓的文字，马上想到承继着六朝以来、骈偶浮艳、华而不实、毫无生气可言的文风，马上想到这一切与盛世王朝绝对相悖的文学状况，得出“文章道弊五百年矣，汉魏风骨，晋宋莫传”的结论。在这样的大时代里，读不到震撼灵魂、振奋人心的大块文章，真是好不爽，好不爽啊！于是，脱口而出，写下四句名诗：“前不见古人，后不见来者，念天地之悠悠，独怆然而涕下。”这首诗几乎无人不知，解释者也其说不一，其实他的这首吊古伤今的《登幽州台》，并无悲天悯人之意，而是充满着诗人对于当时文学走入绝境的忧虑。有人说他呼唤时代、呼唤英雄，这就是绝对的走题了。从李世民到武则天，那是唐朝最强盛的时代，而李世民和武则天也是唐朝最杰出的英雄，用得着陈子昂在那儿迎风掉泪吗？这四句诗，是领风气之先的文学呼唤，具石破天惊的警醒意义，从此揭开了唐代文学运动的序幕。

韩愈有一首《荐士》诗，其中一句“国朝盛文章，子昂始高蹈”。他也认为陈子昂是唐代最早提倡文学改革的先锋。从陈子昂到韩愈，约一百多年间，尝试文学改革的人士络绎不绝。包括“初唐四杰”之一的王勃，他的《滕王阁序》，是多漂亮的一篇骈文啊，即使这样一位大手笔，他也认为唐代文风没有什么起色，“骨气都尽，刚健不闻”，让他感到沮丧。同期还有萧颖士、李华、颜真卿、元结诸人，用散文写作，推动改革。但改骈为散的努力，一直未成气候，有什么办法呢？文学老爷的厉害，就在于他要掐死你，易如反掌；你要推动他，比撼山还难。上官婉儿的祖父，除了武后能收拾他，一帮文学小青年徒奈他何？直到韩愈打出复古旗帜，加之柳宗元、刘禹锡、白居易、元稹、李翱、皇甫湜等人志同道合，才终结了宋齐梁陈以来的软文学。

软文学并非绝对不好，要统统都是软文学的话，文学离完蛋也就不会太远。

历史的经验告诉我们，文学的发展，总是要与时代的发展同步，它俩是命运共同体，两者有时吻合一点，有时疏离一点，但背道而驰是绝不可能的。时代变了，文学也得变，辛亥革命后的“五四”运动，取白话文，去文言文，这一场仅仅是书面语言的改变，竟比民国后剪掉辫子更让国人震动。这也是时代变了，七层建筑势所必然的适应；同样的道理，当下中国读者为了期待与我们这个伟大时代相匹配的伟大作品，而恨铁不成钢地鞭策当代作家之不振作、不成器，痛斥那些文学瘪三制造出无数的文学垃圾，如陈子昂一样地吼出“念天地之悠悠，独怆然而涕下”，所说的话也许不甚中听，但却为催促我们这个民族的壮丽史诗产生，期待我们这个国家的鸿篇巨制出现，热忱之心，情急之意，是应该理解的。

现在来说攀登华山的韩愈本人，他生于公元 768 年（唐代宗大历三年)，逝于公元 824 年（唐穆宗长庆四年)，享年 57 岁。字退之，邓州南阳人，后迁孟津（河南省孟州市)。自谓郡望昌黎，世称“韩昌黎”，因谥文，又称“韩文公”。他还有一个不见诸典籍的响亮头衔，为“唐宋八大家”首席。唐、宋两朝，乃中国文学最为黄金的时代，文人如满天星斗，璀璨夺目；作品如大海涌涛，波澜壮阔。就在这成百上千的杰出人士之中，选了他韩愈、柳宗元、“三苏”、欧阳修、王安石、曾巩这八位，为散文大家，这是何等崇高的褒誉？我们知道，诺贝尔文学奖原则上每年一个，而近八百年的唐和宋，就选了这八位，平均下来每一百年才有一位，这就意味着“八大家”的每一位，等于得了 100 个诺贝尔文学奖。而其中的首席韩愈，成为“百代文宗”，也就顺理成章地印刻在中国人的记忆里。

如果你问任何一个中国人，你读过古文吗？如果他点头，这就意味着他知道韩愈，知道“唐宋八大家”，这是稍通文化的中国人最起码的文学常识。如果你问任何一个外国人，你知道诺贝尔文学奖吗？如果他点头，你要是让他一口气，不查资料，不点百度，能说出八位获奖者的名字和代表作，估计张口结舌者多。“唐宋八大家”的说法始自明代，有一个叫茅坤的选家，编了一部《唐宋八大家文钞》，将韩愈名列领衔位置，一直为世人所首肯，延续至今，无人异议，这大概是真正的不朽了。近年来，追求不朽，成了某些人的心病，一些还健在的有点成就的作家、一些刚逝世的有点名望的作家，便来不及地

盖庙建祠、树碑立传、香烛纸马、供奉鼓吹，以示不朽。文学史这把尺子，若以数年计，以数十年计，而不是以数百年来测量不朽，往往是不准的。新时期文学三十多年，从轰轰烈烈到一蹶不振，从光芒四射到了无声息，一串一串的大师，一出一出的闹剧，一批一批的不朽，一堆一堆的泡沫，都是大家目睹过的。

如今已成为广东潮州的一个景点的韩祠，又称韩文公庙，却有值得人们思考的地方。唐代文学大师的庙，到隔朝宋代才修，说明古人对“不朽”一词的慎重。这座公元999年（宋真宗成平二年）兴建的庙，离韩愈逝世的公元824年（唐穆宗长庆四年），已有175年的时间跨度。是真金白银、是废铜烂铁，是骡子、是马，经过近二百年的过滤沉淀，朽或不朽，自有公论，板上钉钉，毋庸置疑。由此来看，肉眼凡胎的我们，对于同时代文人和作品的判断，难免有藕断丝连的感情因素，再加之炒作、起哄、鼓吹、抬轿，云山雾罩，扑朔迷离，薰莸不分，泥沙俱下，弄得读者无所适从，莫衷一是，远不如时间老人那样看得准、看得透。在跟班和跑腿的马屁簇拥下，在虚荣心和麻木感的微醺懵懂中，那些建纪念馆以求不朽的人，自封不朽，贻人笑柄，人捧不朽，更是笑话。再说不朽又不是小笼包子需要趁热吃，至于那么急着加冕吗！该不朽，谁也挡不住你不朽；不该不朽，你即使如明末魏忠贤盖三千生祠，最后不也土崩瓦解了吗！

韩愈这个名字，之所以在中国历史上占有一席之地，其来有自，因他是一个具有开创意义的人物。那些活着的和死去的盖文学小庙者，可曾有创新、领先，走在时代前面，令文学面貌一变的努力？如果回答为NO，这种一厢情愿，以为树一个牌位、挂两张旧照、放几本著作、存数册手稿，就会永远被后人记住，那也太自作多情了。

唐代的古文运动，说到底是把丢掉的东西重新捡起来，所以又称之“复古”。不过，韩愈并非全盘照搬地“复古”，而是在继承古文传统的基础上，创造出全新的散文文体。虽然他主张“破骈为散”，恢复两汉以来司马迁、扬雄自然质朴的文体，但他更主张“师其意而不师其辞”，“言贵独到”，“能自树立”，“辞必己出”，“文从字顺”，“唯陈言之务去”。然而，去陈出新，谈何容易。他在《答李翊书》里说，创新是“戛戛乎其难哉”的事情，因为新生事物，不但不会得到习惯势力、保守思想的接纳，而且会被抵制、被非难，甚至受嘲笑、受打击。但他坚信，只要能够“处心有道，行已有方”，顶住压力，冲锋陷阵，“古文运动”的这场改革，在他看来，只要“用则施诸人，舍则传诸其徒，垂诸文而为后世法”地坚守阵地，倒下再起，总是能够荡涤浮华，扫尽艳丽，而奠定唐代古文基石的。

韩祠建成以后，又数十年后，对韩愈崇拜之至、褒美之至的宋人苏东坡，撰写了一篇激情洋溢的碑文，现在潮州韩文公祠里还保存着这块碑石。其中赞他“匹夫而为百世师，一言而为天下法，是皆有以参天地之化，关盛衰之运”。以及“独韩文公起布衣，谈笑而麾之，复归于正，盖三百年于此矣。文起八代之衰，道济天下之溺，忠犯人主之怒，而勇夺三军之帅。此岂非参天地、关盛衰、浩然而独存者乎?”评价之高，可以说是登峰造极。宋人司马光在其《答陈师仲司法书》中说到韩愈，有“文章自魏晋衰微，流及齐、梁、陈、隋，羸备纤靡，穷无所之。文公杰然振而起之，如雷霆列星，惊照今古”等文字，也是臻至极致的赞美。

钱钟书在《谈艺录》里，对宋代高抬韩愈的现象，有过一番讽刺：“韩昌黎之在北宋，可谓千秋万岁，名不寂寞矣……要或就学论，或就艺论，或就人品论，未尝概夺而不与也。”

北宋追捧韩愈是一种必然，北宋立国以后，到真宗、仁宗之际，适与陈子昂《登幽州台》问世时的唐代，从“贞观之治”到武后临朝，同处于盛世光景的辉煌中。对于前朝文学遗产的扬弃，对于当代新兴文学的建立，遂成迫切的要务。而北宋所承接的五代文学，除了绵软无骨的花间词，便是空泛无物的西昆体，可谓乌烟瘴气，不成气候，与前朝的“梁陈宫掖之风”、浮艳骈偶之文，有得一拼。于是，以韩愈为样板，欧阳修、尹师鲁奋起拨乱反正，加之司马光、王安石、“三苏”、“两曾”等人的创作实践，使文学重归于正道。“唐宋八大家”，唐二、宋六，证明宋代散文的发展，要先进于唐。

北宋的诗文革新，也是在阻力多多、障碍重重中前行。公元 1057 年（嘉祐二年）欧阳修以翰林学士身份主持进士考，选了苏轼、曾

明·戴进《雪夜访戴图》　王子猷雪夜访戴，乘兴而来，兴尽而返

巩，而将时望所归的考生除外，就是因他们的文章华而不实。欧阳修的本意是希望通过提倡什么、反对什么，来促进文风的改变。结果事与愿违，开封城里竟引发了落榜考生闹事的风潮。他们在官道上包围主考大人，兴师问罪，幸亏当时不兴扔鸡蛋、摔西红柿，否则欧阳修真得吃不了兜着走。“及试榜出，时之所推誉皆不在选。嚣薄之士候修晨朝，群聚诋斥之，至街司逻吏不能止。”（宋朝李焘《续资治通鉴长编》）

由此可以想象，北宋文人也许因为惺惺相惜之心，深感唐代韩愈进行古文运动之艰难，出于同志式的知心、战友式的敬意，笔下便情不自禁地拔高。《宋史·欧阳修传》也将韩、欧一体而论：“文章涉晋、魏而弊，至唐韩愈氏振起之。唐之文，涉五季而弊，至宋欧阳修又振起之。挽百川之颓波，息千古之邪说，使斯文之正气，可以羽翼大道，扶持人心，此两人之力也。”不过，即使在北宋，韩愈成为抢手的绩优股，溢美夸饰，不绝于口的同时，也有清醒者，既认可他、肯定他，也看到他的不足、他的欠缺。譬如司马光在《颜乐亭颂》中说：“韩子以三书抵宰相求官，如市贾然，以求朝夕刍米仆赁之资，又好悦人以铭志，而受其金，观其文，知其志，其汲汲于富贵，戚戚于贫贱如此。”譬如欧阳修在《与尹师鲁第一书》中说：“前世有名人，当论事时，感激不避诛死，真若知义者；及到贬所，则感感怨嗟，有不堪之穷苦，形于文字，其心欢戚，无异庸人。虽韩文公不免此累。”这就是历史的视觉差距了，历史看一个人，总是聚焦于忠奸贤愚的主要方面，而模糊其小是小非的次要方面，如同电子学上的栅极作用，年代愈久，时间愈长，光辉的部分愈被烛照，愈被强调，无关紧要的部分愈益淡化，愈益虚无。

后人只记住“千秋万岁，名不寂寞”的韩文公，而不在意“或就人品论”的其实“无异庸人”的韩昌黎。

韩愈一生，最有影响、最为风光的一件事，为“文起八代之衰”的复兴古文运动；最为英雄、最为知名的一件事，为“忠犯人主之怒”的谏迎佛骨事件。公元 819 年（唐元和十四年），佞佛的宪宗李纯要将法门寺的佛骨迎至长安，供人敬奉。出于捍卫道统、出于尊儒排异，或出于自我感觉良好，此前一年，“公以裴丞相请，兼御史中丞，赐三品衣，为行军司马，以功迁刑部侍郎”（见《年谱》），韩愈上《谏迎佛骨表》：“佛本夷狄之人，与中国言语不通，衣服殊制，口不道先王之法言，身不服先王之法行，不知君臣之义，父子之情。”“乞以此骨付之有司，投诸水火，永绝根本，断天下之疑，绝后代之惑。”李纯阅后大怒，要付以极刑。幸亏丞相裴度为之缓颊，韩愈才保住了一条命，却被流放广东潮州。

从此，人们记住了上书“事佛求福，乃更得祸，由此观之，佛不足信，亦可知矣”的铮铮铁骨，记住了那首“一封朝奏九重天，夕贬潮阳路八千”的悲壮诗篇，然而，并不在意他反佛辟佛的同时，却与和尚们交往频密。令人不可理解的是，这位反佛人士的府邸里，老衲出入门庭，小僧趋前奔后，而且据宋人朱熹说，那都是些酒肉无赖之辈，就不知所为何来了。到了潮州以后，他又与一位名叫大颠的法师，结为莫逆之交，书来信往，甚为投契。连苏轼也认为韩愈的拒佛，“其论至于理而不精，支离荡佚，往往自叛其说而不知”，所以为了他心目中一个完整的而不是人格分裂的、自相矛盾的韩愈，断然声言韩愈的《与大颠书》为伪作，“退之家奴仆，亦无此语”。其实，物有优劣，人有长短，这才是一个真实的世界。虽然儒学原教旨主义者将复古重儒的韩愈，在孔庙配享的排位列于孟轲之后，等同于圣人。但圣人并非完人，他被发配到潮州以后，攀附甚至巴结大颠法师，是否期待这位大德高僧影响那位佞佛的唐宪宗，而对他被贬的政治处境有所改善呢？按他当年“三书抵宰相求官”的脸皮厚度，未必会不存此心。

韩愈登华山，在其《答张彻》诗中有“洛邑得休告，华山绝穷陉”句，用他最害怕的这个“穷”字，来形容他华山之行的路径，可见对这次旅行，那想起来后怕的场面，犹耿耿于心。那天，到达华山最高峰后，他定睛环视，千峰壁立，万丈深渊，立刻头晕目眩、魂飞魄散，整个人面如死灰，像散了架似的颤抖不已，惊吓得不成个儿。上山容易下山难，上山时只看到脚前方寸之地，尚可勉为其难地行走，下山时那脚下却是命悬一线的生死之途，往下深不可测，往远看云雾

缥缈。腿肚抽筋、浑身凉透、举步维艰、精神崩溃的四门博士，竟失控地放声大哭起来。据唐朝李肇的《唐国史补》：“韩愈好奇，与客登华山绝峰，度不可返，乃作遗书，发狂恸哭，华阴令百计取之，乃下。”

现在传世的韩愈肖像，很是庄严肃穆的，据五代陶谷说，弄错了，那是南唐韩熙载的画像。不过，无论如何，这样一位圣人，那一脸眼泪巴岔、鼻涕横流的德行，我真是想象不出来。

人，自始至终，从来就是一个矛盾的组合体。有其长处，必有其短处，有其优点，亦有其缺点。看人，要懂一点“两分法”，尤其那些大师，则必须一分为二，千万别被他的光环唬住。

苏东坡的底气

参横斗转欲三更，苦雨终风也解晴，
云散月明谁点缀？天容海色本澄清。
空余鲁叟乘桴意，粗识轩辕奏乐声。
九死南荒吾不恨，兹游奇绝冠平生。

这首标题为《六月二十日夜渡海》的东坡先生的名诗，是他于公元1097年（宋绍圣四年）被谪放海南岛儋耳三年后，公元1100年（元符三年）六月遇赦，“量移廉州”，六月二十日渡琼州海峡北归，到廉州，也就是现在的广西合浦时，所作的过海诗。

我曾一直循着这位大师的岭南行踪，探寻他被小人排挤、被朝廷放逐的行吟苦旅。当年坐在广西合浦廉州中学校园里的东坡亭上，我似乎于冥冥中听到他在苦吟这首渡海之诗。

三年流放，九死一生，竟轻轻松松地落在了“兹游奇绝”四个字上，这绝不是一般人的心胸能够想得开的。诗人的乐观胸襟、豁达精神、不屈意志，全在笔下流露出来了。他还曾经写过一首《观棋》诗：“胜固欣然，败亦可喜，优哉游哉，聊复尔耳。”就是这种意思了。

据《苏轼诗集》引《王氏交广春秋》注：“朱崖儋耳，大海中极

南之外，对合浦徐闻县，清朗无风之日，遥望朱崖州如菌廪大。从徐闻对渡，北风举帆，一日一夜而至。”于是，不妨设想，那时，过琼州海峡，可不是现在一两个钟头的事情，而是坐帆船，需作二十四个小时的长途航行，海水茫茫，天色苍苍，波涛万里，浪逐船高。东坡先生伫立船头，会不想起当年被贬往海南的那次暗无天日的行程吗？

三年前，在雷州半岛的徐闻港码头告别登舟时，无论送行的亲友，还是同船的渡客，都不相信年逾花甲的东坡先生，还有北返的可能；恐怕连他自己，也做了老死海南之想。他在给友人的信中说过：“某垂老投荒，无复生还之望。今到海南，首当作棺，死即葬身海外。”但天不绝人，三年后，他又重渡海峡，北望中原，能不感叹系之，诗兴大发嘛？这首诗是他的代表作之一，也是诗人艰苦卓绝、特立独行，整他不垮、打他不倒的一生的写照。

这位中国文学史上的巨人，由于他始终“忠规谠论，挺挺大节”，所以“为小人忌恶挤排，不使立于朝廷之上”，常因文字之祸，无罔之灾，难以逃脱小人一族屡次三番的围攻，饱受贬谪他乡之罪，遍尝颠沛流离之苦。文人遭嫉，多由文人而起，而文人相轻，走到文人相整，只是一步之遥的事情，历史上的文学屠杀案，往往由这种恶性嫉妒而起。

往往整人整得最起劲的，一是那些根本不入流的作家，出于嫉妒；二是那些已经写不出作品的作家，由嫉生恨；三是那些被写得比他好的作家比得黯然无色而不甘心的作家，由恨而萌发出刻骨的歹毒；四是那些压根儿就以文章为登龙术、为敲门砖、为垫脚石，志在攀附巴结，其实是打着作家幌子的作家，为了达到目的，连杀人之心都敢有的；五是那些吃柿子拣软的捏，以作家为靶子、为猎物，根本不是作家却挤在作家行里来谋算作家的文学杀手，那就更是可怕了。这些人，无一不身怀绝技，无一不人其面而兽其心，无一不是想将正直文人置之死地而后快的家伙。

这些文人，唯其志不在写，所以只要一有机会，或者结伙、成群，倾轧、排他、派性、门户、封王、称霸；或者告密、陷害、检举、揭发、批判、打击，压迫、厮杀。最可怕者，是那些能够倚仗自己的或他人的权势，得以放开手脚，来整同行的“文人式”小人或“小人式”文人，那一副杀气腾腾的嘴脸，甚至连刽子手都自叹弗如。

苏东坡被放逐海南岛，不一定是哲宗赵煦的意见，而可能是那些想整苏东坡的小人们，变态的施虐心理在作怪。据说，已被贬往惠州的他，曾经写过一首诗，题名《纵笔》：

白发萧散满霜风，小阁藤床寄病容。
报道先生春睡美，道人轻打五更钟。

这首诗传到了京师，已经爬上高位的章子厚冷笑一声：“苏子尚尔快活耶？”于是，苏东坡被再贬儋州。陆游在《老学庵笔记》里说过，绍圣年中，把一批元祐党人贬往外地。因为苏轼号子瞻，瞻字的偏旁为詹，就罚往儋州；苏辙号子由，由字与雷字下半的田字近似，就罚往雷州；刘莘老罚往新州，也因为莘与新两字的部分相同。这种挖空心思的行径之刁钻，绝对类似性功能不健全的太监们的阴毒意识。当他们操刀宰人的那会儿，你不能不赞叹此等心术不正之人，竟能想出如此刻薄无聊的伎俩。所以，文学杀手比职业刽子手更毒辣阴狠，更卑污龌龊。

在习习海风吹拂下的苏东坡，眼看海岸线已在视中，终于又将返回中原，抚髯而思的他，恐怕也不禁摇头了。我们都有这样的经验，被人整了一辈子以后，仍旧活着，而整人者本以为整倒了别人可扶摇直上，结果也还不过庸庸碌碌，仅此而已，有的甚至连毫毛也未捞到一根。东坡先生扳扳手指，先贬黄州，后谪英州，再罚惠州，后放海南，说得上命途多舛。他摇头，因为他纳闷，落在小人包围圈里一辈子的一介文人，如此被折磨，如此被拨弄，而居然不死，如今还能站在北渡的一叶扁舟上，活着回返家乡，会不感慨系之吗？

但也不能由此断定，那些文学跳蚤就咬不死人，文坛上的书生悲剧、诗人噩运、作家痛苦、文人灾祸，而由此身陷缧绁、终生冤狱者，可谓层出不穷；断颈割首、横遭极刑者，简直络绎不绝；或“生平文字为吾累”，“头颅掷处血斑斑”，再无生路；或“冤沉狱底文章罪”，

“远戍散关不见还”，饮恨而终。在中国历史的字里行间，何处不是泪痕血渍啊！苏东坡虽不死，但也在掉了一层皮以后，才终于踩着跳板，踏上离开三年的大陆。这不能不说是一次性格强者的胜利，也是对自己充满文学自信的一个文人的胜利。

被整，不垮；活着，而且很好。这对那些下手整过你的人，别看他装得煞无介事，其实，那是他永远排除不掉的噩梦。王安石后来白昼见鬼，恹恹而亡，恐怕也只能够以“现世报”三字来解释了。

从这首渡海诗看，那些想扼杀这位文豪的小人们，恐怕是大失所望了。第一，他没有如他们所设想的，被放到当时物质异常匮乏的海南岛后，饮食不继，无以为生，困迫得丧失斗志，最后以瘐毙了结。第二，他也没有如他们所盼望的，把笔放下，将诗情收起，再也不抒发他那满腔的巧思和才华，从此成为一只不能鸣唱的鸟。第三，出乎他们所预料的，苦行的磨炼，对诗人来说，酝酿成他思想的最后一次升华，南渡以后，他的诗更达到了出神入化的地步。所以，他把这三年的流放，看成不过是平生最奇最绝的一次难得的经历，这实在是使他的对手气得发昏的事情。

合浦，据《舆地广记》：“广南西路廉州，领县二，其一为合浦。”可见是个相当古老的县城。从苏东坡的《赞廉州龙眼》一诗中的“坐疑星陨空，又恐珠还浦”句看，“合浦珠还”的故事，早在那时就流传了。所以，这是一座以出产珍珠而闻名于世的古老县城。人称“西珠不敌东珠，东珠不敌南珠”的南珠，就专指合浦产的珍珠。但我不远千里，来到合浦这块土地，倒不是冲着那些美丽的珍珠，而是实实在在地沿着大师的足迹，寻觅他、走近他、了解他。

因为公元 1100 年（宋元符三年）的六月二十日，到八月二十八日的两个月间，这座古城曾经张开怀抱，迎接渡海归来的苏东坡。我在这个苏东坡暂住作客的城池里，在这座东坡亭里，似乎真能感触到大师的一丝遗泽呢！

荒凉海南北，佛舍如鸡栖。
忽此榕林中，跨空飞栱枅。

当门冽碧井，洗我两足泥。
高堂磨新砖，洞户分角圭。
倒床便甘寝，鼻息如虹霓。
僮仆不肯去，我为半日稽。
晨登一叶舟，醉兀十里溪。
醒来知何处，归路老更迷。

这首标题为《自雷适廉，宿于兴廉村净行院》的诗，“井”“亭”“榕”，多少有一些相符或暗合之处。不禁猜想，一千多年前，渡海归来的苏东坡，坐在那敞亮清凉的亭子里，汲井水，烧团茶，任秋风萧瑟，听秋雨淅沥，恐怕诗中的“归路老更迷”的“迷”字，多少道出了苏东坡的兴奋之余、悲怅随之的复杂心境。

芒鞋不踏利名场，一叶轻舟寄渺茫。
林下对床听夜雨，静无灯火照凄凉。

这一首当是同时作品的《雨夜，宿净行院》，也可佐证大师回到大陆南端后那种迷茫、凄冷和孤独之情。任何历史阶段，从来是“抽刀断水水更流”，是很难截然分开的局面。过分乐观的朋友们，有一阵子，春光未必妩媚，春风也不荡漾，就做出“春天已经到来”而兴高采烈的评估。谁知话音未落，接是便是“雨疏风狂三月暮”“落花流水春去也”的节气，这都是记忆犹新的事。所以，智慧如苏东坡者，会不明白，即或如王安石、章子厚，退出了历史舞台的力量，也不等于马上“烟飞虏灭”，总有一脉相承的残余势力要他面对的。然而，在合浦那夕阳余晖中的他，已不是开封资政院里风华正茂的他了。无论如何，对这位“吾文如万斛泉源，不择地皆可出”的文学大师来说，已快走到人生尽头，反顾既往，能不为被延宕的时间感到森然和凄凉吗？

我们失去得最多的，而且永远也找不回来的，就是时光。

从他在这里作的一首诗看，其中提到了欧阳修和梅圣俞：“我忆

汝州六一叟，眉宇秀发如春峦。”“作诗颇似六一语，往往亦带梅翁酸。”说明他经历了“九死南荒吾不恨”的坎坷命运之后，仍怀着对故人的不忘之情。那他会不想到另外一位造成他终生淹蹇的王安石吗？

谈起苏东坡，不可能不谈王安石，同为“唐宋八大家”，文章与诗词写得绝棒。同样，提到了这位“拗相公”，自然也就不会忘怀因与新政相悖，坐过大狱，漂泊半生的诗人。他们俩在政治上不同营垒，在文学上也相互匹敌。如果，苏东坡的文学成就，不是那么令王安石不安；如果，苏东坡的刚直性格，些许敛抑一些，不去忤弄这位权倾一朝、其实也蛮“小人”的同行，也许他在政治上的命运，会要稍稍地好一点。

凡是较量，只有绝对高出一头的人，才能表现出优裕雍容的“费厄泼赖”的绅士雅量。王安石虽才华出众，但在苏轼面前，并不略占上风，而且在苏轼对王安石著《字说》诸如“波乃水之皮，岂滑为水之骨乎”的嘲笑，虽属雅谑，也难免使王先生有些尴尬。什么人都可得罪，但千万不能得罪小人，否则注定日子不会好过。一次王安石对苏轼说过这样的话：“欧阳公修《五代史》而不修《三国志》，非也。子盍为之乎？”看来，这种打一个拉一个的“皮里阳秋”的说法，固然表达了他对欧阳修的不以为然，同时也说明他对苏轼十分在意。所以，欧阳修在那场变法之争中，不过被得意的王安石遣送回乡了事，而苏东坡却被折腾得死去活来，不能不说这其中夹有文人妒意。当然，也不能不谈到诸如舒亶、李定等二三流文人，为了整死这位大师，深文周纳、罗织罪名、牵强附会、望文生义，用隐射不敬之罪来陷害苏轼。舒亶的诗词，写得差强人意，至今犹有流传；李定的唱和，则不上台盘，早已湮没无闻。但没有一个文人，承认自己不过尔尔的。而他们很懂得从苏东坡大量的诗词中，鸡蛋里挑骨头，寻找反皇帝、反新政的蛛丝马迹，好将其置之死地。

宋朝由开封迁都余杭，宫廷文档大量流失，总算有一本由同时代的陆游、朋十万收集整理的《乌台诗案》留了下来。那些整人的手段，在几百年后的今天，读起来犹令人不寒而栗。这本书里记述了王安石所提拔的那些政治棍子们，出于嫉恨，是怎样向皇帝告苏东坡的黑状。

据同代人王巩的《闻见近录》载：

> 王和甫尝言，苏子瞻在黄州，上数欲用之。王禹玉辄曰：“轼尝有‘此心唯有蛰龙知’之句，陛下龙飞在天而不敬，乃反欲求蛰龙乎?”章子厚曰：“龙者非独人君，人臣皆可以言龙也。”上曰：“自古称龙者多矣，如荀氏八龙，孔明卧龙，岂人君也?”及退，子厚诘之曰：“相公乃欲覆人之家族耶?”禹玉曰：“它舒亶言尔。”子厚曰：“亶之唾，亦可食乎?”

宋神宗倒还冷静，而且也明白事理，把那些告苏轼的状子，以及检举信、告密信、匿名信之类，都交给中书省存档，然后，由内府审理这件“苏轼诗案”，终于御笔亲批，贬官外放了事。

不过从这则笔记中，也可看出小人多变的嘴脸，此时的章子厚居然还能说两句正直的话，大概他估计局面未必对苏轼绝对不利。但后来，他上了台，将苏轼贬往海南岛时，那可是一心想将这位大师从肉体到精神全部消灭的。

十个文人，九个相轻。这种文学上的计较，常常会走向文人互整的局面。然而，时光在整与被整中，一天天过去，最后剩下的除创伤外，便是无可回避的老迈。这便是我在那座东坡亭里，所能体会这位大师的深深感慨了。

苏东坡的一生，政治上从不退让，坚持他的主张；文学上更不买账，他对他那支笔的自信更是雄心十足。“某生平无快意事，唯作文章，意之所到，则笔力曲折无不尽意，自谓世间乐事，无逾此者。”

但他不知道老百姓的一句俗话，越是半瓶子醋，越晃荡得厉害，这样，也就越不能容人。中国文坛上，这类半瓶子醋又特别的多，文人相轻，也就是一种习见的现象。古往今来，这种谁也瞧不起准，谁也看不上谁的场面，我们也不知看过多少。不但文人自己看不胜看，连老百姓也都熟视无睹，遂也不以为奇。若是文人居然不相轻，居然心服口服地钦敬某位同行，那才是怪事一桩呢？有几个文人能像欧阳

修那样，一读到苏东坡的文字后，马上给梅圣俞写信说：“取读轼书，不觉汗出，快哉快哉！老夫当避路，放他一头地也！”

回顾时下文坛，令人高山仰止者，虽大有人在，但像欧阳修这样提携后进者，也并不多，而患有王婆卖瓜的“自我感觉良好症”者，更为数不少。这类人，多自负，少自审；好自炫，乏自谦；有自大之狂，无自知之明；总自视甚高，自鸣得意，自以为老子天下第一，从不把别人放在眼里。这也是文人相聚时的风景线了。

于是，轻人者，被人轻；被轻者，也轻人，大家彼此彼此，不分轩轾。说作家谦虚诚笃者少，浮狂傲气者多，不算夸张之语。即或有的作家佯做恭顺和逊，那骨子里的倨慢骄侮，即或是傻子也能够感觉出来的。还有的，也许当着面，嘴上不得不说些好话，什么还不错啦，什么也可以啦，什么比上一部作品大有进步啦……其实，他心里的月旦雌黄，真的全盘托出的话，我敢担保，会使那位想听到佳评的对方，心脏病都要气犯了的。

仅仅是文人相轻，应该是看成一件无所谓的事情，不必太当回事。一位作家，看不上某位同行和他的作品，也可视为正常。品位之差、胃口之别、好恶不同、格调有异，评价自然也就很难一统。你再好，哪怕你马上有拿诺贝尔文学奖的可能，我仍然可以不喜欢；即使你已经拿到手那几十万美元的奖金，从斯德哥尔摩载誉归来，我也可能发表对你的作品不敢恭维的评论。同样的道理，一个作家对自己的作品，也不必要求每个人都叫好，不叫好便视为大不敬，那就是霸道了。何况本来就不是那么好，挑出点毛病，讲出些坏话，或者摇头唾弃，置之若敝屣，被彻底地粪土一番，也不会天塌地陷。要是作家不能承受这种或热或冷的待遇，一闻好评，欣喜若狂；一听批评，如丧考妣，那该像玻璃杯经不起高低温的迅速转变一样，就要炸裂成碎片了。

话说回来，文人相轻，不完全是一件坏事。若不相轻，何来竞争？不让人相轻，就只有发愤写得更好，让人家想轻你也轻不成；想要轻别人，自己写得很不上路，英雄气短，也张不开这张嘴去数落别人。因此，意气用事也好，情感作用也好，纯粹就是为了赌气也好，或者什么也不为，就由于看对方不顺眼也好，而相轻某一位同行的话，撇开其消极的一面，设法使自己写得更出色些，具有轻人的本钱，也是有其积极的值得嘉许的一面。这大概就是毛泽东说的“两分法了”。所以，不必把文人之间这种争长较短的行为，看得太严重。曹丕在《典论》里说这四个字的时候，口气也是轻描淡写，看得并不严重的。但怕就怕这种文人相轻的情结，发作成一种病态，那负面效果便是不好估量的。因为，在这个世界上，无耻文人在作践大师时，那种无赖嘴脸、卑劣伎俩、小丑心态、下流行为，是很令人发指的。

由于苏东坡在政治上不赞成王安石的新法，在文学上达到了“流俗翕然，争相传诵”，“宣传中外，孰不叹惊”，“传于人者甚众”的程度，“东坡之文，落笔辄为人所传诵”，这就是王安石、章子厚和他们的党羽，绝不肯轻轻放过他的原因。第一次流放，因诗祸被抓到开封坐牢，后来谪降黄州，倒是宋神宗多少有点保护他的意思，如果没有这位皇帝，按王安石的爪牙——那些御史们的意见，就该以大不敬罪杀头了。第二次流放，也是王安石的余党所干的事，这回贬得更远，一下子把他发落到岭南惠州。第三次流放，则是又一批更不成气候的小文人的低劣把戏了，他被放逐到海南岛。

初到昌化，连房子都没一间，幸好海南学子崇敬这位大文豪，自动聚集起来，运木培土，给他盖了可以遮风避雨的所在，这或许就是“人间自有真情在”的可贵之处了。在海南三年以后，他才遇赦回到合浦。

他的全部不幸，无不由文人相整而生。然而，有什么办法呢？腐殖的土壤里，必有蛆虫滋生。就像莎士比亚所写的那样：“眼见天才注定做叫花子了，无聊的草包打扮得衣冠楚楚，纯洁的信义不幸而被人背弃，金冠可耻地戴在行尸的头上，处女的贞操遭受暴徒的玷辱，严肃的正义被人非法地诟让，壮士被当权的跛子弄成残缺，愚蠢摆起博士架子驾驭才能，艺术被官府统治得结舌钳口，淳朴的真诚被人瞎称为愚笨。”所以，苏东坡穷其一生，也未能摆脱这类专门整治文人的文人之手。最终还是被他们整得心力交瘁，在召回首都的途中，死在了江苏常州。

宋人笔记《萍洲可谈》里记述：“余在南海，逢东坡北归，气貌

不衰，笑语滑稽无穷，视面多土色，靥耳不润泽。别去数月，仅及阳羡而卒。东坡固有以处忧患，但瘴雾之毒，非所能堪尔。”看来，那些由整人棍子们组成的战斗队，实际上还是达到了扳倒大师的目的。

在合浦时的苏东坡，也许有一种终结的预感了吧？

孤云出岫岂求伴，锡杖凌空自要飞。
为问庭松尚西指，不知老奘几时归？

这首写在合浦的诗，虽然借寓唐僧西天取经的事，但“岂求伴”和“自要飞”，也是在抒发自己创作上兀立不羁的信心，无论“庭松仍西指”，无论“不知何时归”，也无论怎样的文人相整，他不改初衷地坚持走自己的路。苏东坡尽管不走运，但他却成为中国历史上的一块丰碑。

如今在合浦县的这所中学里，东坡亭在碧草芳花之间，东坡井在蝉声如雷之中，都已是“俱往矣”地供人凭吊的陈年遗址。但痛苦这东西，一旦化为历史，制造痛苦者和遭受痛苦者，都不过是茶余饭后的谈资而已，听的人和讲的人，都已没有那种切肤之痛的感觉了。

在东坡亭已经模糊的石碑上，我似乎读到了这种不幸之幸，如果小人得意得太早，傥傥君子太经不起挫折，我们还能读到东坡先生的传世名篇吗？

悟到这些不屈不挠，也就不虚此行了。

李清照的生计

红藕香残玉簟秋，轻解罗裳，独上兰舟。云中谁寄锦书来？雁字回时，月满西楼。　　花自飘零水自流，一种相思，两处闲愁。此情无计可消除，才下眉头，却上心头。

这首《一剪梅》是李清照的早期作品，当作于1103年（崇宁二年）的秋天。“花自飘零水自流”这一句，实在是条极不吉祥的预言，像埃及金字塔里那条法老的诅咒“谁要触动了我，谁就不得好死”那样，其应验之灵之准，使得她的一生那任由沉浮的际遇，那难以自主的命运，果然脱不开“花自飘零”四字谶语。

李清照作此词时，芳龄二十，是与赵明诚婚后的第三年。花样年华，新婚燕尔，应该是女人最好的岁月。然而，正是从这首词开始，被流水不知带往何方的飘零命运，也就开始了。这位才女，命运不济的一生，不知所终的结局，既是一个女人的悲剧，也是一代文人的悲剧，更准确地说，是中国封建社会这个政治绞肉机，生生将一个最有天才的女诗人毁灭的悲剧。

故事得从1100年（元符三年）说起，正月，哲宗驾崩，赵佶嗣位，是为徽宗。这位在中国历史上数得着的昏君一上台，便倒行逆施起来。他那助纣为虐的助手，便是臭名昭著的蔡京。如果说北宋王朝

逃脱不了灭亡的命运，那这两个如暹罗双胞胎亲密的一对混蛋，则是加速北宋亡国的推进器。若无他俩，这个病入膏肓的王朝，也许还能在病榻上牵延数年，可是经赵佶、蔡京以及童贯、杨戬、高俅、朱勔、王黼、梁师成、李彦等一干人疯狂地折腾以后，这个本来已奄奄一息的王朝，便气绝身亡。

李清照的不幸从 1102 年（崇宁元年）开始。七月，蔡京得势；八月，诏司马光 20 名重臣子弟不得在京师任职。这道圣旨，对她来讲，绝非好兆。中国人要是极端化起来，相当可怕，那烈火烹油之势，那雷霆万钧之力，由不得李清照不考虑自己父亲的命运，由不得不担忧自己在劫难逃的牵连。而且，所有投入这场政治运动的干将打手，上自决策人物，下到跑腿喽啰，无不一副杀气腾腾之脸、一双摩拳擦掌之手、一对人皆为敌之眼、一挂食肉寝皮之心，真是让她心惊肉跳，无法安生。

一心复仇的蔡京，先为右相，复为左相，高举绍述大旗，一手封王安石为“舒王”，配享孔庙；一手大开杀戒，将司马光、文彦博、苏轼等，籍为“元祐奸党”。七月乙酉，“以文章受知于苏轼”（《宋史》）、为“苏门后四学士”之一的李格非（李清照之父），在劫难逃。定案“元祐奸党”十七人，李格非名列第五，罢官。从此，李清照就走上了“花自飘零水自流”的不幸道路。九月，蔡京及其子蔡攸并其客叶梦得，将元符末忠孝人分正上、正中、正下三级，计四十多人，均予升官。对所谓奸邪人，又分邪上尤甚、邪上、邪中、邪下四级，凡 542 个人，分别予以贬降。这其中，将元祐、元符旧党中坚人物的执政官文彦博、宰相司马光等 22 个人，待制官以上的如范祖禹、程明道、程伊川、苏辙、苏轼、吕公著、吕诲等，凡 119 个人籍做奸党，御书刻石，立于端门，以示儆尤。李格非名列其中，充军广西象郡。十二月，限制行动自由。1103 年（崇宁二年）三月，诏党人的亲子弟，不得擅到阙下。四月，毁司马光、吕公著等绘像，及“三苏”、秦、黄等人文集。九月，令天下监司长吏厅各立“元祐奸党碑”。党人碑刻 309 个人，李格非名列第 26 位。

1104 年（崇宁三年），诏御书所书写之奸党，不得在汴梁居住，凡亲属无论亲疏，都遣返原籍。1106年（崇宁五年）春正月，彗星出西方，太白昼见，诏求直言，方有毁碑之举。1108年（大观二年）春正月壬子朔，宋徽宗大赦天下，党禁至此稍弛。（据《李清照集笺注》）

李清照的父亲李格非，为苏门弟子，著《洛阳名园记》，谓“洛阳之盛衰，天下治乱之候也。其后洛阳陷于金，人以为知言”而闻名，声播海内。以礼部员外郎，拜提点京东刑狱，作为河南、山东一带的司法厅长、警察总监，也非等闲人物。由于蔡京切齿仇恨苏轼，对他的文章，对他的书法，对他的碑刻，对他的出版物，无不一网打尽。李格非受业于苏轼，划为党人，列入党籍，遭遇清洗，也就难逃一劫。赵佶先打“元祐奸党”，后打“元符奸党”，雷厉风行，严惩不贷，斗争从严，处理也从严，充军发配，妻离子散，打得京师内外，大河上下，杀气腾腾，鬼哭狼嚎，也是蛮恐怖的。

最滑稽者，“元祐奸党”案，从1102年到1108年，仅只六年，北宋自神宗变法以来，到徽宗的“双打”，知识分子就不停地被翻烧饼，烙了这面再烙那面，烤焦这边再烤那边，今天把这拨打下去明天把那拨抬上来，后天给打下来的这拨昭雪，再后天又将抬上来的那拨打下去。这过程，正是李格非所受到的免官、下放、复职、再谪的政治噩运。他在哲宗朝元祐年间，因蜀党被起用，到了徽宗朝崇宁年间洛党抬头，又被打下去。

有才华的文人，当不了打手，只能当写手；而狗屁不是的小人，拿笔杆不行，拿棍棒却行。一般来讲，古往今来，君子绝对搞不过小人，小人绝对能把君子搞倒搞臭，而且保证不会手软，往往极尽刁钻刻薄之能事，搞得你连想死也不能那么痛快。“士可杀而不可辱”，辱比杀更能挫折识文断字之辈。宋徽宗搞的这种铭刻在石板上的“奸党碑”，可以算是中国“四大发明”之外的“第五大发明”，比西方的耻辱柱，不知早了多少年？

现在已经找不到李格非到广西以后的情况资料，但他女儿却因为是奸党的亲属，在开封的日子不怎么好过。第一，她不能不挂念谪放远方的老爹；第二，她不能不犯愁自己要被遣送的命运。“株连”一

说，虽然出自秦朝，但是各朝各代的统治者，无不奉为圭臬。

幸好，李清照的先生赵明诚很爱她，这是那不堪屈辱的日子里，她唯一的精神支柱。这位在太学读研或者考博的丈夫，既没有跟她真离婚或假离婚，也没有立时三刻大义灭亲让她扫地出门，而是四处求情，辗转托人，送礼请客，以求宽容，挨一天算一天，尽量拖延着不走。

实际上，赵明诚完全可以求他的父亲赵挺之。这位官至尚书左丞除中书侍郎，相当于副首相的高级干部只消说一句话，谁敢拿他的儿媳怎样。然而，此人很不是东西，“炙手可热心可寒”就是李清照对这位长辈的评价。

正是这许许多多的外部因素，让李清照相当不是滋味，才有这首前景渺茫、后果难料的《一剪梅》。明人王世贞评说此词：“可谓憔悴支离矣。”（《弇州山人词评》）这四字评语，可谓大奇。只有个中人、过来人，才能作此等语。因为王世贞之父王忬，藏有《清明上河图》，严东楼想要，他不敢不给，但又舍不得，只好搞了一份赝品送去。谁知被人揭发，由此忤怒严嵩，便找了别的借口将他关进大牢。王世贞营救无计，眼看其父瘐毙狱中。以这种相类似的感受，从时代背景这个大的角度，来忖度李清照写作时的心态，是说到了点子上的。

李清照崛起于北宋词林，实在是个异数。

她有一篇在中国文学史上最为直言不讳的批评文章，开头处先讲述了一个故事：

> 开元、天宝间，有李八郎者，能歌擅天下。时新及第进士开宴曲江，榜中一名士，先召李，使易服隐名姓，衣冠故敝，精神惨沮，与同之宴所，曰：“表弟愿与坐末。”众皆不顾。既酒行乐作，歌者进。时曹元谦、念奴为冠。歌罢，众皆咨嗟称赏。名士忽指李曰：“请表弟歌。”众皆哂，或有怒者。及转喉发声，歌一曲，众皆泣下，罗拜曰：“此李八郎也。”（《词论》）

这位突兀而来的李八郎，凌空出世，满座拜服的精彩表演，其实也是她震惊京师、征服文坛的写照。

当这位小女子由家乡山东济南来到开封的时候，词坛好比那曲江进士宴，无人把她放在眼里。斯其时也，柳永、宋祁、晏殊、欧阳修、苏轼、张子野、晏几道、秦观、黄庭坚……辞藻纷出，华章迭起，一阕歌罢，满城传写。凡歌场舞榭，盛会宴集，三瓦两舍，游乐醵聚，啸歌唱赋，非苏即柳，不是“大江东去”，就是“晓风残月”，莺莺燕燕为之一展歌喉，弦索笛管为之喧闹嘈杂，词坛光彩悉为须眉夺去，文学风流尽在男性世界。

这位新人不能不煞费踌躇了，性别歧视是不容置疑的，更主要的是来晚了的她，发现这桌文学的盛宴，已没有她的一席之地。文学有时比政治还势利，比经济还现实，错失时机，淹蹇一生，满腹才情，萤草同腐，完全是有可能的。得先机者、善哄抬者、抢风头者、敢弄潮者、比较不那么要脸的硬充数者，往往倒能得到便宜。因此，一旦别人捷足先登，后来者就只有站着看热闹的份儿。况且，在文坛上，蹲着茅坑不拉屎的家伙，尤其不识相，是绝不甘心给别人让位的。所以，必如李八郎那般，穿云裂石，金声玉振，余音绕梁，三日不绝，一举点中众人的死穴，目瞪口呆，哑口无言，才会被人承认。

李清照本可以打出“美女作家”的招牌，在文坛那张桌子上，挤进去一张椅子。我揣度她会觉得那很下作，因为她说过的：“譬如贫家美女，虽极妍丽丰逸，而终乏富贵态。”“富贵”是物质，在李清照笔下的这个“富贵”，却是百分之百的精神。以色相在文坛讨一口饭吃，那是巴尔扎克所嗤笑的外省小家碧玉才干得出来的肮脏勾当，这位大家闺秀肯定是不屑为之的。

尽管有关她的生平记载缺乏细节描写，更无绘声绘色之笔墨，但从她这篇藐视一切、睥睨名家的《词论》推断，可以想象得出她的自信。本小姐不写则也罢了，既要写，必定以惊世骇俗之气，不主故常之变，初写黄庭之美，出神入化之境，让开封城大吃一惊。

果然，不鸣则已，一鸣惊人，飞鸿掠影，石破天惊，“当时文士莫不击节赞赏”（明朝蒋一葵《尧山堂外记》）。

阮阅《诗话总龟》后集《丽人门》云：“近时妇人能文词如李易

安，颇多佳句。小词云：‘昨夜雨疏风骤，浓睡不消残酒。试问卷帘人，却道海棠依旧。知否，知否？应是绿肥红瘦。’‘绿肥红瘦’，此言甚新。”

陈郁《藏一话腴》甲集云：“李易安工造语，故《如梦令》‘绿肥红瘦’之句，天下称之。”

黄升《花庵词选》云：“前辈尝称易安‘绿肥红瘦’为佳句，余谓此篇（《念奴娇·萧条庭院》）‘宠柳娇花’之句，亦甚奇俊，前此未有能道之者。”

据研究者言，同时代人对于李清照的评述，大都近乎苛刻，对其生平尤多訾议。但从以上的宋人评价，可以想象当时的汴梁城里，这位新出炉的诗人肯定是一个最热门、最流行的话题。如曹植《洛神赋》所写的“翩若惊鸿，婉若游龙”那样令人感到新鲜、感到好奇。她的端丽形象，恐怕是北宋灭亡前，那末世文坛的最后一抹亮色。

《一剪梅》中，远走之苦，恋念之深，绮丽的离情，委婉的别绪，无可傍依的忧愁，无计排遣的惆怅，字字句句，无不使人共鸣。全词无一字政治，但政治的阴霾，笼罩全词。这还不过是她飘零一生的序曲，嗣后，靖康之国灭，南渡之家亡，逃生之艰难，孤奔之无助，更是无穷无尽地与政治扭结在一起的悲剧。甚至直到最后，死在哪年？死在哪里？都成一个无法解开的谜。

尽管她很不幸，但她留给后世的不多的词、很少的诗、极少的文章，无一不精彩，无一不出色。甚至断简残篇，只言片字，也流露着她的睿智。在中国文学的天空里，李清照堪称女性文人中最为熠熠发光的星。

宋人中填词，李易安亦称冠绝，使在衣冠，当与秦七、黄九争雄，不独雄于闺阁也。（明朝杨慎《词品》）

清照以一妇人，而词格乃抗轶周、柳。张端义《贵耳集》极推崇其元宵《永遇乐》《声声慢》，以为闺阁中有此文笔，殆为闲气，良非虚美。虽篇帙无多，固不能不宝而存之，为词家一大宗

也。(清朝纪昀《四库全书总目提要》)

一个作家、一个诗人，能给后人留下充分的话语余地，说好也罢，说坏也罢，能够有话好说，那就不简单，可谓不虚此生。作品问世，不是马上呜呼哀哉，不是转眼烟飞焰灭，而是说上数十年，甚至数百年，像李清照这样，才是所谓真正的不朽。至于时下我等厕身之文坛，耳闻目睹，躬逢其盛的“不朽”，无论个人吹出来的，还是哥儿们、姐儿们捧出来的，无论怎样厚颜无耻，大言不惭，至多只能说是一种乐此不疲的文学手淫而已。

李清照的这首很政治化而无任何政治蛛丝马迹的《一剪梅》，长期以来是被看作一首闺情诗、一首思妇词，被人吟哦传诵。在最早的版本上，甚至还有编辑多情地加上的题注：

易安结缡未久，明诚即负笈远游。易安殊不忍别，觅锦帕书《一剪梅》词以送之。

甚至还有更艳丽的演义，那块锦帕，也就是李清照手迹的此诗真本，到了元代还被画家倪云林所收藏云云。如果真是这样罗曼蒂克的话，那倒是适合拍好莱坞爱情电影的上好素材。

其实，这是面对政治迫害的恋恋不舍之歌，走也得走，不走也得走，那是很痛苦的诀别。不能抗命的无法逃脱，难以名状的凄凉情绪，无可奈何的强迫分手，心碎郁闷的长远相思，就绝非泛泛的离情别绪所能涵括，而是更深层次的悲恨怨愤。要真是“花自飘零水自流”，花归花，水归水，各走各的路，倒是相安无事的。可是，落花无意，流水有情，总有人频频敲开她家的大门，不断关照她何时启程。于是，“远游”的，只能是她。告别汴梁，沿河而下，回到原籍齐州章丘，也就是山东济南，独饮她飘零人生的第一杯苦酒。

与此同时，北宋当局的腐败政权，也开始江河直下地向灭亡走去。宋徽宗在位 25 年，宠用奸宄小人，残害忠臣良将，搜刮民脂民膏，大肆挥霍浪费，内有农民起义，外有强敌逼境，只知贡币求和，以得苟

且安生。在中国，人人都能当皇帝，人人都想当皇帝，但不是人人都能干好皇帝这差使的。宋徽宗赵佶如果当一名画家、一名诗人、一名风流公子，与李师师谈谈恋爱，也许是此中当行的风头人物。治理国家，经营政府，内政外交，国防军事，他就是一个地道的白痴了。

到了公元 1125 年（宣和七年），赵佶实在干不下去了，退位给赵桓，自任太上皇。李清照也就跟着大倒其霉，虽说是个人的命运，在大时代的背景下无关宏旨，但随着异族侵略者的金戈铁马步步南下，一个弱女子也不能不与家国的命运联系在一起。如果说“花自飘零”的话，在她 40 岁以前，犹是在薄风细浪中回转，那么 40 岁以后，便跌落到万劫不复的深渊，永无平稳之日。

李清照先受到其父、后受到其夫之父两起截然相反的政治风波牵连，也曾饱受冷遇尝尽白眼，也曾过着提心吊胆的日子，不知哪一天又有什么祸事光临。但她终究不是直接当事人，花虽飘零，还只是萍踪浪迹，波回岸阻，中流荡漾，无所凭依罢了。尽管“红藕香残玉簟秋”有点凄冷，尽管“轻解罗裳，独上兰舟”有点孤独，然而，她与赵明诚那两相爱恋着的小环境，还是温馨的；共同之好，积二十多年之久的金石收藏，那意气相投的小气候，还是很融洽的。那些年月里，有过痛苦，也有过欢乐；有过挫折，也有过成功；有过碰壁，也有过收获；有过阴风冷雨，也有过鸟语花香。

1126 年，赵佶的儿子赵桓继位，是为“靖康”。第二年，金兵破汴梁，北宋政权便画了句号。这年，李清照 43 岁。

> 至靖康丙午岁，侯（即其夫赵明诚）守淄川。闻金人犯京师。四顾茫然，盈箱溢箧，且恋恋，且怅怅，知其必不为己有矣。（《金石录后序》）

残酷的战争，迫使他们不得不过起浪迹天涯的逃亡生活。胡骑南下，狼烟四起，烽火鸣镝，遍野而来。那看不到头的黑暗，擦不干净的泪水，永无休止的行色匆匆，没完没了的赶路颠簸，便一直伴随着“花自飘零”的诗人。疾风险浪，波涛翻滚，云涌雾障，天晦日暗。

可想而知，飘零在水里的花瓣会有什么结果。

现在，很难想象九百多年前，一为书生、一为弱女的这对夫妇，将至少有两三个集装箱的文物，上千件的金石、图画、书籍、珍玩等物，为了不落入侵略者手里，追随着败亡的逃跑政府，是如何由山东青州的老家启程，一路晓行夜宿、餐风饮露、舟载车运、人驮马拉，辗转千里运往江南的？

他们总是追不上逃得比他们还快的南宋高宗皇帝赵构，他们追到江南，高宗到了杭州；他们追到浙江，高宗又逃往海上。中国知识分子那种“天下兴亡，匹夫有责”的使命感，让他们虽然意识到那最后会一无所有的结果，然而，面对这些辛苦搜集的文化瑰宝，却不保护到最后一刻不敢轻言放弃，无论如何也将竭尽全力不使其失散湮没。

可他们的苦难之旅，又有谁能来分担一些呢？无能的政府不管，无耻的官僚不管，投降主义者看你的笑话，认贼作父者下你的毒手，然而，这也阻挡不住他们铁了心跟随着奉为正朔的流亡朝廷，往南逃奔。这就是中国知识分子独有的苦恋情结，宁可自己死去也不敢将收藏品丢失、放弃、转手的这对夫妇，一定要为这个国家、这个民族，尽到绵薄之力。你可能会嘲笑他们太愚、太腐，但你不能不尊敬他们这种难能可贵的品质，要没有这样一份忠忱之心、竭诚之意，哪有五千年来中国文化的辉煌？

到了钦宗靖康二年，也就是高宗建炎元年，他们的全部积累，不但成为他们夫妇的负担，甚至成为李清照不幸一生的灾难。

> 既长物不能尽载，乃先去书之重大印本者，又去画之多幅者，又去古器之无款识者，后又去书之监本者，画之平常者，器之重大者。凡屡减去，尚载书十五车。至东海，连舻渡淮，又渡江，至建康。青州故地，尚锁书册什物用屋十余间，期明年再具舟载之。
>
> 次年（建炎二年），十二月，金人陷青州。凡所谓十余屋者，已皆为煨烬矣。（《金石录后序》）

存放在故土的遗物，悉被胡骑付之一炬；千辛万苦随身运来的，又不得不再次割爱。当这些穷半生之力、倾全部家产、费无数心血、已是他们生命一部分的金石藏品，无论多么珍惜也只有忍痛抛弃，那真是切肤之痛。丈夫还要到别处赴任，只剩下她茕孑一人，远走他乡，“时犹有书两万卷，金石刻二千卷，器皿茵褥可待百客，他长物称是”。独自照管着这一大摊子家当，她肩上所承担的分量，也实在是太重了。

而她更想不到的沉重打击接踵而至，丈夫这一去，竟成死别。

> （明诚）独赴召。六月十三日，始负担舍舟，坐岸上，葛衣岸巾，精神如虎，目光烂烂射人，望舟中告别。余意甚恶，呼曰：“如传闻城中缓急，奈何？”戟手遥应曰：“从众。必不得已，先弃辎重，次衣被，次书册卷轴，次古器。独所谓宗器者，可自抱负，与身俱存亡，勿忘之！”遂驰马去。
>
> 途中奔驰，冒大暑，感疾。至行在，病痁。七月末，书报卧病。余惊怛，念侯素性急，奈何病痁，或热，必服寒药，疾可忧。遂解舟下，一日夜行三百里。比至，果大服柴胡、黄芩药，疟且痢，病危在膏肓。余悲泣，仓皇不忍问后事。八月十六日，遂不起，取笔作诗，绝笔而终……

李清照的《金石录后序》，至今读来，那段惆怅、那份追思，犹令人怦然心动。

在中国历史上，真正的读书人，为这个民族、为这块土地，可以有所作为、可以施展抱负的领域，其实是非常有限的。凡是有利可图，有名可沽，有福可享，有美可赏的所在，还未等你涉足，早就有手先伸过去了。而这双手，一定生在有权、有势、有威、有力量、有野心、有欲望的人身上。区区文人，何足挂齿？谁会把你的真诚愿望当同事。你一旦不知趣地也要参与、要介入，也许你未必想分一杯羹，只是尽一点心、效一点力，那也会遭到明枪暗箭、雷池设防的。

然而，中国的读书人无不以薪火相传为己任，无不以兴灭继绝为己责，总是要为弘扬文化，做些力所能及的事情，庶不致辜负一生。

李清照和她的丈夫赵明诚，节衣缩食，好古博雅，典当质押，搜罗金石，本来就是吃力不讨好的事情。大敌当前，危机四起，殚思竭虑，奔走跋涉，以求保全文物于万一，这在他人眼中更是愚不可及的书呆子行为。到了最后，她的藏品失散、丢弃、遗落、败损，加之被窃、被盗、强借、勒索，“何得之艰难失之易也”，“所谓岿然独存者，乃十去其七八。所有一二残零不成部帙书册，三数种平平书帖，犹爱惜如护头目”，连她自己也忍不住嘲笑自己，“何愚也邪”！

经过这场生命旅途中最漫长，也是最艰辛的奔波以后，又是一系列的麻烦、不幸、官司、谣诼，包围着她，使她在精神的压力下，消耗尽她的全部创作能量。她本来应该写得更多，然而却只能抱憾。

胡适说过：“李清照是中国文学史上一个最有天才的女子。”然而，在这个世界上，最不能得到宽容的是太出众的才华，最不能得到理解的是太超常的智慧，最不能得到支持的是太完美的成功。凡才华、智慧，无一不是在重重阻断下难产而出；凡成功、凡完美，无一不遭遇到嫉妒和排斥。她付出了自己的一生，她得到了文学史上的辉煌，然而她在这个小人结群、豺狼当道、精英受害、君子蒙难的时代里，除了“花自飘零水自流”之外，简直别无生计。

李清照，号易安居士，山东济南人。生于公元1084年（神宗元丰七年），卒年不见载籍，约为公元1156年（高宗绍兴二十一年），故而具体死亡日期和地点，却湮没无闻，无从查考。一个曾经美丽过，而且始终在文学史上留下美丽诗词的诗人，大才未展、大志未尽地退出，其飘然而逝杳然而去的形象，其落寞之中悄然淡去的身影，给人留下更多的则是遐想。

如果，再回过头去品味她那首《乌江》诗：“生当作人杰，死亦为鬼雄。至今思项羽，不肯过江东。”无论她怎么样死去，她那双诗人的眼睛，终是不肯闭上的。

若是假以时日，给她一个能够充分施展的机会，这位中国文学史上的第一女性，也不至于只留下一本薄薄的《漱玉集》给后世了。然而，悔则何益？“花自飘零水自流”，对于文人无奈的命运，也只能是无聊的空叹罢了。

徐渭的焦虑

徐渭，是中国历史上的一位奇人。

说他“奇”，因为他不但想杀死自己，还曾经杀死过他人。自杀居然不死，杀人居然不偿命，这样的徐文长是中国人中一个很特殊的存在。

说来泄气，五千多年来，文人只有伸长脖子挨宰的份儿，撅起屁股挨打的份儿，哪来举刀杀人的勇气？他连腹诽也不敢的。历代统治者看透了这一层，遂有“秀才造反，三年不成”的定论。别说三年，给他三十年，再借给他胆子，也成不了气候。因此，姑且不论徐渭杀了谁，杀得有无道理，但他能够操刀、能够下手、能够置人于死地、能够出一口恶气，干出不计身家性命的大事，对颇为脓包的中国文人而言，就多少有一点振作之意。

俗话说，狗逼急了跳墙，兔子逼急了咬人。而这样的文人逼急了，相比之这类小动物，还真是赧颜抱愧。既缺乏狗的唐突之力，更缺乏兔的决绝之心，立马腿酥脚麻，膝盖发软，浑身寒战，心惊胆跳，来不及地趴在地下，求爷爷告奶奶，做检查写交代，流鼻涕抹眼泪，装孙子装孬种。这时候，哪怕扔给他一把刀，要他反抗，他也不敢接的。

徐渭敢杀人，真是好一个了得！

据陶望龄的《徐文长传》：“渭貌修伟肥白，音朗然如唳鹤，常中夜呼啸，有群鹤应焉。”每读至此，我就感慨万千，我也曾经有过想啸的冲动，可是，我敢半夜起来，向黑暗的天空吼出一声吗？我挺佩服明朝这个半夜里爬起来大啸数声，振聋发聩的同行。记得我在太行山里修铁路时，在峰高山陡的工棚里守夜，时见孤狼，乘着幽暗的月色，沿河谷沙砾滩茕然独行。偶然间，它会停下来，抬起脑袋，朝那峭壁顶端露出的月牙，嚎上好一阵。那声响在两山夹峙的河谷里，所碰撞出来的回音，能延续很久很久。我一直思索，这匹狼，是吼它的孤独，是吼它的愤懑，还是吼这个世界对它的排斥和拒绝？总之，当我想到徐渭时，我就总想起那条深夜里出没的狼，也想起那年代里作为另类的我遭人唾弃的孤独。

多年来，我不停地打量徐渭这个明朝嘉靖年间的不幸文人。大概，一个人到了敢动手杀死自己，敢持刀杀死别人的地步，也就没有什么可怕的了。于是，所有他不赞成、他不满意、他讨厌、他反对的人和事，都敢堂而皇之地进行挑战，进行批驳，进行嘲骂，进行攻击，这种肆无忌惮、罔顾一切的精神，这种为所欲为、言所必言的风格，是中国历史上少见的亮丽色彩。难怪郑板桥刻了一方图章："青藤门下走狗"，好像齐白石也有过当他走狗的意思。夫走狗者，硬是铁了心地要追随下去的。我忖度这两位大师，仅仅由于其文、其画、其诗、其书，非当这个走狗不可吗？不，他们追随的是他这个人，这个在中国历史上、中国文艺术史上，唯一的无师自法的"这一个"，因为中国人，绝大多数都习惯于跟在人家屁股后边走，唯有徐渭"病奇于人，人奇于诗，诗奇于字，字奇于文，文奇于画"（袁宏道引梅客生言）。这一个"奇"字，抓住了徐渭的本质。什么叫"奇"，"奇"就是不同于别人。唯其"奇"，才使崇拜者对他五体投地。

徐渭（1521—1593年），明朝文学家、戏曲家、书画家，初字文清，后改文长，号天池山人、青藤道士、田水月，山阴（今浙江绍兴）人。

说到绍兴，我就想起明末王思任所言："会稽非藏垢纳污之地，乃报仇雪耻之乡。"宋之陆游，明之徐渭，是绝对当得起这句话的绍兴人。关于山阴的徐文长，有许多民间传说流行于浙东一带，无非机智幽默调侃滑稽之类，这全是后来人的附会演义，不足凭信。

其实，徐渭的一生，落拓蹭蹬，宿命不幸，屡遭灾变，际遇可悲，是在重重矛盾中活得很累很苦的一个人。因为，在这个平庸的世界上，一个特别有才华的人，很难被社会认同，他也很难认同社会；很难被集体接受，他也很难接受集体。他总是处于不被理解更被误解的难堪孤独之中，不光徐渭，对于所有天才来说，这是不可逃脱的噩运。西哲有云，天才的最大不幸，首先，谁叫你生错了时代？其次，谁叫你生错了地方？徐渭是两者皆错，结果倒霉了整整73年。

可以想象，徐文长无法见容于这样一个生存环境之中，他该活得多么艰难。因受到仇视而愤慨，因受到抵制而躁亢，因受到排斥而忭急，因受到侮漫而狂狷，一天二十四小时，总是处于紧张之中，他不敏感，他不神经质，他不“歇斯底里”，他不疯狂，那就怪了。因此，不可能有心思像民间传说中的他那样，玩幽默，玩轻松，扮演一个逗人哈哈一笑的角色。

此人一生，是充满着矛盾的一生。这矛盾，固然是激发他创作的动力，同时也是制造他烦恼的根源。

他在《自为墓志铭》中剖析过自己：

> 山阴徐渭，少知慕古文词，及长益力。既而有慕于道，往从长沙公究王氏宗，谓道类禅，又去扣于禅，久之，人稍许之，然文与道终两无得也。贱而懒且直，故惮贵交似傲，与众处不浼袒裼似玩，人多病之，然傲与玩，亦终两不得其情也。

注意这“两无得”或“两不得”的“得”字，对于中国文人来讲，这是一场永远也醒不过来的梦魇。无论过去的文人，还是现今的知识分子，对于“得”都是非常在意的。囊萤窗雪，悬梁刺股，为了什么呢？就是要“得”。无论如何，对当下的人来说，可得的东西多，能得的途径也多，为得到而使用的手段格外的多。因此，“得来全不费功夫”的可能，“世无英雄，遂使竖子成名”的可能，“暴得大名，浪得虚名”的可能，“空手套白狼”“做无本买卖”“以次充好”“以假乱真”的可能，相比之徐渭那个科举取士的时代，要多得多！

徐渭只有秀才、举人、进士一路考下去，按其学问，按其努力，按其才华，按其心志，绝对该得、应得。但上帝从不给人“百分之百”，你有了文学上的一切，你有了艺术上的一切，对不起，金榜题名、状元及第，就是没有你的份儿。

一开始，他意气风发地从绍兴乘船，到省城杭州应省试，信心十足，相当自许，直如探囊取物耳！按他的性格，这大话肯定是吹过的。绍兴城里也都知道这位徐秀才，才高八斗，学富五车，凭他的天分，中一举业，立一旗杆，还不是唾手可得？然而，老天爷故意作梗，此公竟然从23岁入场，一直考到41岁，无不铩羽而归。读他自编的《畸谱》，真忍不住为他一哭。

> 二十三岁，科癸卯，北。
>
> 二十六岁，科丙午，北。
>
> 二十九岁，己酉科，北。
>
> 三十二岁，应壬子科。时督浙学者薛公，讳应薪，阅余卷，偶第一，得廪科，后北。
>
> 三十五岁，乙卯，阮公讳鹗视学，以第二应科，复北。
>
> 四十一岁，应辛酉科，复北。自此，祟渐赫赫，予奔应不暇，与科长别矣。
>
> 四十四岁，是岁甲子，当科，以故夺，后竟废考。

陶望龄也叹息了：“举于乡者八而不一售。”宿命如此，夫复何言？

辛酉这一科，他的上司胡宗宪，一个极有权势的方面大员，还为他走了后门，关照下去，谁知他犯小人，被人家做了手脚，终于还是名落孙山。呜呼，应得而不得，想得而不得，谁都以为他该得，结果偏不得，近二十年的科场失败，与《儒林外史》里的那个范进，堪相伯仲。遂成为他人生在世的最大心病。这心病，使他狂而为文，在文坛获得极大成功；也是这心病，使他愤而面世，在人间弄得相当失败。

所以，我看出来，他为什么对早他半个世纪的唐伯虎，表现出极

大兴趣。

一方面，唐寅与他同为多面手，书、诗、文、画，无不高妙；另一方面，唐寅也与他同为科场失意、一蹶不起的失败者。于是，视作知己，一再道及，感佩之状，溢于言表。在他的诗文中，唐寅出现的频率是较高的。有一首《唐伯虎古松水壁阁中人待客过画》的题诗，他甚至写道："南京解元唐伯虎，小涂大抹俱高古，壁中水阁坐何人？若论游鱼应着我。"此公恨不能化为那幅画中的鱼，与这位同命同运的前辈交流，可见其内心活动之一斑。

诗中的"解元"二字，虽是信笔拈来，大有深意存焉！别人这样称呼，也许只不过是称呼而已。而徐渭写在纸面上，多少是他科举不得意的情绪宣泄。因为唐寅考场被斥，只得了个"解元"的虚名，惶恐半生。徐渭多次乡试碰壁而归，不过是个做幕教馆、鬻字售画的广文先生，惺惺相惜，全在下意识中流露了。

更为精彩的是，这两个人的命际遭遇，巧合得类似电视连续剧的上部和下部。

他们两位考场失意，文坛知名。唐伯虎被江西的宁王朱宸濠礼聘，入幕为宾；徐文长应浙江督帅胡宗宪邀请，书记文案。因为中国的官僚好附庸风雅，因为中国的文人好亲近权力，这种一拍即合或者不拍也合的现象，相当普遍。唐寅聪明，聪明的人一看朱宸濠存心谋反，赶紧装疯卖傻，抽身而去，因而没有受到这位藩王叛逆的牵连。徐渭执着，执着的人呆愚，上了督府胡宗宪的船，竟不知江湖深浅，浑不晓风浪险恶，当真地以为自己是船老大呢，扯篷摇橹，拉纤挽舟，结果差点为之送命。

这就是他的悲哀了。

"皮之不存，毛将焉附"，是毛泽东对于中国知识分子的性格剖析，可谓一语中的。无论标榜清高者、待价而沽者、自居清流者、终南隐居者，甚至如唐伯虎，"闲来写就青山卖，不使人间造孽钱"者，总得有一个能领到饭票、拿到菜金、吃到公帑、取得钱粮的，现在叫单位，过去叫衙门的所在，或长远或短暂地依"附"着，这才不六神无主，这才不惶惶度日。

附，就是附庸、附属、附着、附靠，主从关系便分晓了。因此，不论是礼聘去的、邀请去的、拿八抬大轿抬去的、应博学鸿词科自投罗网去的，还是用枪逼着去的、拿刀押着去的、挥着大鞭子抽着去的、戴罪立功连滚带爬去的……端谁的碗，服谁的管；领谁的钱，看谁的脸，一句话，"附"是中国的士、中国的文人、中国的知识分子，其精神状态和物质基础的全部。

除掉商末孤竹国的君长子伯夷，君少子叔齐，偏要在周的体制外讨生活，在中国还少见这等孤高耿介之士。两兄弟拿定主意，"耻不食周粟"，也就是不拿周朝的工资。最后来到山西永济，在首阳山挖蕨根和薇菜充饥，可不知当地的谁，说了一句，普天之下，莫非王土，你二位采的这些野菜，可也是周朝土地上长的哦，你们能咽得下去吗？于是，这两个想不开的呆子，生生给饿死了。从此，在这个世界上，再也找不到伯夷、叔齐如此愚不可及的人了。

你既然是一根毛，你就得找到能够附着的一块皮。即使徐渭也不能例外。为了能在控制江、浙军事大权的司令部里，领一份儿饷，大师也不得不屈尊俯就，竞争上岗。陶望龄的《徐文长传》，写得真实些："胡少保宗宪总督浙江，或荐渭善古文词者，招至幕府，筦书记。时方获白鹿海上，表以献。表成，召渭视之，胃览罢，瞠视不答。胡公曰：'生有不足耶，试为之。'退具藁进。（胡）公故豪武，不甚能别识，乃写为两函，戒使者以视所善诸学士董公份等，谓孰优者即上之。至都，诸学士见之，果赏渭作。表进，上大嘉悦。其文旬月间遍诵人口。公以是始重渭，宠礼独盛。"

袁宏道的《徐文长传》，对徐渭谋到这份幕宾差使，则是高调描写，突出其"戴敝头巾，衣白布澣衣，直闯门人，示无忌讳"的文人风骨："文长为山阴秀才，大试辄不利，豪荡不羁。总督胡梅林公知之，聘为幕客。文长与胡公约：'若欲客某者，当具宾礼，非时辄得出入。'胡公皆许之。文长乃葛衣乌巾，长揖就坐，纵谈天下事，旁若无人。胡公大喜。是时公督数边兵，威振东南，介胄之士，膝语蛇行，不敢举头；而文长以部下一诸生傲之，信心而行，恣臆谈谑，了无忌惮。会得白鹿，属文长代作表。表上，永陵喜甚。公以是益重之，

一切疏记。皆出其手。”

其实，所谓“幕宾”，说白了，是陪着聊天的清客，以文字听差的扈从而已，以徐渭“深恶富贵人”的“纵诞”性格，这份粮秣是吃不长久的。可是，胡宗宪需要一支好文笔，巴结京师当局，颇善遇他，颇优容他，表现出相当的雅量。“幕中有急需，召渭不得。夜深，开戟门以待之，侦者得状，报曰：‘徐秀才方大醉嚎嚣，不可致也。’公闻，反称甚善。”（陶望龄《徐文长传》）

于是，一直失意从未牛皮过的徐渭，一直边缘化从未上过台盘的徐渭，一直科场败北从未神气过的徐渭，有生以来，第一次找到了感觉。尤其军门权力的威风，比他家乡的陈年花雕，更为醉人，果然也就晕晕乎乎起来。这些年来，我在文坛，看到诸公顶戴花翎以后，从那蛮可笑的嘴脸，便可大致想象我们这位徐大师，把自己看作督帅府的股肱人物，胡宗宪的心腹体已，拖着胖胖的身躯，扛着硕大的脑袋，往来于越东州府，奔波于剿倭前线，那不遗余力、鞠躬尽瘁、殚思竭虑、悉心效劳的“春风得意马蹄疾”的样子，甚至想起“小人得志”这句对大师不甚恭敬的成语。

据袁宏道《徐文长传》：“文长自负才略，好奇计，谈兵多中。凡公所以饵汪、徐诸虏者，皆密相议然后行。尝饮一酒楼，有数健儿亦饮其下，不肯留钱。文长密以数字驰公，公立命缚健儿于麾下，皆斩之，一军股栗。有沙门负赀而秽，酒间偶言于公，公后以他事杖杀之，其信任多此类。”

《明史・徐渭传》有道，“藉宗宪势，颇横”，陶望龄的《徐文长传》也说：“间或藉气势以酬所不快，人亦畏而怨焉。”纪昀在《四库全书总目》里更不客气：“一为权贵所知，遂侈然不复约束。”这就是说，大师不见得每时每刻都大师，大师不见得不偶尔比小人还要小人。所以那些大师、准大师，忽然之间，很小人起来，也就只当看不见罢了。反正那一程子，两三年间，这位大师的脑袋，肯定是进了点水，以为自己是胡宗宪的宪兵队长、侦缉处长，以为自己是英国情报五处的 007 呢，这就不免让人好笑了。

这个胡宗宪，先附赵文华，通同作奸，陷害同僚；后依严嵩父子，密相勾结，贪赃枉法。徐渭，一介草民，未必详细知悉官场和宫闱中的黑幕，不知不为罪，也不能深怪。但是，与他有知遇之恩的沈练，却因劾严氏父子而终被谋害，他不会不知道，也不会不痛心。因为他在《畸谱》的“纪知”一节中写道：“沈光禄练谓毛海潮曰‘自某某以后若干年矣，不见有此人，关起城门，只有这一个’。”徐渭是个知恩图报的人，这份赏识他的知遇之情，他是相当感激的。所以，他写出“公道自然明日月忠臣何意祀春秋”的《沈青霞先生祠》的榜联；写出“两上书而伏阙，一抗议而廷争，迨谪边氓，触帅臣之所忌，其于宰辅，值旧怒之未平，遂构谋而巧中，遽矫命以伏砧”的《祭沈锦衣文》的史实。然而，也是这一支笔，写出了令人齿冷的《代（胡宗宪）贺严阁老生日启》。大师的肉麻吹捧，登峰造极：“施泽久而国脉延，积德深而天心悦。三朝耆旧，一代伟人，屹矣山凝，癯然鹤立……”算是把马屁文章作到了极致。

文人的可怜，为了这块附着的皮；文人的可耻，也是为了这块附着的皮。有的人，一时间死不肯低下自以为高贵的头，一时间又不得不撅起屁股任人鞭策；有的人，一时间神气活现到天都装不下他，一时间又不得不垂手侍立听从差遣；有的人，一时间铁骨铮铮慷慨激昂声震云天，一时间又不得不说违心之言，不得不做违心之事。人格和文章分裂，言论与行为悖背，徐渭既不是第一个也不是最后一个，作为知识分子的我们，或多或少，都曾有过这样的做人体验。想想，人无完人、金无足赤，智者千虑、必有一失，也就不忍苛责了。

同时代的汤显祖，不知是否因为这点缘故，始终与他保持着有礼貌的距离？徐文长对汤显祖的赞赏，最初由诗而起。“真奇才也，生平不多见。”对素昧平生的人主动与之联络，于这位目空一切的大师来讲，实为破天荒之举。信是这样写的：

> 某于客所读《问棘堂集》，自谓平生所未尝见，便作诗一首以道此怀，藏此久矣。顷值客有道出尊乡者，遂托以尘，兼呈鄙刻二种，用替倾盖之谈。《问棘》之外，别构必多，遇便倘能寄教耶？湘管四支，将需洒藻。（徐文长《与汤义仍书》）

清·苏六朋《太白醉酒图》　李白腰扎红带，衣发飘逸，眼含高傲

诗是这样写的：

兰苕翡翠逐时鸣，谁解钧天响洞庭？
鼓瑟定应遭客骂，执鞭今始慰生平。
即收吕览千金市，直换咸阳许座城，
无限龙门蚕室泪，难偕书札报任卿。
(《读问棘堂集，拟寄汤君》)

信也好，诗也好，充分表现出徐渭对汤显祖的渴慕之意、期待之情。然而，这封不会不送到的信，这首不会不读到的诗，汤显祖既无复函，更不和诗，这实在是件令人感到蹊跷的公案。

王思任评《牡丹亭》时曾经提及："往见吾乡文长批其卷首曰：'此牛有万夫之禀。'虽为妒语，大觉颊心。则若士曾语卢氏李恒峤云：'《四声猿》乃词场飞将，辄为之唱演数通，安得生致文长，自拔其舌。'"看来，徐渭对汤显祖，大有"嘤其鸣兮，求其友声"的热情；而汤显祖对徐渭，只是出于职业上的尊敬，不但不愿深交，连最起码的同行来往也没有。所以，明末清初的周亮工说的话："青藤自言书一，画次，文第一，诗次，此欺人耳。吾以为《四声猿》与草草花卉俱无第二。"清人郑板桥在《潍县署中与舍弟第五书》中所道的："忆予幼时，行匣中惟徐天池《四声猿》，读之数十年，未能得力，亦不撒手，相与终焉而已。世人读《特丹亭》而不读《四声猿》，何故？"多少都能听出一点弦外之音。

从《万历野获编》，约略能够看出一丝端倪，沈德符稍晚于汤显祖，但所记却是亲见亲闻："文长自负高一世，少所许可，独注意汤义仍，寄诗与订交，推重甚至，汤时犹在公车也。余后遇汤问文长文价何似，汤亦称赏，而口多微辞。盖义仍方欲扫空王李，又何有于文长。"再说，徐渭的《寿严嵩词》，一直为人所垢辱，以天下为己任的汤显祖，不会不介意的。

这种了无回音的冷漠态度，对"眼高千古，独立一时。当时所谓达官贵人，骚士墨客，皆叱而奴之，耻不为交”的徐文长来说，可想而知，是何等的难堪！因此，当严世蕃掉了脑袋，严分宜回乡看坟，朱厚熜大发雷霆，胡宗宪瘐毙诏狱之际，我们的这位大师，面临着巨大的政治压力、经济压力，遣散后被逮有口难辩的压力，以及失去保护伞后群起而攻之的报复压力，恐怕还包括在文坛上被鄙视、被唾弃的舆论压力，于是，身心全面崩溃、精神彻底垮台。按照现代精神病学的论点，极为天才的人，其精神状态未必就是十分健全的。“虑祸及，遂发狂。”

据徐渭自编《畸谱》：

> 四十五岁，病易。丁剚其耳，冬稍瘳。
>
> 四十六岁，易复。杀张下狱，隆庆元年丁卯。

徐渭的“易”病，当是精神分裂症的一种。否则，他绝不可能像荷兰画家凡·高那样，跟自己的耳朵过不去，用一根大钉子刺进去。而且，因为一下子死不掉，又用棍棒敲击自己的阴囊，使睾丸碎裂，以促速死。陶望龄是唯一自始至终了解他、关注他的同乡友人，据他的记载：“引巨锥剚耳，刺深数寸，流血几殆。又以椎击肾囊碎之。”这样极其残忍的匪夷所思的自杀方法，史所罕见，世所罕见，说句绝对应该掌嘴的话，对大师之卓绝、之坚忍、之狠愎、之非常人所能为的奇行触目惊心的同时，也不能不为这位中国人所创造的死亡方式赞叹。

我记得在我生命中最黑暗的岁月里，也曾经想从太行山深处的悬崖跳下去的。然而，还未跨出半步，那凄凉的山风从裤脚管飕地吹进，顿时战栗起来，害怕起来，不敢死也不想死了，可见死是一件多么艰难的事。因此，我特别崇拜这位面对死亡毫无惧色的人。

自杀多次未果，杀妻坐牢八年，“绝谷食十余岁”。“晚年愤益深，佯狂益甚。或自持斧击破其头，血流被面，头骨皆折，揉之有声。”“古今文人牢骚困苦，未有若先生也哉。”

然而，生命力顽强的他，在出狱之后到抱愤而卒的19年间，也是

他创作最旺盛、作品最辉煌的时期，凡他笔下倾泻而出的“一段不可磨灭之气，英雄失路、托足无门之悲，故其为诗，如嗔如笑，如水鸣峡，如种出土，如寡妇之夜哭，羁人之寒起。当其放意，平畴千里；偶尔幽峭，鬼语秋坟”（袁宏道语）。其才情睿智，其韵语华章，其彩墨精粹，其放谈高论，无一不达到了“光芒夜半惊鬼神”（黄宗羲诗）的巅峰状态。

虽然大师的晚景凄凉、结局很惨，死时“帱莞破弊，不能再易，至藉藁寝”，穷得不能再穷，但他所留存下来的诗、文、书、画，“岂知文章有定价”（黄宗羲诗），成为中国文化遗产中无与伦比的瑰宝。因此，袁宏道大声呐喊，誉他为“有明一人”。其实，他那摧折不倒、折腾不死、挺挺兀立、敢杀敢砍的精神，对于中国文人的感召启发意义，千古以来，恐怕也就是徐渭“这一个”罢了。

正是“这一个”，我们看到了中国文化的脊梁、中国文人的希望。

对游戏说不的李贽

李贽终于趁着剃头师傅转身时，拿起那把剃刀，顺手从自己颈项间一抹而过。顷刻间，血喷如射，四处飞溅，那位待诏以及在场的狱卒，对这意想不到的突发事件，简直来不及反应，都吓呆了干站在那里。

他神色不变，还是那副淡淡的，甚至有一点讥诮意味的笑容。

这自然是隔了数百年后的臆测，但也是这位老人势所必然的表情。因为，中国知识分子在活得实在不能再活的时候，大致可出现两类情况：一类是自杀，宁折不弯。自杀是需要大勇气的行为，能够下决心自杀者，通常不是懦夫。一类是不自杀，好死不如赖活着，趴在地下当狗、当狗屎、当不齿于人类的狗屎堆都可以，就是不肯结果自己的生命。

李贽敢自杀，我佩服他，虽然他不是一个十分的强人，但他敢于对那些“阳为道学，阴为富贵，被服儒雅，行若狗彘”的东西说不；对“言不顾行，行不顾言”的“鄙儒”“迂儒”“腐儒”“俗儒”们说不；对“以孔子的是非为是非”的绝对真理说不；对《六经》《论语》《孟子》等经典著作说不；对规则内一切认为正常的游戏说不。他的这种的反叛精神，在只许点头称是，而不准抬头说不的封建社会里，实在是极有勇气的行为。翻开中国历史，如李贽般逆潮流者，简直寥若晨星；如李贽般唱反调者，更是空谷足音。天下舆论一律，没有反

对声音；大家匍匐在地，无人胆敢直腰，这恐怕就是封建社会得以迁延数千年的根本原因。

李贽是不该到北京来的，但他的性格决定了他非来不可。还未进朝阳门，只是在通州，就被告到诏狱里去。理由很简单，李贽是祸水，“敢倡乱道，惑世诬民”。在麻城两次被州抚勒逐出境，现在此人已经到了通州，天哪！“通州离都下仅四十里，倘一入都门，招致蛊惑，又为麻城之续。”告御状者为礼科给事中张问达，坏蛋一个，正是李贽咒骂了一辈子的伪道学、伪君子之类。其实，李贽早几年就对他朋友山西主考汪可受说过：“得荣死诏狱，可以成就此生。”“那时名满天下，快活快活。”这一状告得正合他意，但很遗憾，对麻木的晚明社会，没造成一点轰动效应。相反，在纸醉金迷的首善之区，李贽被逮，被关进大牢，无声无息，多他这个人，少他这个人，既不影响吃饭，也不耽误睡觉，这使他很伤自尊。于是，他决定自杀。

李贽的学问当然很大，但对于切腹割腕自缢饮鸩之道，似乎缺乏研究，也许在中国漫长的封建社会里，士大夫（尤其明朝）宁肯撅起屁股挨板子，鲜有决绝而自杀者。无章可循的他，选择这种割脖子的方法来结束自己的生命，看来是平素里他太太杀鸡杀鸭，给他的启示了。虽然未能一刀毙命，但自杀是成功了，他很欣慰，无论如何，他要最后一次让国人震惊，让历史震惊，他果然达到了目的。可以想象，他这一刀下去，痛苦其次，快感是第一位的。

这是发生在公元1602年（万历三十年）春天北京的事情。这年，李卓吾已经75岁，如此高龄的自刎者，若放在当代，可以申请“吉尼斯世界纪录”。老夫子在死亡线上折腾了两天以后，终于因为喉管被割的缘故，在无法言语的难堪沉默中，与世长辞。呜呼，大师远行，凡尘两隔，再也听不到他那闽南口音的刺耳之声了。农历三月的北京，那应该是一个风沙飞扬的天气，应该是一个天昏地暗的日子。我想，在这个众人都不敢说不的国度里，这是送别大师的最好场景。

李贽之死，对他自己是个解脱；对别人，包括爱他的、敬他的，恨他的、怕他的，也是一个解脱。说实在的，大家都感到如释重负般的轻松。卓吾老夫子这一生，尤其到晚年，仍给自己定下了太多的目标，多到了闹人的程度，实在是不敢恭维的；其实，这些在他古稀之年还要去奋斗、去树立的东西，只不过是他数十年来所作所为的平面延伸，同类项的不断反复罢了，对于他、对于别人，已不再具有什么耳目一新的意义。

有一首小提琴曲，叫《无穷动》，听一听那休想宁静的旋律，对于了解李贽也许会有帮助。闹，或太闹，是中国人一旦有点名声以后，便患有的永远治愈不了的痼疾。除非他死，死了死了，没办法闹了；除非他病，病得不轻，没力气闹了。舍此而外，只要这些人不死、不病，就永远有热闹好瞧。

古人云，强弩之末，难穿鲁缟，谁都会有这一天的。可李贽犹不收弓，犹以为尚能百步穿杨，犹拉开架子跃跃欲试，这是中外古今所有大人物都难以逃脱的最后悲哀。观众对这类戏演完了，仍不肯卸妆的角色，只有悲悯，而不同情。因为你不能老在舞台中央，占着茅坑不拉屎。李贽应该明白，你就是你，你已经是你。你辞官，你落发，你遣妻送女，你成为云游四方的不僧不道的老单身汉，早就定型了。折腾是李贽，不折腾还是李贽；闹不会多，不闹也不会少。

但是，这是一个充满诱惑的世界，名声有时候比金钱更能弄得人魂牵梦萦，颠三倒四。李贽这一生，之所以远离家乡，之所以妻死不娶，之所以过着这种仰鼻息于豪门、吃白食于官衙的日子，议论讲学，授徒交友，著书立说，招摇过市，就是保持这种在野的领袖群伦的地位，其终极目标，就是要做一个在世圣人。

凡人物（或其实算不得人物，只是自我感觉到果然也是个人物），都会程度轻重地患这种病。一旦发现自己居然人五人六了，从此就不做那个本色的自己，而偏要做众人眼中的那个人物了。只要有那么几天，不见报纸上出现自己的名字，不见电视上露出自己那张肉脸，浑身五计六受，软不拉塌。必须出镜上报，必须亮相曝光，必须有点动静，必须闹点名堂。这样，才打起了精神，腰板似乎也能够挺直了。这样，他个人金枪不倒，倒不打紧；崇拜他的，为爱护他，不得不陪着累；嫌恶他的，为防范他，也不得不跟着受累。

李温陵先生自然也不例外，他是个尤其爱闹的人，已经闹得刹不

住闹，必须按这种活得很累的生存方式闹到底。汤显祖就埋怨过他，老先生啊，“自是精灵爱出家，钵头何必向京华”，你老人家干吗一定要闹到天子脚下呢？但剧作家哪了解尊师绝不怕闹大的底里，李贽一定要随马经纶御史到通州来，也是觉得在麻阳、在南京，闹的震撼度不够大。所以，逮捕令一下，他好像求之不得，连忙招呼下人抬门板过来，他躺在上面，让送到京城。谁知审判长不把他当回事，“大金吾置讯，侍者掖而入，卧于阶上。金吾曰：‘若何以妄著书？’公曰：‘罪人著书甚多，具在，予圣教有益无损’大金吾笑其崛强，狱竟无所置词，大略止回籍耳”（袁中道《李温陵传》）。

听说要将他遣返原籍，李贽觉得这场戏真是该演完了。他一生两畏，一畏回乡，二畏回家，这是绝对行不得的，于是决定自杀，而且采用了近乎“行为艺术”的死法，也透出他必闹到别人目瞪口呆的风格。

1602 年春天的北京城，那肆虐的风沙，显然比现在的状况还要糟得多。最虔信李贽的“公安三袁”之一的袁小修，写过一篇《游高梁桥记》，讲到与其兄袁中郎同去西直门外踏青，被沙尘暴刮回来的狼狈，“坐至丙夜，口中含沙尚砾砾”，可见风沙之烈，也可见彼时的中国人，尚无牙刷和刷牙这一说。就在同样的三月天，在通州北门外的迎福寺边，人们冒着扑面噎口的扬尘，草草地葬送走了李贽。“行年七十六，死无一棺”（明朝陶望龄《歇庵集》），这倒也符合卓吾老人的一贯精神。

沙尘能将元大都的遗址，埋在地下不见踪影许多年，但是，掩埋李贽尸骸的那抔黄土，却遮挡不住他那“逆潮流”的精神。争议一直伴随着他的名字，讨论到明末，讨论到清初，褒者有之，贬者有之，官方封杀，民间传播，死了以后还要让人不安生，说明李卓吾一生没有白闹。明末清初，一些在野的大学问家，对李贽的行径持反感态度。如顾炎武：“自古以来，小人之无忌惮，而敢于叛圣人者，莫过于李贽。”如王夫之：“王氏之学，一传而为王畿，再传而为李贽，无忌惮之教立而廉耻丧，盗贼兴。”稍后一点，在朝的王士禛也同样：“余素不喜李贽之学，其《藏书》《续藏书》未尝寓目。近偶观之，其最害道者莫如《论狂狷》一篇。其言正如醉梦中呓语，而当时诸名士极推尊之，何哉?”更甭说编纂《四库全书》的纪晓岚和撰《明史》的张廷玉了，对李贽简直是近乎唾弃。

其实，即使如李贽最看重、最推许的，甚至向其请求“公能容我作一老门生乎”的焦竑，也对这位闹得十分厉害的老友，保持着若即若离的态度。焦竑考中一甲进士第一名，任翰林院编修，李贽很想依附于他，他以“身心俱不得闲”婉拒。自作多情的李贽在他《焚书》中，收录了那么多的《与焦弱侯书》，其中不乏肉麻吹捧，但焦竑的《澹园集》和《澹园续集》，却绝不保留一封他给李贽的书信，显然是有意剔除掉的。他的《玉堂丛话》一书，虽记万历以前的文人雅事，但并非只字不提同时代人，然而从中找不到李贽的名字。看来，李贽的闹，对持道统观念的文人学者来说，是颇有点格格不入的。

李卓吾一生，以割脖子为代价，不屈不挠“逆潮流”到底，说“不”到底。中国人中特别能闹者，总觉得自己应该是一个在世圣人者，多少患有一点自大狂者，是值得研究和总结的对象。当然，这类人，过去有，现在也有。但如今这等活“圣人”的肚皮里，除了一副好下水和良好的自我感觉外，别无长物。环视当下社会，草包实在太多，菜鸟尤其不少，像李贽这样有学问的自以为的圣人，还真是踏破铁鞋无觅处咧!

李贽，福建晋江人，原姓林，有色目人血统，到他祖父一代，已完全汉化。1552 年（嘉靖三十一年）乡试及第，也就是俗称的中了举。1556 年（嘉靖三十五年）离开老家，携家眷到河南辉县任教谕一职，约相当于县教育局的督学。1560 年（嘉靖三十九年）迁南京国子监教官，大概是个什么教研室主任之流，也是个闲差。

李贽自及第以后，不算怎么走运，先是丁父忧，后是丁祖父忧，忙于出缺奔丧，即使得到一官半职，也是在清水衙门坐冷板凳，仕途很不顺畅。直到 1576 年，才调任云南姚安（一个经常发生地震的地区）当知府，这才有一点俸禄外的“灰色”收入，使口袋稍有充盈之感。此公熬鹰似的熬了 24 年，像一首流行歌曲唱的那样，“等得太久太久”，实在是相当的不耐烦。换个别人，也许认命，但他，很不愿

意如此按部就班，从体制内循序渐进上去。如此他肯定会骂娘的：熬到出头之日，还不得到驴年马月？所以，他的“逆潮流”的思想，和说不的行动，一是他的天性狂狷所致，二也是一生遭际所赐。

在这里，参照《红与黑》里的那个于连，重温司汤达笔下那个外省青年的心路历程，也许对了解四百多年前走出泉州古城的李贽，有所帮助。那个木匠的儿子，从外省小镇来到首善之区巴黎，能够站稳脚跟大展宏图，能够不择手段达到目的，能够无所不为下作行事，能够蚕食鲸吞捞取一切，能够寡廉鲜耻背叛出卖，能够声色犬马与那些贵妇名媛上床。他做这一切的时候，没有揭竿起义，没有明火执仗，没有革命宣言，也没有推翻政权，而是穿着燕尾服，戴着白手套，含情脉脉，彬彬有礼，温文尔雅，谦恭谨慎，有时还要委曲求全，通过朝内合理、合法、合情的正常运作，实现他的欲求。

李贽做不到这一点，虽然他具有这种外省人的心结，但不具有于连那种在体制内打拼的力气。试想，他应乡试，26 岁；到河南，30 岁；迁南京圈子监，34 岁；进北京，38 岁；赴姚安任知府，50 岁。这个年过半百的外省人，早过了像于连那种风华正茂的年纪。在麻城与几位小女子、小媳妇谈经讲道之余，顶多也只能流露一点“柏拉图式”的情愫而已。做不了也无法做于连的他，“不如遂为异端”，挂冠而去，“宁贫贱而轻世肆志”，以“逆潮流”的态势，从体制外另辟蹊径，闹出一番他的天地。

黄仁宇在《万历十五年》中说过：“十分显然，李贽没有创造出一种自成体系的理论，他的片断式的言论，也常有前后矛盾的地方。读者很容易看出他所反对的事物，但不容易看出他所提倡的宗旨。”这样的评价是准确的。但是他臆断：“如果他在 1587 年，也就是他剃度为僧的前一年离开人世，四百年以后，很少会有人知道还有一个姚安知府名叫李贽者其人其事。在历史上默默无闻，在自身则可以省却了多少苦恼。”他认为：“李贽的不幸，在于他活的时间太长。”其实，从这位历史人物的心理状态进行探求的话，他的最大苦恼应该是“不甘为一世人士”，怕不出名；他的不幸，应该是担心“今世想未有知卓吾子者也”，这番话，仍是怕不出名。所以，他宁愿穷苦，宁愿折腾，也不愿默默无闻。

名，是他的一股无名毒火，片刻不宁地在燃烧着那颗不安的心啊！

李贽自杀的前两年——1600年（万历二十八年），年过古稀的他，被总理河漕的刘冬星（大概相当于水利部长的要员吧）从南京接到济宁小住。虽然这是个小城，但却是个古城，当年李白、杜甫曾经在这里做客，至今城内留有遗址。李贽看了一遭以后，感慨系之："济上自李杜一经过，至今楼为太白楼，池为杜陵池，池不得湮，诗尚在石，吁，彼又何人，乃能使楼池之名不能灭也！吾辈可以惧矣，真是与草木同腐也哉！"

中国的士大夫，无论其为主流，抑或异端，都好名，尤好身后之名；追求所谓的不朽，几成一种病态。特别是那些自以为是的人物者，做顶天立地的大事业，为名垂青史的大人物，有传之后世的大著作。立德、立功、立言，是胸臆中总在涌动的心潮。李贽属于最为严重的一位。早年，这样的抱负，多少还有点积极的进取励志之意；如今年纪一把，行将就木，还在那里害怕自己与草木同腐，这就表明李贽到了晚年，求名的亢奋状态，非但未曾降温，甚至到了近乎谵妄的程度。

他在湖北麻城芝佛院给自己造灵骨塔时，就透出这种神经质。在《豫约》中嘱咐弟子："若其真实有高兴至塔前礼拜者，此佛子也，大圣人也。急宜开门延入，以圣人待之，烹茶而烧好香。与事佛等，始为相称。"难得知己，竭诚相待，自是李贽这番话的主旨，但夸张地捧朝拜者为圣为佛，那言外之意，他这个被朝拜者，岂不是更圣更佛的上上人了吗？如此直白的自我期许，正应了清初大学者方以智对他的评论："专骂好名者，正自家好名之至耳！"

李贽也不讳言："好名何害？好名乃世间一件好事。"求名、邀名、造名、醉名，陪伴了这位老爷子一生，成为他推拭不去的痛苦之源。一直到他下决心割脖子以后，才彻底放下这个沉重的包袱。

据袁小修《李温陵传》，他在气绝之前，曾与这位待诏有段对话：

> 侍者问曰："和尚痛否？"
> 以手书其手曰："不痛。"

又问曰："和尚何自割？"

书曰："七十老翁何所求！"

最后这句话，算是他得到了真谛，"舍亢人谦，而公遂老矣，死矣"！至此，离上帝还有一步之遥的时候，李贽放弃了一生要做"在世圣人"的梦。他知道他演完了最后一幕，不可能再有什么戏了。这一刀，表示了他的弃绝、他的断裂、他的转折，因为他终于悟到无须乎再追求什么了，于是可以死了。从这一刻起，升华了的他、属于他个人身影的那些部分，对于历史的他来说，逐步在减弱、在淡退，而他一生中对虚伪的儒学体系的抨击，对伪道学、伪君子，以及一切从政者的揭露，对封建社会主流意识的批判，所表现出来的不屈不挠的精神、卓尔不群的思想、特立独行的品质，渐渐成为历史上的他的主体或者全部，并且愈来愈光辉。

当然，也毋庸为贤者讳，甚至羁押于镇抚司监狱里，他在一首《书幸细览》的诗里，还幻想神宗朱翊钧读了他的《藏书》《焚书》后，如聆纶音，立刻下一道圣旨：着八抬大轿，由东华门进，朕要聘这位李老先生为国师呢！从这个极卑微，也极机会主义的细节，也看到植根于儒家文化的中国士大夫，不论其逆反主流到什么地步，悖背朝廷到什么程度，最后，还是服膺于皇上圣明，这就是知识分子两面性的天生软弱。

李贽死得相当痛苦，因为他是一个爱洁成癖的人，不停地沐浴，不断地扫地，是他打发业余时间的主要消遣。平素里，凡来访贽公者，有一条规矩，都要坐得离他稍远一点，因为他简直忍受不了别人的体臭。这或许是嘲讽了，干净了一辈子的他，想不到最后以大污秽、大邋遢收场，衣衫尽染，浑身殷红，创口滴血，鬓须凝结，这是他极不愿意看到的狼狈场面。于是，躺在门板上的他，那本来明亮睿智的双眼，渐渐失去往日的光彩，一直熬到第二天的深夜，血流尽最后一滴，心脏停止跳动。

李卓吾活着的时候，有人恨他，有人敬他，是个有争议的人物；死了以后，仍然不能盖棺论定。有人尊他为圣人，有人憎他为败类；

有人认为他是中国第一思想犯，有人认为他不过是好作大语怪论、喜唱反调的另类文人而已；有人看他为道德高尚、行为磊落的学问家，有人看他不过是周旋于权贵之门作清高状的清客；有人认为他是一个狂热的传教士到处宣扬他的教义，有人认为他虽然大骂“今之从政者，只是一个无耻”但衣食住行却全赖这班无耻之人供给。他虽剃度，但不拒酒肉；他卑侮孔孟，却在佛堂里挂孔子像……如果我们将他作为一个人看待，他不是先知、不是神仙，那么有高尚也有庸俗，有伟大也有渺小，就是很正常的事情。

但李贽的可贵，在于他像黑夜里灼目的闪电，虽匆匆一瞥，却唤醒了中国知识分子可以而且应该喊出一声不，向万古不变的封建秩序挑战。否则，口口声声“奴才该死”“吾皇万岁万岁万万岁”，说不定到今天我们还在黑夜里摸索。

15世纪至16世纪，欧洲开始向现代社会转变，但同一时期的中国，更具国力优势。当1405年郑和率船队从泉州港启碇，向南中国海进发，欧洲还不具备如此强大的远航能力，相隔近半个世纪以后，发现美洲的哥伦布才出生在意大利。如果，当时的中华大地上，有更多的如李贽般敢于“思想”的知识分子，觉得大明王朝也可以换一种方式生存在这个世界上的话，谁知道今天的中国又会发展成个什么样子呢？其实，中国的积弱之势，何尝不是从明朝错过了这样一个发展机遇而造成的呢！

这就是李卓吾先生，更令人肃然起敬的所在。

假如阿Q当作家

——一个后现代的文坛浪漫故事

《阿Q正传》里有这样一个镜头，革命了的阿Q，飘飘然地走在未庄街头，一向不把他瞧在眼里的赵太爷，不得不放下身段，“怯怯地迎着低声地叫”“老Q”。这有点滑稽，但也是这个世界上常常发生的错位和颠倒的事情。文坛尤其如此，没看上眼的作家，红遍大江南北；觉得不错的希望之星，湮没无闻；绝对不成气候的作品，卖了个好价钱；字字珠玑的杰作，乏人问津。所以，阿Q当了作家，而有的作家当了阿Q，都不是没有可能。

未庄的阿Q从来没有被人如此尊称过，以为叫的不是他。

“‘阿Q!’秀才只得直呼其名了。

“阿Q这才站住，歪着头问道，‘什么?’

“‘老Q，……现在……’赵太爷却又没有话，‘现在……’”

假设：赵太爷是文坛老秀，阿Q是新近蹿红的青年才子，接下来的两人交谈，就可能是这样了。“Q兄，听说你红得发紫!”

“那还用说。”新秀比老秀更不谦虚。

“成了明星作家!”

“自然，要什么就是什么……”很得意，像时下走红的作家那样两眼看天。

这是一个虚拟的场面，命题有点荒谬；其实，细想想，也不是没有这种可能。阿Q凭什么不可当作家。“王侯将相，宁有种乎?”在鲁迅当作家的那个年代，也许阿Q当作家的可能性，是微乎其微的。但到了如今这个老少勇士们跳将出来咬啮鲁迅的年头，礼崩乐坏，错位和颠倒更不足为奇了。

拿破仑一倒下，所有的士兵都以为自已是元帅；鲁迅被咬啮得狗屁不是以后，还有谁不可以以大师自命呢!

我冒说一句，如果阿Q现在活着，要想当作家，确实如他自诩的那样，“要什么就是什么”地手拿把掐，甚至会比现在最红的作家还要红上几分。因为在鲁迅写作的那个时代，当作家得有一点本事；现在，当然也不见得就不需要本事，但本事大小，与作品的好坏高低，不成正比。脸皮厚，才是最重要的条件。脸皮越厚，成功率越高。

阿Q甩给赵太爷一张名片，上面印着：

青年才子
文坛情圣
媒体英雄
影视策划

翻过折页，还有：

畅销书《哗众取宠》的作者
“吓死你”网站的CEO
德国克莱登大学客座教授
南太平洋图卢岛国的文学奖获得者

阿Q告诉这位前辈，如果有兴趣，可以再挂上若干，估计这张名片，就该比印度女人穿的纱丽还要长了。

这些头衔，把文坛老秀看得目瞪口呆，心口发堵，血压上升，尿糖增高。他干了一辈子，使出浑身解数，竟不敌这个实在不是东西的东西，相当不是滋味。老先生连忙在地图上找这个蕞尔岛国，也不晓

得阿Q领的那个奖，是卢比还是克朗？黑市兑换的价码如何？

所以，老先生没法不“满脸溅朱”。鲁迅说的这个“溅朱”，大概就是脸部的毛细血管，瞬间充血，表明他老人家很火。无论如何，赵老，或赵公，或赵前什么什么长之类，在文坛厮混这么多年，论资望，论履历，论地位，论座驾的级别，是可以而且应该拍案而起：你是什么玩意儿？你怎么能当作家？

然而，他无法愤慨，道理有三：其一，按我们过去长期奉行的阶级路线，和很在意过的以家庭出身、个人成分来区分社会成员的做法，提供了阿Q当作家的可能性。休看这位“我……我……不认得字”，连圈都画不圆的阿Q，由于上帝将他投胎于草根阶层，比贫下中农还要贫下中农一些，肯定会有出于浓得化不开的阶级感情的同志们，把来自未庄的、自幼根正苗红的瘌痢头先生，硬扶持成为一位作家。

老秀不会悖逆这大的政治环境，他是一个审时度势之人。

其二，按我们现在流行的文学市场规律，如果“我手执钢鞭将你打”的阿Q，一定要放下钢鞭，拿起笔来，赵太爷也无法将其关在文坛之外。市场化的好处，就是权势开始失去绝对垄断的地位，前门进不去，后门进，后门进不去，旁门进，旁门进不去，老子还不进了，徜徉于体制外，又能咬我卵乎？你赵太爷在廊庙里，固然有祭祀剩下的冷猪肉可啖，我阿Q，在林下也照样有小女子的芳心可骗。所以，这位来自未庄的青年才子，以不时弄出点名堂、不断闹出点动静、不停制造出点花边新闻，在媒体上兴风作浪，你想不让他当作家也不行。

老秀不傻，何不因势利导，为我所用，做慈祥状，做开明状，做宽容状呢！

其三，因为作家，与具有起码职业技能的科技、工程、教育、财务人员不同，是不需要进行按部就班的专业学习，用不着付出十年寒窗、囊萤映雪的艰难过程。作家，有时连最简单的上岗培训也用不着，只消识得几个字，标点符号会不会使用，都无所谓，就可以当作家。改革开放以后，好几间大学办作家班，像车间那样，搞一条专门制造作家的流水线。所以，在别的什么国家里的阿Q，也许当不成作家，在我们这里的阿Q，只要他想当，是不成问题的。

有鉴于以上三点，赵太爷还愤慨个屁？说不定他也会洑上水去套近乎的。

不错，在鲁迅笔下，赵太爷曾经伸出手去狠掴了阿Q一记耳光，因为他居然认为自已“和赵太爷原来是本家，细细的排起来他还比秀才长三辈呢”，这简直反了你这兔崽子，不收拾那还得了，但那个阿Q，是住在土谷祠里的小瘪三。可面对当了作家而且很红的阿Q，作为老秀的赵太爷，就未必如此无礼了，不但不掴脸，而是两手作弓状张开，按俄罗斯风俗（谁让我们受到过那么多的俄苏文学的训练），先拥抱，后贴脸，并与之耳语曰：“阿Q，你以后有什么东西的时候，你尽先送来给我们看，……”

“阿Q虽然答应着，却懒洋洋地出去了，也不知他是否放在心上。”

赵太爷说的东西，在未庄阿Q的手里，是赃物；而在才子阿Q手里，自然就是作品了。文坛老秀以为他的品评，一言九鼎，孰知阿Q不怎么在意老先生的指教，遂有懒洋洋不上心的态度。这倒不是他看不起赵太爷，也不是忽视老秀在文坛的地位。因为，新一代人的文学操作，已经跳出传统营销方式，更在乎炒作时的锅勺乱响，油烟满屋，火苗高蹿，猛颠急炒的声势，一个破媒体，也比二十个德高望重的赵太爷更管用。特别刚刚进入市场状态的中国受众，尤其容易被传媒麻醉，哪怕是最拙劣的炒作，也会全部笨伯趋之若鹜。至于这道菜（也就是这个东西或这部作品），好吃不好吃，倒在其次，响动是第一位的。所以，一要无耻，二要无赖，三要无所不用其极的“三无”操作法，便是阿Q这类才子或佳人奉为圭臬的行径。

阿Q可以不把赵太爷放在心上，虚应故事即行，赵太爷却不能不对阿Q紧贴套瓷：星星不需要月亮，可是月亮倒蛮在乎星星的烘托。在未庄，赵太爷到底将阿Q送上法场，但走出未庄的阿Q，赵太爷只有“怯怯的迎着低声的叫”“老Q”了。

这就是一道在急剧转型期中所出现的文坛风景线。

鲁迅健在时，不会尊称阿Q为“老Q”，他不那么贱；逝世后则更不可能巴结时下走红的一代。所以，他活着挨收拾，死后挨修理，

理属正常。我相信，一千年后，还会有更新的新秀，拿他开刀问斩。因为，他点中了国人的穴，凡阿 Q，都会恨他挑破了这层窗户纸，而不肯饶他的。

阿 Q 成了作家，走上文坛，当然值得欣喜，但若考较起他的创作走向，又不能不引起“正人君子”的杞忧。我们不妨设想一下，以他积蓄得太多太多的荷尔蒙，总处于勃起的状态之中；以他拧了静修庵小尼姑的面颊，那手指头的滑腻感而迅即生出的性意识；以他直撅撅地跪倒在吴妈跟前，要求和她“困觉”的迫不及待的性冲动；他要拿起笔来，不往脐下三寸写去，岂不憋得非自我爆炸不可？

他极有可能成为顶尖级的性文学急先锋，何况文坛有如此多的同道同好同癖同嗜者，说不定他会挑头组织一个“文学 SEX 同志会”，自任常务理事长；会标可能采用他那画不圆的圈，在色情狂的眼里，凡圆的东西，都可比附女阴的图腾崇拜物。因此，你在书肆里看到像《尼庵之恋》《春房之春》《宁式大床的罗曼史》这类书，准是出自这位青年才子的笔下。就冲这书名，就够有卖点。

但是，你也别期待阿 Q 会写出多少升华的性篇章，因为草根阶层的性冲动之强烈，之无顾忌，之为性而性，之情趣低级，书会畅销谅无疑问，而在性文学上有什么开拓和突破，是不可能的。阿 Q 虽然“周吴郑王”起来，穿上西服，系上领带，但滴溜溜的眼睛，盯住风骚女作家的胸部和臀部的馋嘴样子，可以断言，他的性文学大概离劳伦斯会远一些，而距兰陵笑笑生更近。因为，当他还躺在未庄的地头上，晒着太阳，扪着虱子当农民的时候，是从民间小调《十八摸》《小寡妇上坟》开始他的性文学启蒙教育的，他只能沿着这条“儿童不宜”的肉欲路子走下去。

不过，谁知阿 Q 有没有另外一种可能，成为一个响当当的先锋派文学的新锐人物，尤其戴上那顶毡帽，按照越土越洋的负负得正的数学定律，这该是最前卫的装束。因此，他虽然很土，土得掉渣，可他未必不可以很洋，而且洋得让你喘不过气来。

这让人很哭笑不得的，因为在阿 Q 的灵魂中，永远站立着那个本质上的农民，尽管他“很鄙薄城里人，譬如用三尺长三寸宽的木板做成的凳子，未庄叫‘长凳’，他也叫‘长凳’，城里人却叫‘条凳’，他想：这是错的，可笑！油煎大头鱼，未庄都加上半寸长的葱叶，城里却加上切细的葱丝，他想：这也是错的，可笑！”然而，当他走进城市，一旦混迹于他所蔑视的城市人中间，会比城里人还城里人。

首先，他马上看不起“未庄的乡下人”了，认为他们只“不过打三十二张的竹牌”，而“只有假洋鬼子能够叉‘麻酱’，城里却连小乌龟子都叉得精熟的”，进而把癞痢头抬得高高的目空一切了。其次，他尽管不过是“不但不能上墙，并且不能进洞，只站在洞外接东西”的“小脚色”，可他身上表现出的那种略无顾忌的冒险性、那种义和团式的勇敢，令人侧目，不但很快入伙，而且“傲然的说出他的经验来”。

因此，成了作家的阿Q，写出令博尔赫斯，令加西亚·马尔克斯，令米兰·昆德拉都吓得半死的现代派作品，是一点也不必惊讶的。然而，没有过去，哪有继承；没有继承，谈什么发展。离开传统，哪有开拓；没有开拓，谈什么民族文化精神的积累，能有贡献于世界文学的创造？对走上文坛的阿Q而言，遑论过去，即使现在和未来，都是一张白纸。正因为是白纸，他敢闭着眼抄起家伙，照猫画虎地瞎写。虽然毛主席教导过：一张白纸，可以画最新最美的图画，但对不起，那也可能是阿Q这样越土越洋，越小农意识浓厚，越超前得十分邪乎的作家，信手涂鸦的最好材料。

这就是时下许多令人掉头而去的文学垃圾产生出来的原因之一。

假如阿Q当了作家，在今天来说，是绝对可能的；然而，能够在文学道路上走多远，则是很大的未知数。由于根深蒂固的小农心理，对于城市文明，对于传统文化的叛逆意识和敌对情绪，农民在中国文化发展史上，从来扮演毁灭者而不是建设者的角色。

“‘革命也好罢，’阿Q想，‘革这伙妈妈的命，太可恶！太可恨！……便是我，也要投降革命党了。’”所以，阿Q总是朝思夕盼着：“白盔白甲的革命党，都拿着板刀，钢鞭，炸弹，洋炮，三尖两刃刀，钩镰枪，走过土谷祠，叫道，‘阿Q！同去同去！’于是一同去。……”

同去干什么呢？第一，疯狂报复，“第一个该死的是小D和赵太

爷，还有秀才，还有假洋鬼子，……”第二，掠夺财富，“直走进去打开箱子来：元宝，洋钱，洋纱衫，……”第三，发泄性欲，“赵司晨的妹子真丑。邹七嫂的女儿过几年再说。假洋鬼子的老婆会和没有辫子的男人睡觉，吓，不是好东西！”

鲁迅之所以伟大，《阿Q正传》之所以不朽，就在于把具有阿Q心态的大多数中国人写到如此透彻明了的地步，力透纸背，真是写到这类人的骨头里去。成了作家的阿Q，气出了，钱有了，性欲也发泄了，三部曲奏完以后，还会眷顾文学吗？恐怕未必了。

不过，闲极无聊，时不时地咬啮鲁迅两下，像耗子一样作作磨牙练习，还会发生的。

#『文人无行』

鲁迅先生在《集外集拾遗》的《辩“文人无行”》中说：“轻薄，浮躁，酗酒，嫖妓而至于闹事，偷香而至于害人，这是古来之所谓‘文人无行’。”这里所总结的轻浮儇薄、躁狂狷急、醉生梦死、性事糜烂，倒也是被世人物议的无良文人们的典型表现。

“文人无行”，语出曹丕的《与吴质书》：“观古今文人，类不护细行，鲜能以名节自主。”作家们行为不检、有欠自重、名声败坏，贻人笑柄，在文坛上的这类丑事糗事，确是从来不绝的。曹丕的话里，我们多少还能听出一点宽容之意。但后来的史书，对此种现象便不那么客气了，颇多诟言。也许，古代文人在这方面的表演，要更招人反感些，方被绳诸笔墨，予以针砭的。

当然，如今的作家中，有教养者愈来愈多。所谓无行的文人，总的来说在减少着，应是不争的事实。无论如何，世纪交替，文明进步，发展趋势，历史必然，作家整体素质的提高，那是毋庸置疑的。

因此，时下偶尔出现的，那些一定要往地毯上吐痰，一定要从窗口向外撒尿，一定要从摩天高楼上往下擤鼻涕，一定要顺手牵羊从宾馆顺走些什么，一定要吃约稿女编辑的豆腐甚至动手动脚，一定要住星级饭店不然就会失眠，一定要有左拥右抱的三陪才会诗兴大发，一定要麻将打到天亮眼珠通红走出房间的文人，相对于古人的表现来说，是小小不言的无行了。

我们有理由为这种进步而高兴。如果翻一翻宋代端明殿大学士宋祁所修的《新唐书·文艺》，看看他给唐代文人画的像，就会觉得上述边幅不修的诸位哥儿们，和一定要写自己与多个男人滥交经验的姐儿们，简直是非常好样的了。

宋朝的宋祁绝无存心糟蹋唐朝文人的意思，我们可以从他的文章《题司空图诗卷末》中得到证明。他说："噫！表圣，贤者也。以其贤故，一言一物为后人爱秘若此。宁当时之人举不及后人之知表圣耶？是不然，同时者，异时者慕，尚何怪哉！"看出他是个很客观和实事求是的学者。

唐代诗人司空图，字表圣，自号休休子，又号耐辱居士。冲其字号，知其自许甚高，故而不甘世俗。原来，他也曾很自负过的，认为有宰辅之才，后因求官不售，便遁迹中条山中，做到了真正的背靠文坛。不像当今一些声称与文学"拜拜"的名家，虽欲隐而难耐寂寞，时不时在小楼上用望远镜东张西望，如同唐代那个叫卢藏用的文人，"往来于少室，终南二山，时人称之为'假隐'"一样，是一种以隐求显的伪君子，不足为训。

司空图说隐便真隐了，最后召他为礼部尚书都不干。躲在山里，潜心从事诗歌理论研究，一部《二十四诗品》，至今还是诗歌评论界的基础读物。宋祁很尊崇他，所以这几句话写来也很有感情。宋祁所谓"媢"，即嫉妒，表现在文人身上，便是彼此相轻。对同一时代的作家来说，"媢"，没有什么稀奇，由于名利、权位、风光以及莫名其妙的欲念而引发的竞争，而产生恨不能将对手生吞活剥的歹毒心理，是可以理解的。见别人写得稍为好些，活得稍为强些，马上嫉妒得眼露杀气，心怀叵测，做出种种张致，甚而下作无耻，都是可能的。但相隔一段时间以后，前人成了故人，故人成了古人，彼此无利害冲突，感情自然是"慕"而不是"媢"。宋祁的分析很有道理，因此，他没有必要说唐人的坏话。

何况宋祁是个有自知之明的作家。虽然他的小词写得很是清丽可爱，但他相当谦谨自约，为人赞许。他的《玉楼春》："东城渐觉风光好，縠皱波纹迎客棹。绿杨烟外晓寒轻，红杏枝头春意闹。浮生长恨欢娱少，肯爱千金轻一笑。为君持酒劝斜阳，且向花间留晚照。”仅点出春天绚丽的这一个“闹”字，其贴切准确的程度，也足以垂范千古。但他为自己撰写的墓志铭和《治戒》一文中，再三强调其水平“学不名家，文章仅及中人”。他要看到后来一些自封或人封的大师，自称或人称的经典，自以为或人以为的不朽和传世，一定会惊叹这些无良文人那不亚于城墙厚的脸皮。鉴古知今，同样，以今解古，宋祁在《新唐书》里描绘唐代文人的笔墨，应该是可信的。

如：“崔信明，蹇亢以门望自负，尝矜其文，谓过李百药，议者不许……坐怨谤流死。”

崔信明“以门望自负”，用今天的话来说，也就是恃出身好、成分好来压人。这种以非文学手段在文坛拔尖称霸消灭对手的做法，直到今天还有人在照方抓药。其实，李百药在唐初文坛，不但资格老，而且著《齐书》五十卷，已有定论。但小文人通常就是这样没起子，就是不知道自己吃几碗干饭，就是不服气比他哪怕出色一点的同行。自负，是文人差不多的共同弱点，一旦无可骄傲还偏要骄傲的话，十之八九会歇斯底里。崔信明非要认为自己胜过李百药，而大家不承认，不买账，嗤之以鼻。于是，气极生疯，至少是患了轻微的躁狂性精神病。这样的人，必然要不停地折腾，一直折腾到死为止，最后因怨谤而流死，也是活该了。前几年我们也曾见识过这类人物的，结果又如何呢？最后还不是以成文坛笑柄被人不齿而告终？

如：“李勣戒刘延祐曰：‘子春秋少而有美名，宜稍自抑，无为出人上。’”

看来，刘延祐年轻时，就很出名了。少年有成，最容易犯的毛病，就是不知天高地厚，才使得老干部对他进行这番善意的教导。李勣是唐初开国元勋，资望很高，把他惊动出来，可见这位神童作家大概张狂了一点。有才华，即使盖世，也不能像南朝谢灵运那样自诩：“天下才有一石，曹子建独占八斗，我得一斗，天下共分一斗。”谢灵运最后闹得在广州弃市，焉知不是骄傲的缘故才把脑袋弄掉的？因此，一个年轻作者，写了几篇作品，瞎猫碰死耗子，红了，完全用不着亢奋得睡不着觉。文学是个漫长的竞赛过程，而做人更是一辈子的事。

所以，刘延祐接受了老将军的劝告，后来，他的吏治在历史上还是被肯定的。

如："张昌龄为考功员外郎王师旦所绌，太宗问其故，答曰：'昌龄华而少实，其文浮靡，取之，则后生劝慕，乱陛下风雅。'帝然之。"

现在很难评断王师旦对张昌龄的诘难，是不是有些类似时下新潮作家，或者实验作品所受到的非议一样。初唐处于文学变革的时期，自然会有各式各样的流派出现，各尊一宗，互有长短，有人赞成，有人反对，自不足奇。但从李世民对他发出的警告来看，语气够重的："昔祢衡潘岳矜己傲物不得死，卿才不减二人，宜鉴于前。"估计张先生的不佳表现，是文字以外的事情了，史书未载，不敢悬拟。但对一位政治家而言，浮靡文风事小，"后生劝慕"所导致的结果事大，是不能不在乎的，就不得不举出魏晋时死于非命的两位文人，给他敲敲警钟了。

如："杜审言恃才高以傲世……尝语人曰：'吾文章当得屈宋作衙官，吾笔当得王羲之之北面。'其矜怪类此。"

这位老先生是杜甫的祖父，而宋祁称杜甫的性格，也得其祖真传，是很"褊躁傲诞"的，没准这倒是他们家族的基因遗传了。文人爱口出狂言，非此一例，但像杜审言这样有得狂的狂，多少还说得过去。那么，一些无得狂的狂的作家，蚍蜉撼树，螳臂当车，就要令人笑掉大牙了。后来，"审言病甚，宋之问、武平一省候何如，答曰：'甚为造化小儿相苦，尚何言然，吾在久，压公等，今且死，固大慰，但恨不见替人云。'"这种当惯了老爷子的口气，何其耳熟能详呀！其实，大家明白，文学成就的高低，与年齿的增加，并不成正比的。因此，老作家不等于大作家。而尊老是中国人的优良传统，尊重其人，未必就是尊重其文。但作家一老，便把人们对其上了年岁的尊重，看作自己文学上令人高山仰止了。所以，这种当老爷子的欲望，愈老，也愈强烈，杜审言自然不是唯一的例子。

如："元万顷时谓北门学士，供奉左右或二十余年。万顷敏文辞，然放达不治细检，无儒者风。"如："凡天子飨会游豫，唯宰相及学士得从……帝有所感，即赋诗，李适等学士皆属和。当时人所歆慕，然皆狎猥佻佞，忘君臣礼法，唯以文华取幸。”如：“阎朝隐，性滑稽，属词奇诡，为武后所赏，累迁给事中，仗内供奉。后有疾，令往祷少室山，乃沐浴伏身俎盘为牺，请代后疾。还奏，会后变愈，大见褒赐，其资佞谄如此。”

这些御用文人，十之九都非善类。明代的沈德符描写过：“词臣日偃户高卧，或命酒高会而已。”好像很轻松，很潇洒，除喝酒作诗外，就是睡大觉了。其实不然，能巴结到统治者身边的文人，绝对是拍马屁、哄皇帝老子开心的高手，而且要巩固住御用的地位，必无所不用其极地上拍下踹，独领皇帝对他的恩幸，还不遗余力地做皇帝在文化界的耳目，以诛杀同类来邀宠讨好。元万顷等文人，实际是宫廷里用来分宰相行政权的特别秘书班子，一时间，权重势炽，是炙手可热的差使。唐代，宰相在南衙办公，而这些直接受命于高宗或武后的文人，都是从北门进宫，舞文弄墨，插手政治，人们才把这些品格卑污、行为龌龊、轻浮浅薄、不讲廉耻的文人，蔑称之为“北门学士”。

据《朝野佥载》，这类堕落文人的丑态，更有甚者。如：“唐天后梁王武三思为张易之作传，云是王子晋后身，于缑氏山立祠。诗人才子佞者为诗以咏之，舍人崔融为最，后易之赤族，佞者并流岭南。”如：“唐天后内史宗楚客，性谄佞。时薛师有之宠，遂为作传二卷。论薛师之圣，从天而降，不知何代人也。释迦重出，观音再生。期年之间，位至内史。”如：“崔湜谄事张易之与韦皇后，及韦诛，复附太平公主。有冯子都、董偃之宠。妻美，并二女并进储闱，得为中书侍郎平章事。有榜之曰：‘托庸才于主第，进艳妇于春宫。’”如：“唐天后时，张岌谄事薛师，掌擎黄膜随薛师后，于马旁伏地承薛师马蹬。侍御史郭霸尝来俊臣粪秽，宋之问捧张易之溺器。并偷媚取容，实名教之罪人也。”

无行文人之下流无耻，莫过于此了。崔融、宗楚客之流，竟以诗文来谄媚溜舔武则天的面首张易之和僧人薛怀义，宋之问甚至为张易之捧尿壶，还做出不堪入目的样子献媚权贵。如此不择手段的阿谀奉承，说他们是名教之罪人，是一点也不错的。最下作的，还数那位崔

湜，他“美容仪，早有才名，与兄弟等并有才翰，列居清要，每私宴之际，自比王谢之家”。就这样一个贵家子弟出身的文人，竟以自己的姿容，甘为男妓，去当太平公主的面首。这还不够，为捞到一份官职，把老婆和两个女儿送到东宫，供太子寻欢作乐，连最后一点人味也丧失殆尽了。

一个文人，琢磨怎么样走门子、拜码头、串高门、攀名流的话，研究如何去捧臭脚、拍马屁、当走狗、卖灵魂的话，这样无行下去，文坛便真的成了魑魅魍魉的世界了。就是那个捧尿壶而自得的宋之问，看到另外一位诗人刘希夷写的一首《代悲白头吟》，其中有“年年岁岁花相似，岁岁年年人不同”的绝妙联句，嫉妒得要死，自己又写不出，于是找人用沙袋压死了他，将这首诗窃为己有。

无行到了极点，便无法无天了。所以，宋祁在《新唐书·文艺》的序文里，一上来就谈到文人中的这类小人，“恃以取败者有之，朋奸饰伪者有之，怨望讪国者有之”，不胜感慨系之。

在他这篇著作中，被点到的还有：

如：“孟浩然，有文无行，好蒲博嗜酒，娶妻唯择美者，俄又弃之，凡四五娶。”生活上的不检点。如：“刘太真，迁礼部掌贡士，多取大臣贵近子弟，坐贬信州。”作风上的不正派。如：“崔元翰，好学，老不倦，用思精致，驰骋班固蔡邕间。以自名家，怨陆贽李充，乃附裴延龄。延龄表钩校京兆，妄费持吏甚急，而充等自无过，讫不能傅致以罪云。”品质上的不可信。如：“李益，少痴而忌克，防闲妻妾苛严，世谓妒为李益。”精神上的不健全。据说，他为了防止妻妾红杏出墙，每晚要在她们房屋四周和门口，撒上白粉，作为隔离带，一出去就必留下足印。如此禁锢防范，简直成了变态狂人。

所以，文人无行，在唐代是比较普遍的现象。《太平广记》卷一八三引宋孙光宪《北梦琐言》：“唐末举人，不问事行文艺，但勤于请谒，号曰精切。”一直到宋代，秦观在《谢王学士书》中叹息：“每观今时偶变投隙之士，操数寸之管，书方尺之纸，无不拾取青紫为宗族荣耀，而己独碌碌抱不售之器以自滨于饥寒。”可见一时风气。

甚至诗坛的初唐四杰，同时代的有识者对他们的品格和行为，也是不以为然的。宋朝孔平仲《续世说·识览》中指出："王、杨、卢、骆，谓之四杰。裴行俭曰：'士之致远，先器识而后文艺。勃等虽有文才，而浮躁浅露，岂享爵禄之器耶！杨子沉静，应至令长，余得令终为幸。'"他预言的表现较好的杨炯，也是一个"为政残酷"的人，"人吏动不如意，辄搒杀之。又所居府第，多进士亭台，皆书榜额，为之美名，大为远近所笑。"说到底，也是一个不怎么样的浅薄文人。

裴行俭是一个政治家，不能算纯粹的文人，他是以常人的心理来看待文人的。"享爵禄"，当然未必是文化人的终结目标。但是，作为一个作家，那应该是最有文化的。作家的文化是表现在知识的丰富和行为的成熟这两个方面。因此，切莫在知识上和行为上都不及格。为文，为人，对作家来讲，如鸟之双翼，缺一不可。

否则的话，一个打折扣的"浮躁浅陋"的作家，总是会被人所不齿的。

最怕胡庸医

秦可卿病得很重，贾府上下焦急万分，请来名医张友士，诊脉以后说道："今年一冬是不相干的，总是过了春分，就可望痊愈了。"这番话的意思，连傻子也听明白了，何况贾蓉！可到底害的是什么绝症，医生不说，作家也不说。《红楼梦》中这位始终是谜团一样的美人，又多了一层悬念。

据张大夫"或以为这脉为喜脉，则小弟不敢闻命"的话来推测，这个即将香消玉殒的、曹雪芹在《红楼梦》中塑造的最完美女性，有可能患的是妇科肿瘤之类的病症，而且到了晚期。再高明的医生，也是回天乏术了。

平心而论，人之垂危，是很值得同情的，无论以往有多少不是，也不应该苛责了。清末的王希廉，即护花主人，最早的《红楼梦》评点家之一，在大夫阐讲病情一段，于书眉批上"一副色欲虚怯情状"的评语，是有欠厚道的。无论如何，已是行将就木的人了嘛！

评点，是具有中国特色的文学批评。李卓吾、金圣叹、李渔、毛宗岗为其佼佼者，在古典小说批评史上具有很重要的位置。评点式批评、及时跟进、随感而发、嬉笑怒骂、生动活泼，是其优点。只见树木、不见森林、就事论事、忽略全局，是其缺点。因此，长于"后顾"、短于"前瞻"的手术刀式的评点，于文本的意义，要大于对文学运动、现象、潮流、思潮的探讨与研究。中国的文学评论家或批评家，所以“事后诸葛”者甚多，“高瞻远瞩”者甚少，恐怕和评点的这种弊端有关。积习相沿，旧风不改，也是当代中国大师级评论家难产的原因。

虽然不少人自命为大师，或被徒子徒孙尊之为大师，可那是小圈子里的室内清唱剧，纯属自娱自乐。这位王希廉，大概也是有“大师感”的人，在那里信马由缰地开评。北京有一句俗话，形容某个人瞎说八道，叫作“真敢开牙”，他就是一个。其实，此公倘不是依附在《红楼梦》的字里行间，谁会知道他是老几呢？谁会在意他说的那些昏话呢？

这也是《红楼梦》问世以来，被招来的不计其数的食客一个个吃得肥头大耳的缘故。凡树大，底下乘凉者必多；凡显学，赖以蹭饭者必众；凡本主儿长眠地下无法从棺材里爬出来辩白，那些“真敢开牙”的家伙必蜂拥而上。这就是大师难逃的悲剧命运。

“护花主人”得风气之先，是较早啃红学得了便宜的一员，称得上是时下所有捧“红学”饭碗者的前辈。他这“雅号”，自作多情，倒也罢了，问题在于他那假正经，令人讨厌；他那自以为是，令人讨嫌。对不怎么样的批评家来说，无论古今，都患有这两种胎里带的毛病，很难治愈。有什么法子呢？怀有太多的一己之私，必假正经；凡罔顾客观自说自话，必自以为是。于是，一张油脸，一双鼠眼，满嘴喷沫，口臭熏人，让人受不了。

评论界的这种陈年痼疾难除，也就别指望当代文学批评史能够使人多么振奋。

显然，此老为焦大“扒灰”说、脂砚斋“淫丧天香楼”说所囿，偏往歪处想，那也是没有办法的事。尽管从孔夫子起，提倡中庸之道，讲不偏不倚，讲无过无不及。实际上，就数中国人最不中庸，不是以偏概全，就是矫枉过正。好，好到无以复加，完美无缺，恨不能将所有谀辞都用上；反过来，孬，也必然孬到一无是处，连本非孬的一切，也挂搭上了。

其实，人吃五谷杂粮，哪能不生病呢？但秦可卿一病，真可怜哪。这位漂亮女士，倘得不上艾滋病，起码也要得上花柳白浊，杨梅大疮，

才对得起列位看客似的。对于说得太好，好得不得了，或说得太坏，坏得不知伊于胡底的文学见解，应该抱老农“听蝲蝲蛄叫唤，还不种地”的质疑精神，爽性去他妈的。因为王希廉虽已作古，但王希廉式“想当然耳”的评论，是不会绝迹于文坛的。

这位经冯紫英介绍来的医生，望闻问切以后，提起笔来，开了一张药方，共十四味，外加两味引子。对中医药了然无知的我，曾经拿着这方子求教过认识的大夫，那也是《红楼梦》的一个读者。他说，这应该是一副既治不好病也吃不死人的安慰剂。作为医生，总是要聊尽人事的。

酷评家对他要灭的作品，就缺乏最起码的宽厚了。

很惭愧，早先读到这张药方，总是一掠而过，从不思量。后来，我也学着写些东西，懂得写作的“惜墨如金”和“一字不易”的道理，便揣摩到作家的每个构想，都具有其个性化的特质。一笔一画，一字一句，尤其那些特别要写出来的东西，必然带着轨迹可循的个人色彩。于是，便对大师的这份执拗，感到好奇。他为什么要这样做？难道他不知道大多数读者不会介意这张药方的？

浙江文艺出版社的一巨册《红楼梦》校注本，方子上每味药的具体分量，几两几钱都明细标出。但绝大多数版本，如俞平伯、李希凡校订过的人民文学出版社《红楼梦》历次版本，如原上海商务印书馆的《万有文库》中的《石头记》版本，都不买大师的账，通常略去这些细节。因为方子已属多余，有这个分量无这个分量，更无关紧要。

“良工不示人以璞”，他这样做，必有他的道理。尽管红学家多如过江之鲫，但很少有人悉其用心之苦，让人不由得为大师的寂寞一叹！那个最为絮絮叨叨、最为婆婆妈妈的脂砚斋，居然保持缄默，让我意外。

这真痛苦，评论家一失语，读者不就该无所傍依地惶惑了吗？

不晓得在西方文学作品中，有否于文字中，插入一纸处方者？因读书不多，所知有限，不敢断言。但中国有小说以来，惟见兰陵笑笑生在《金瓶梅》第六十一回，李瓶儿丧子以后，哀毁成疾，西门庆曾经请了一位赵太医来给她看过病，出现过药方。但那仅是几句顺口溜，作不得数。不像曹雪芹郑重其事，将一张正经八百的药方，堂而皇之地条列作品之间。如果能够上吉尼斯纪录，估计《红楼梦》为独一份。

一般来讲，作品中写医生及其治疗过程，算不得什么稀奇的事情，曹雪芹偏要录入这张无趣的药方，首先，不能不敬服大师的相当自信，他估计到你不会细看，也要照抄上去。做非常之事，必非常之人，如此破天荒之举动，恐怕只有他方能为之。一般作家，想都不敢想，更甭说做起来了。我等小八腊子，纵使借给咱斗大的胆子，也未必敢干。

其次，我也试着想，一部百科全书式的史诗作品，应该有“万物皆备于我”的气度和胸怀。但这张干巴巴的药方，能炫耀其作品之包罗万象，能显示其学问上之广知博识吗？如果把曹雪芹看成如此浅薄，那倒是对大师的亵渎了。因此，我一直尝试着理解大师，将药方固执地留在作品中的意图，是不是有一份难以忘怀的心结在。

家道败落，生活困厄，弱妻病子，潦倒西郊，“茅椽蓬牖，瓦灶绳床”，大师的那一份艰窘，可想而知。穷，当然不好过，也不是不能过。假设他早年不曾“锦衣纨绔，饫甘餍食”，也许躬耕自娱，粗茶淡酒，甘苦其中，无怨无悔，不是不能将就一辈子的。可富“过”以后再穷“过”，那盛世辉煌，钟鸣鼎食的记忆，对生计艰难、穷困潦倒到如此田地的他，重温锦绣年华的绮丽往事，除去悔愆交织，惭恨相继，还有什么呢？这种熬煎的痛苦，折磨的滋味，对于诗人心灵上的戕害，甚于“饔食有时不继”的饥馁，甚于“举家食粥酒常赊”的拮据。所以，儿子痘殇，新妇飘零，伤感成疾，泪尽而逝，是他，也是他这既贫且病的一家子的必然结局。

在书中，贾宝玉赞美煎熬中药的那股气味，胜过世间一切的香，恐怕也是曹雪芹长年离不开药罐的体验。因此，药方虽区区不足道，但一定寄托着大师一份不了之情，难尽之意。无论如何，这位最早启发了贾宝玉性觉醒的女人，这位第一次使他尝到禁果滋味的女人，这位在他情爱途程的起跑线上起过催化作用的女人，成为他心灵的守护神，是可想而知的。那么，焉知这张药方不是曹雪芹与这位女神契约中的一个解不开的心结呢？

正如鲁迅先生在短篇小说《药》的结尾，坟上出现一朵小小的花，在风中摇摆那样，是他对牺牲者在愚昧中永远孤寂的死，所作出的一点心祭。鲁迅先生说出来了，我们有幸知道；曹雪芹没有说，我们只好体味和猜测了。

评论家居高临下，鸟瞰众生，难免有大而化之，眉毛鼻子一把抓的粗疏。像王希廉这样的评家，敞开乌鸦嘴，大放厥词，搅七念三，完全是猪八戒吃人参果，根本不知其味，纯系扯淡了。因此，庸医杀人，庸评杀文，这样说固然偏激，但用来类比的话，还是有一定的警醒意义。

所以，大师这张执意写在书中的药方，我认为应该是他那少年维特式的烦恼所露出来的冰山一角，不可淡淡看过，否则，那一口鲜血，就没来由了。

作家在其字里行间，要想完全隐藏起自己，不露丝毫痕迹，是很难做到的。可以掩饰，可以矫情，可以假张致，可以罔顾左右而言他。但是，暂时可以，长久不行。其本能，其天性，其下意识，其弗洛伊德心理，对一个作家写什么，不写什么，归根结底是要起决定性影响的。

所以，这些年来，在一些同行中间，为什么性无能的作家热衷写性？为什么一腿泥的作家硬扮贵族？为什么略有风头的女作家排她成性？为什么夕阳西下的老作家怨天尤人？为什么没落作家留恋昨天常摇头叹息？为什么普罗作家喝着鱼翅要铲除不平？为什么学历空白的作家削尖脑袋争当教授？为什么半瓶白醋的作家上蹿下跳全赖炒作？为什么酷派作家以骂倒众人求鸡犬升天？为什么媚外作家拿外国垃圾来欺骗国人？

这一切的一切，都与已有关。

于是，缺乏什么狂补什么，拥有什么卖弄什么，显然是以上这些“为什么”得以在文字中暴露的原因。不是“文如其人”，而是“睹文知人”。这些同行的内心情结最终是按捺不住的。花言巧语也好，直奔主题也好，转弯抹角也好，卖乖卖快也好，或明或暗，或隐或显，不以个人意志为转移，都要表现出来。虽然，深沉一点的人讳莫如深，但琵琶半面，欲盖弥彰，蛛丝马迹，仍有迹可循。而那些浅薄的人，情不自禁的烧包，津津乐道的自得，摇头晃脑的炫耀，小人得志的嘴脸，就更不敢恭维了。一位朋友说，每见这等货的表演，恨不能踢过去几脚才解气。这番话，多少道出大多数革命群众的心声。

因此，曹雪芹将张友士为秦可卿开的药方，抄在自己的作品中，很可能是他一次心碎的早恋记录。一个极美丽，又是极成熟的女人，对正处于性觉醒期的少年，那诱惑力是难以抗拒的。那些曾经在歌德、托尔斯泰等大师笔下写过的场景，又在秦可卿对他启蒙时读到。在贾宝玉心目中，她是色与性兼美的伊甸园里的夏娃，是最早与他有过肌肤之亲的爱神。所以，云板响起，丧音传来，在情天孽海中的少年贾宝玉（很大程度也是作家自己），能不“哇”的一口鲜血喷出来吗？

虽然，秦可卿之死，是这部史诗中胜过元妃之死、胜过贾母之死的最辉煌的篇章。然而，惊鸿一瞥，流星消逝，魂梦依依，人琴两亡，只有这张存有伊人芳泽的药方。将其保存下来的愿望，对一个爱恋得太深的作家来说，重要性是可想而知的。

固然这是作者私衷的表露，但如能给读者一个想象空间，何尝不可呢！小说是语言的艺术，但也不尽然。有的，可以用语言表达；有的，只能意会不能言传；有的，像国画上的空白，是用来作无边无垠想象的。读者，不光捧着书在那里读，思索或许是最重要的。因此，与阅读同时的浮想联翩，思绪万千，心潮起伏，感情升腾，在审美中获得愉悦，那才是艺术享受呢！

所以，性灵的文学特质，就怕庸人们在那一一坐实，尤其怕乱施虎狼药的胡庸医式的评家，文不对题，瞎掰乱说。有时候，这样不仅毁了作品，还会毁了作家。

可敬的红学家们，几十年来使《红楼梦》变成作者信使的努力，干的正是这种大煞风景的事。中国有的是足以向全世界骄傲的历史著作和史学大师，但能够进入全球文学视野中的不朽作品和文学大师，实在是屈指可数。好容易有这么一个曹雪芹，好容易有这么一部《红楼梦》，结果，被无数死去的、活着的食客，生生鼓捣成一部个人的、家族的传记。不朽之作被他们搞得支离破碎，大卸八块，真他妈的让

近代·傅抱石《东坡游赤壁》　纵一苇之所如，凌万顷之茫然

人痛苦。经他们玩剩下来的《红楼梦》，鲜活的诗一般的灵韵化为乌有，文学全部蒸发得干干净净，像一只榨干了的柠檬，剩下的只有索然无味。

曹雪芹生前万万不会想到，他的书能养活这么多人。红学，成为一个行业，不仅可以立足谋生，赚钱养家，还可以沽名钓誉，欺世盗名。如果大师地下有知，一定会感叹，我播下的是龙种，谁承想收获的却是跳蚤。

红学家，是特殊的评论一族，但其中良莠不齐，跳蚤不少。

于是我想起一张曹雪芹画像——那肯定是跳蚤们干的好事——若大师看到那个面胖、躯肥、体黑、富态、一脸俗气的市侩就是他本人的话，我估计他会找根绳子把自己勒死的。其实，这些作伪者，包括大名鼎鼎的胡适，都是聪明太过而常识性的智商甚低的人。所谓智者千虑，必有一失，就是这个意思了。博士一直到死，也交代不出他“甲戌本”的来路和出处。他说他忘了，也太把别人当小孩子那样容易哄了。同样，从收破烂那儿寻觅出这张不知其谁的画像冒充曹雪芹来骗钱的主，至少也该去查一查敦诚的诗。那一句“四十萧然太瘦生”的“瘦”字，说明曹雪芹笔下的贾宝玉急火攻心，涌上来的一口鲜血，是可能的。而画像中更类似油盐店掌柜、大车店老板的酒囊饭袋，除了龌龊，还能吐出什么呢？

所以提到敦诚的这首挽曹雪芹的诗，正因为这个“瘦”字。

“瘦”，是曹雪芹贫、病、荏弱、伤感的身世所致。“瘦”，也是作家“四十年华”时值壮年，灯油耗尽、弃世而去的原因。正是这个“瘦”字，解开了《红楼梦》中求医问药、看病治疗的场面，为什么如此之多；也解开了大师笔下，健壮之美、阳刚之气的男子汉，为什么如此之少的疑窦。他肯定是一个北京人所说的“病秧子”“药篓子”，所以，医疗话题之多，医生人物之多，治病场面之多，药物名称之多，构成这部小说的一个特色。

“包法利夫人，就是我。”这是遐迩皆知的法兰西文学大师福楼拜的夫子自道，是作家写到情深处的真诚自白。一个作家要想在作品中写出绝对无我的境界，等于拔着自己的头发徒劳地想离开地球一样，是绝对不可能的。唯其曹雪芹如此，贾宝玉也不能不如此，连带着，引为契兄契弟的柳湘莲、秦钟也如此，都是女人气十足的男性。能够披挂上阵，厮杀强虏的英雄人物林五娘，恰恰是“将军俏影红灯里”的一个有男人气的女人。

曹雪芹的“瘦”，注定了他的孱弱体质，注定了他不少与医生打交道。在《红楼梦》中，医生这个行当，是荣宁两府以外社会分工中出现频率最高的职业。在中国古典文学之中，它是独一无二的，也就不会让人感到意外了。

不知曹雪芹是有心，还是无意，他写的“张太医论病细穷源”中为秦可卿看病的张友士（第十回），给贾母看病的有家学渊源、两代悬壶的王御医（第四十二回），“胡庸医乱用虎狼药”中的那位未必就姓胡、给晴雯看病的胡庸医（第五十一回），“王道士胡诌妒妇方”中那个插科打诨、贫嘴聒舌的江湖郎中王一贴（第八十回），这四位医生，在一定程度上，倒可以看作是某些批评家的肖像写照。

这样譬喻，或许牵强，但人有病，要治；文有病，要评。治和评，这两者，工作对象不同，工作性质却是相同的。不过，治人病者曰医生，曰大夫，治文病者曰批评家，曰评论家，称呼上有所不同罢了。前人云，“雌黄出其唇吻，朱紫由其月旦”，抑扬作品，褒贬作家，剖析潮流，针砭弊端，提倡什么时，谆谆告诫之心，言短意长；反对什么时，循循善诱之情，溢于言表。评家对作家的帮助，某种程度上类似医生的救死扶伤、治病救人。

据我所知，中国作家身体健康者有的是，但作品是否也很健康，谁也不敢打保票。因此，如病人需要医生一样，作家需要批评家和评论家，更需要前瞻性的文学理论家。因为，文学家按感觉来写作，评论家按规则做文章。感觉，很难说好或不好；规则，却是能作出该和不该的判断。所以，凭感觉的文学家，常常需要依赖懂规则的评论家指点，这就好比车要靠马拉着走。但是，理论有时可能是灰色的，而生活之树常青。死的规则与活的感觉脱节太多的话，在文学史上，我们便会看到车推着马走，或者，车拉着马走的评论缺席的现象。

或点石成金，剖璞见玉；或一针见血，弹不虚发；或隔靴搔痒，

不着边际；或买椟还珠，射不中的。正如医生有高低之别，评家也是有好差之分的。遇到高明的医生，药到病除；遇到低劣的医生，聋子治成了哑巴。同样，遇到好样的评家，如醍醐灌顶；遇到差劲的评家，一锅糨子，越搅越糊涂。

深通医道、有儒者风度的张友士，作为评家而论，是对作家最有帮助的。因为他说真话，行，或者不行，虽然他说得很有技巧，但是你能明白。而且他对毛病所在及其成因，并不隐讳，敢于坦陈他不敢苟同于别人的见解，既不附和，也不排斥，只是切中实际地提出自己的看法，商量着解决的方案，这就难能可贵。牌头不小、身份很高的王御医，自是大家风范。这样的评家，多泛泛之谈，好原则指导，喜旁敲侧击。你别指望在一些具体的问题上，他能答疑解难。但他言谈中的智慧火花，对作家的撞击，说不定山穷水尽以后，忽有柳暗花明的启发。

而王一贴式的评家，就等而下之了。他那“秋梨一个，二钱冰糖，一钱陈皮，水三碗，梨熟为度”的“疗妒方”，按他所讲“吃过一百岁，人横竖要死的，死了还妒什么，那时就见效了”的说法，这就很像经常在作品讨论会碰到的，发表一些不咸不淡看法、不荤不素意见的评家，对作家而言，多么有用说不上，多么无用也说不上。但没有王一贴的口若悬河、口吐莲花，会场气氛还真是热烈不起来。至于穿着白大褂、拿着听诊器的胡庸医式的评家，来给作家治病，倘若允许我选择的话，我不会挂他的号，不是怕治不好，而是怕被他治死。

所以，医生瞎治，不行；评家瞎评，也不行。治不好病，会死人；评不好文，不会出人命案，也很坑害作家的。海明威就说过，20 世纪 30 年代的一些美国作家，由于按评家的教导写作，结果患了“不育之症”，再也写不出任何作品了。

对于文学，对于作家，碰上王一贴式的评家，那等于好话说了千千万，废话说了万万千，也许疗效甚低，但耳朵还是受用的。碰上王御医式的评家，不完全肯定，又不完全否定，顶多要求你删繁就简，去芜存菁，顶多希望你再上层楼，更下功夫，居高临下，或褒或贬，难免会有一点不开心，但不至于休克死人，从此完蛋。碰上张友士式的评家，期望于文学繁荣，恨不能掏心窝子地助你一臂之力。碰到如此良师益友，岂不三生有幸？

兰陵笑笑生写《金瓶梅》，出现的医生不少，但都停留在情节需要、起符号作用的角色层面上。而《红楼梦》中前八十回，出自曹雪芹笔下的医生，张太医之认真剀切，王御医之温文好礼，王一贴之山吹神哨，胡庸医之乱来一气，每位都是文学上独特的“那一个”，皆写得栩栩如生。

因此，我想，曹雪芹创作《红楼梦》，到第十回“张太医论病细穷源”，要是遇上胡庸医这样的评家，这副给秦可卿治病的药方，肯定会是“命芹溪删去”的结局。所以，对作家而言，最怕的，是胡庸医，离得尽量远些，没坏处。

下辑　历史·点面深浅

炒作关羽

在中国，甚至在全世界，一个小说人物能被塑造成万民心目中的一位尊神，敬仰之、供奉之、祭祀之、膜拜之，只有这部《三国演义》中的关羽。要说文学的功能影响最大，反应最佳，社会效果最强烈者，莫过于此了。

在封建社会里，统治者会造各式各样的神来愚弄老百姓，还有神化自己或者鼓吹个人迷信之类，让大家顶礼膜拜。但不论造得多么神乎其神，终究有倒牌子的一天，只有《三国演义》造出来的这个“关帝”，具有想象不到的长远生命力。

近二三百年间，中国人（包括海外华裔）信关帝、关圣、关公菩萨者，几乎与崇敬孔夫子的人数等量。凡有文庙的地方，差不多都有一座关帝庙。而一般人家的神龛上，供奉孔夫子的，远远没有供奉关羽的多。这种被万民景仰的程度，真使那些生前恨不能成为上帝，死后便被人努力忘记者，在九泉下难以瞑目。

以前，我到沙头角，看到那里每间店铺中都供着关公菩萨，红烛高烧，香烟缭绕，很有新鲜感。近些年来由南而北，关云长和他的青龙偃月刀，逐渐走进千家万户，也就不足为奇了。如今，很多城镇还建起关帝庙，香火鼎盛；饭店酒楼，一进门，必有关羽和周仓、关平的立像，驱邪降魔。《三国演义》这部小说，能造出一位神明来，文学的力量确实不能低估。小说的一个人物，能够跳出小说，变成一个远比小说中所刻画的那个形象更高大，更名垂万世的神灵，不能不说是作家创造出来的文字奇迹。

根据《三国志》这部官方的史书看，对关羽的评价，只是一员虎将而已，与张飞、马超、黄忠、赵云并列，并评曰："关羽、张飞皆称万人之敌，为世虎臣。羽报效曹公，飞义释严颜，并有国士之风。然羽刚而自矜，飞暴而无恩，以短取败，理数之常也。"

从这段评价看，有万人之敌的绝对肯定的一面，有报效曹公的并不值得赞扬的一面，也有刚而自矜的明显是缺点的一面。就其战绩、政绩来看，也不能说是一个优秀的军事家和政治家。荆州之失，导致蜀国的败弱，他是不能辞其咎的。所以，他连一个超凡的人都说不上，然而他却成了神，这里面有很值得研究的中国人的造神心理。

人们为什么信神？主要是不信自己。为什么不信自己？是由于自己掌握不了自己的命运。为什么自己掌握不了自己的命运？因为在长期封建统治下的中国老百姓，实际上并未摆脱奴隶制度那种人身依附的层层契约关系，和绝无人身安全可言的君要臣死、臣不得不死的极权专制制度。不知何罪？全家籍没入官，财产充公，妻子儿女，罚往宁古塔给披发人为奴。了然不知，被株连九族之内，送上法场，枭首示众。在"闭门家中坐，祸从天上来"的凄惶状态下，无可求助的中国人，不仰赖于神祇的佑护，焉有他法？

于是关羽就成了这种民众自己创造出来的神，比统治者或个人迷信或造神运动所强加给老百姓的神，生命力要长远得多。

为什么关羽成神，一是因为书中把他写成是万人之敌、是仁义之师、是必胜之将，老百姓深知对付万恶的作威作福的统治者，还是青龙偃月刀最为管用。降魔压邪，扶善反恶，需要关羽这样有力量的神。二是在中国人的神鬼文化中，关羽是最具有人间色彩的神。在书中，他是"义"的化身，这个"义"，在老百姓看来，更多的是江湖义气的"义"。施之以恩，报之以德，款之以情，还之以义，这"义"，正是那些毫无安全感的小民们，所期求的相互之间的盟契基础。三是关羽的"义"，与正义、大义，不完全是同一范畴的概念，而是以自身的价值观、利害观为标准的。无论你是谁，刘备也好，曹操也好，只

要一片真心，以诚相待过我，那你在危急中，我必能拔刀相助，豁出身家性命，虽万死而不辞来回报。这也正是人们不敬别的神，独敬关羽的缘故。

关羽之能从小说中跳出来成老百姓的神，正是小说里充分描写了这种义薄云天的形象，符合了老百姓无援求助的心理，便把他奉若神明。另外，关羽的忠诚信义，不事二主，也符合历代统治者驾驭臣民的需要，于是封号由汉献帝的“汉寿亭侯”，到刘备的“前将军”，到刘禅的“壮缪侯”，到宋徽宗的“忠惠公”，到元文宗的“武安王”，到明万历的“三界伏魔大帝神威远镇关帝圣君”，到清代顺治、乾隆的“忠义神武关圣大帝”，一级一级地上升，成为中国人最普遍信仰的神。

一是统治者需要这样忠心不二的神，二是老百姓觉得他不是那种敬而远之的神。由此，也可以了解《三国演义》这部小说永盛不衰的生命力所在了。

在《三国演义》中被抬得最高的，一是诸葛亮，一是关云长，但他们最后都失败在非等量级的对手手里，孔明还能得到“出师未捷身先死，长使英雄泪满襟”的同情。而关云长虽然被后世人敬之为神、尊之为帝，但他死在陆逊、吕蒙手里，输得非常之惨，从此落下个“只提过五关斩六将，不提走麦城”的经常被引用的讥诮之语，可见后来人敬重之余，对他的失败，多少认为是他老人家咎由自取，属于活该的了。

不过此人感觉好，而且总好，特别封了“汉寿亭侯”以后，就渐渐地感觉错位了，到独挑大梁，驻守荆州时，已到了目中无人的程度。感觉错位，是件别人看来可笑，而对他本人则是可怕的事情。要是关老爷有些许的清醒，也不至于走麦城，身首异处。

《三国志》载：“二十四年，先主为汉中王，拜羽为前将军，假节钺。是岁，羽率众攻曹仁于樊。曹公遣于禁助仁。秋，大霖雨，汉水泛溢，禁所督七军皆没。禁降羽，羽又斩将军庞德。梁、郏、陆浑群盗或遥受羽印号，为之支党，羽威震华夏。曹公议徙许都以避其锐，司马宣王、蒋济以为关羽得志，孙权必不原也。可遣人劝权蹑其后，许割江南以封权，则樊围自解。曹公从之。”按《三国演义》的写法，关羽攻樊，是诸葛亮用来分化曹操“联吴攻蜀”的计谋。但在单刀赴会后的关羽，鉴于荆州暂保无虞，而西线的节节进展，使他黯然失色，这对他来讲是不能忍耐的。他是急于想立功斩将，夺城略地，与张、赵、马、黄一决高低的。

在这种骄躁情绪支配下，拒婚孙权，激怒东吴；谢爵辞封，目中无人；罚糜惩傅，遗患一方，任命潘濬，所用非人。以及对于吕蒙称病的失察，对于陆逊谦卑的得意，和小看东吴的了不提防，这一连串的失误，埋下了日后败师的种子。而这一切，是在毫无制衡和约束的情况下，关羽独自任性而为的结果。

如果诸葛亮让他离荆攻樊，而不派员代领牧守，以防吴之乘间偷袭，则非运筹帷幄的诸葛亮了。但若果然委任赵云（那是最恰当的人选）或其他人，来荆州接替，那也不是充分了解关羽的诸葛亮了。对这位以自我独尊的将领来说，他不会派谁来的，那将是更坏的结局。

若无“襄阳大捷”，吓得曹操迁都，让胜利冲昏头脑，也许还不至于最后的惨败。大胜以后大败，这在历史上是不乏先例的。

在我熟知的这块不大的文坛上，也屡见这类感觉错位的先生，跳踉出来，令人哭笑不得。譬如写了一些作品，还算不错，便立刻自以为不朽；譬如外国人少见多怪，夸了两句，马上魂不附体；譬如，尊老本是中国人的传统，老先生不必因为大家出于礼让，而把自己当作圣人，但偏要当文学长老，指点众生；譬如吃不着葡萄，便一口咬定葡萄是酸的，硬充明公；譬如外文不识 ABC，竟大言不惭地贩卖洋货唬人，等等。文坛虽不是战场，脑袋谅不会玩掉，但这种令人作呕的表演，遭人讨嫌的行径，最后臭而不可闻的还是自己。

关羽失败的根源，就在这个错位上。刘备自称汉中王，封他为五虎上将之首，他火了，拒不接印。表面上他是不愿与黄忠老卒为伍，其实他不能忍受的是把他与别人平等看待。其实他未必不想，刘备为汉中王，他镇守荆州，至少也该有个“亚王”名号才是。直到费诗说“将军即汉中王，汉中王即将军也”这句话，他才心满意足。费诗当

然是哄他，但也看透了他这种错位的感觉。

孙权为了联姻，派诸葛瑾来说亲，两家结“秦晋之好”。成不成，在于两相情愿，即使交易不成，人情还在，不至于关羽如此勃然大怒，竟说出“虎女安肯嫁犬子”这句话，还要砍媒人的脑袋，这就没有任何道理了。连曹操都说过“生子当如孙仲谋”，这是他和孙权正在较量中为敌时，怀着敬佩之情说这番话的。此时，吴、蜀尚是盟友，即使敌国，也不能如此倨傲狂妄。分明是在恶化气氛，使得本不巩固的联盟走向瓦解。

看来他所表态的“军师所言，当铭肺腑”的话，纯系一派虚词。诸葛亮的联吴拒曹大计，他根本不放在心上，反映了他内心中的自诩自大之情。关羽本来一个推车亡命之徒，在当时很在乎士族门阀地位的社会里，他不把孙权这个江东豪族放在眼里；也不把吴蜀联盟，视作蜀国的生命线，感情用事，自我膨胀，头脑发热，若不是暴发户的小人得志，便是相信自己高人一等的非凡狂妄。一个人错位到如此地步，大概是不可救药了。

关羽在“荆州之役”中，独断专行，自以为是，蛮横跋扈，不纳人言，便是最典型的个人英雄主义。

骄兵必败，这是所有人都能明白的道理。但是包括英明统帅，三军首领，沙场老将，无敌勇士，也难免事到临头犯糊涂。知道不应该骄傲，仍恶习不改，甚至明知错了，错也要错下去。

人若是陷入了错位误区里，失去常智不说，还会失去常识，这就是偏执情绪，逆反心理在作祟了，于是出现一系列的判断失误。最后甚至自己也明白，是错了，可情绪还是退不出这个误区；再加上中国人的面子，为维护这份可怜的尊严，执迷不悟地往死路上走，十匹马也拉不回头，只有错到彻底失败为止。这种不见棺材不落泪的事，过去有，现在有，将来也不会绝迹。

关羽太小看东吴了，吕蒙称病，他不信有假；陆逊谦卑，他不信有诈；荆州失陷，他不信其真；糜、孟背叛，他不信其事。就只相信他自己，这是所有错位的人的通病。

他得襄阳，回师荆州，犹不晚也。攻樊城不下，迅速撤兵，也仍旧是来得及的。荆州已失，不图收复，另谋去处，也未必全军覆灭。及至兵败麦城，突围路线要顺依人意的话，不至于身亡……悲剧总是自己造成的。

一个老百姓，纵使因骄致败，只不过祸及其身，再大，祸及其家，仅此而已。一军之帅的因骄致败，则是万千首级落地的事；而一国之君的因骄致败，那就更不堪设想了。

这样的事例，其实并不鲜见。

胜利，是好事，但躺在胜利上面吃老本，就不见得是好事了。假如，再有若干捧场的，米汤灌得晕晕乎乎，不知东西南北，怕离失败就不会太远了。

千里单骑，过关斩将，是关云长一生最得意之笔。与此同时，他的自负、他的傲慢，也播下了日后败走麦城、杀身成仁的种子。陈寿在《三国志》里评他“刚而自矜”，是对他的准确评价。所以，“福者祸之先，利者害之始”，好事也能变为坏事，这两者存在着辨证的互为因果的关系。

自矜者，骄傲也。上至圣人，下至凡庸，几乎无一幸免，不过程度不同而已。所以毛泽东告诫曰：“虚心使人进步，骄傲使人落后。”其实，岂止于落后呢，关羽连脑袋都骄傲掉了。

人类天性中有许多弱点，骄傲便是一种。有的人，有得可骄者要骄；有的人，无得可骄者也要骄。如拿破仑在圣赫勒拿岛流放时，是绝不会忘怀他的军队踏遍欧洲大陆时，当大皇帝那种至尊无上的荣光的，这属于有得可骄者。那极卑微的阿 Q 自诩地说：“我们先前，比你阔得多啦!”就属于无得可骄者了。虽然他没落到无可再没落了，仍能寻找到这种精神上的满足，凭这或大或小的资本，既可自我慰藉，又能获得一份优越感，于是饭也吃得香，觉也睡得好了。

凡骄傲者，无不以过去和现在的声名，做一份资本。拿作家这个行当来说，一些同行就过度地看重他写出来的几本书、几篇作品，认为顶天立地、价值连城。其实，在文学史的漫漫长河中，不过芥豆之微，过眼烟云罢了。但那种自以为了不起、一副神气活现的样子，也

真是让人惊异。许多远不是巨匠，只能说是稍有才气的人，硬是相信自己是货真价实的天才；许多离诺贝尔文学奖还有十万八千里的人，却自我感觉离瑞典皇家科学院的领奖台，已经不过咫尺之遥，折桂有望了；许多根本谈不上不朽，谈不上立德、立言的人，就忙着建造自己的文学纪念馆，急于成立自己的作品研究会，做藏之名山、传之万世的准备。

这种形近笑话的可怕错觉，一是来源于对于自身些许成就过于膨胀的估计，二是由于抬轿子吹喇叭者的蛊惑。而后者，那些捧臭脚的吹嘘哄抬、拍马奉承、歌功颂德、顶礼膜拜，能使本来比较清醒的大作家、老作家、名作家，也目迷五色，不酒自醉，在那里做文豪状了。

关老爷不是作家，是武人，但虚荣心也不亚于某些文坛巨擘。就是这样自误加上人误，最后走向麦城。现在来看，他的失败，一方面是他的性格悲剧所造成的——太自信、太骄傲、太藐视别人，也就是“刚而自矜”；另一方面，也是众人太吹捧的结果。如果大家不那么起劲儿地把他敬若神明的话，也许他不相信自己果然那么英明、伟大、光荣、正确了。

在关羽的吹捧队伍里，第一名大捧家是曹操，三日一小宴，五日一大宴，上马金，下马银，弄得他简直不知天高地厚。对于自己的估计，渐渐失去一份实事求是之心。忘了自己曾经是一名马弓手，而真当上汉寿亭侯了；第二名大捧家是诸葛亮，连他在华容道放走束手待擒的曹操，也成为正确的错误，不敢予以追究，这不是使他更加刚愎自用，自以为是嘛；第三名大捧家是孙权，非请人到荆州说媒，要把关云长的女儿娶过来做儿媳，结果关老爷还不赏脸，吼了一声“虎女安配犬子”，把媒人赶走了，孙权吃了闭门羹，碰了一鼻子灰，这一来关云长益发趾高气扬，哪把东吴看在眼里；第四个大捧家，还是曹操，关云长水淹七军，威震华夏，其实离许都尚远，曹操虚张声势，赶紧提出来要迁都，以避其锋。这就等于把关老爷的虚荣心，哄抬到一个只许成功、不能失败的位置上。最后，关羽被吕蒙打得只剩下十几个残兵败将时，连早年被围土山、约三事的暂时妥协，也办不到了。因为他已经被大树特树为“盖世英雄”，英雄怎么能低下高昂的头，此刻不但无路可退，连拐个弯也不行，只好“英雄”地走向死亡。

鲁迅先生在一篇《捧杀和骂杀》的杂文里，尖锐地指出过，骂倒未必会骂死人，但捧却是可以致人死命的一法。对于捧，若是没有清醒的头脑，还挺得意，还挺快乐，还觉得挺舒服的话，那可是危险了。报纸上、刊物上，把某几位名家捧成“社会良知”“人类希望”“精神导师”“文坛砥柱”，我总觉得这些捧场者，把话说过头了，多少有点居心不良之意。

我们知道，曹操捧关羽是做样子给大家看，看丞相是多么礼贤下士、襟怀宽阔、求才若渴、热忱感人。说穿了，不过是在延揽人心，扩大影响，其真意仅仅是在宣传自己而已。诸葛亮捧关羽，是求一个内部安定团结的局面，在他实施政策过程中，不至于被这个自视甚高的刘玄德的把兄弟干扰捣乱罢了，还是为自己方便。孙权捧关羽，那目的更简单，只是想麻痹对手，把荆州夺回来。因此，天底下的捧角者，无不有自己私底下不可告人的意图。这世界上找不到一个纯粹是为艺术而艺术，为酷爱吹捧而吹捧，无欲无念在那儿拍他人马屁的捧场者。

在戏院子里，那些捧角者，无一不在打女演员的主意，想法倒也单纯，猎艳罢了。而在文坛上的捧场者，或是沾光，或是求名，或是混饭，或是拉大旗作虎皮，用以唬人，或是抽不冷子呲出一股毒水来，以泄私忿，目的性就比较复杂了。但沉湎在往昔辉煌中的那些头脑并不糊涂的人，很容易陶醉在捧场者的甜言蜜语中，而随之发烧 38 度，说些谵语，有些躁狂，也就不以为奇了。

凡过高地估计个人在历史中的作用，而做出不能切合实际的自我评价者，这其中一种人，是他自己，被一点成绩冲昏头脑，把“圣明”二字，连忙写在额头上；一种人，美人迟暮，壮士已矣，历史早掀过他那一页，仍抱着旧日情结，动不动翻出旧账。这两类人是最经不起所谓“帮衬”之类的蛊惑的，高帽一戴，便相信自己是真命天子，等着登基了。于是捧救世主的，与当救世主的，加冕以后，便一块光芒万丈，这也是那些捧场者企盼着的理想世界。

关云长终于留不住，走了。一路杀将过去，获得了盖世英名，也

有了骄傲的资本，一直到走麦城为止，这过五关斩六将的胜利包袱压了他一辈子，成了无法摆脱的负担。其实，要是能够清楚那些对于自己的吹捧，其中有许多泡沫成分，就不至于神志昏迷了。肥皂泡在阳光下，虽然也能色彩斑斓一会儿，但终究一个个要破灭的。如能明白这个，留给后世笑话，也许会少一些。

读报上一篇文章，说到旧时河南某地的关帝庙，有一副对联是这样评价关云长的。“匹马斩颜良，偏师擒于禁，威武震三军，爵号亭侯君不忝。侩州降孟德，南郡丧孙权，头颅行万里，封称大帝耻难消。”在所有的关帝庙里，都是极颂其武艺功勋、操行德守、忠贞刚烈、义薄云天的光辉，还少见用这样的“两分法”看待关羽的持平之论。

关羽投降曹操这个污点，和关羽成为神灵的不朽形象，这是一个令文学家难以为之圆其说的矛盾。有一出京剧叫《古城会》，表演的就是这段故事。在芒砀山落草的张飞，因为关羽降过曹操，不信任他，一时间产生出要杀掉他的念头。他也为无法辩白而苦恼，怎么讲，他是真正投降了的。正好，蔡阳追来，为关云长洗清自己，献上了一颗头颅，一刀下去，兄弟尽释前嫌。

当时，诸侯混战，盗贼蜂起，争城掠地，干戈不息。背叛或者投降，反戈一击或者不告而别，并不是很了不起的事。最著名的例子，便是吕布。他一杀义父丁原，再杀也是他拜为义父的董卓，连眼皮也不眨一下。张飞与他对阵时，骂他是“三姓家奴”，算是责备得厉害的了。看来张飞不仅猛，还很具有大批判精神，一下子戳了吕布的老底。

再譬如刘备，投吕布时，对付过曹操；奔曹操后，回过头来共除吕布；在曹操麾下效力时，讨伐袁术；依托袁绍时，又与曹操为敌。不到十年时间，变幻莫测，真称得上是朝秦暮楚，但这一切似乎和叛降了无关系，只不过被看作权术罢了。

至于曹操属下的文臣武将，很多都是从对立阵营中被曹操招降纳叛来的。如张辽原事吕布，如徐晃是杨奉部下，如张合为袁绍旧臣，如庞德乃马超袍泽，如文聘曾事刘表……至于那位大谋士贾诩，曾经和曹操作过对，最后也投到曹操手下，至此也已是三易其主；至于许攸，则是“官渡之役”中背袁向曹投诚，并献计立了大功的。这些人谁也没有觉得他们的行为，有什么荒谬的地方？

张飞要杀关羽，就因为他降了曹操。他之所以那样怒不可遏，是从结义弟兄这一点上不能饶恕他的背信弃义。如果没有拜过把子，成为异姓手足，情同生死，张飞也许不会对关羽耿耿于怀。

关羽降后，在许都，曹操三日一小宴，五日一大宴地礼遇优渥，收买笼络之心不计在内，其余将领对关羽也是敬服的。没有因他背叛刘备而看不起他。只有一个例外，那便是蔡阳，后来被关羽祭了刀，倒使关、张和好如初，兄弟相聚了。

种种迹象表明，在三国或者更往后的年代里，放下武器投降，或者背叛原先的主子，不是什么了不得的事。在西方人的观念中，认为生命价值高于一切，如果确实再战斗下去唯有死亡一途的话，那么缴枪投降，按照《日内瓦公约》，作为战俘，要求敌方应以人道主义待之是极其正常的。根据关羽被曹军围困在土山的情况，还有刘备的两位夫人在，他放下青龙偃月刀是无可非议的。

但后来的中国人讲究气节，讲究到偏执的程度就过分了。若从这个角度，关羽哪怕有一丝动摇，都属于叛变行为。应该在土山上杀身成仁，马革裹尸，誓死捍卫，抵抗投降。张飞把关羽杀掉，绝对是可能的。到了元末明初，罗贯中写《三国演义》时，对关羽降曹这一节操问题，就颇费周章。因为写小说的时候，国人已经到了被礼教束缚得快要窒息的地步。连妇女都“饿死事小，失节事大”地钉在贞节牌坊上了，何况反臣贼子、叛兵降将乎？于是把东汉建安年间不是太当回事的事，弄得严重化了。

这样，罗贯中先生下笔时踌躇了，若是痛批狠揭，声讨问罪，必有损关羽的正面人物形象。若是只字不提，也难说得过去。于是想出了一个降汉不降曹的似乎义正词严的借口。这当然是自欺欺人，汉即操，操即汉也。

为什么后来的中国人，就格外地不能宽容呢？因为封建礼教窒息得国人几无一点思想自由，而不能自由思想的人必失去大度，易趋向

极端，凡事绝对化，看问题形而上。这种自我桎梏的人，对别人缺少最起码的谅解、同情和信任，只有猜忌和警惕，只有怀疑和恐惧，圈子越来越小，视野越来越窄，朋友越来越少，敌人越来越多。甚至要求百分之百的纯净，于是，为渊驱鱼，为丛驱雀，只能逼使更多的应该团结的人，走向自己的反面。

司马迁为被围而降匈奴的李陵，向汉武帝反映了“贰师将军”救援不力、不得不败的真话，结果受了宫刑，被关进蚕室。从此，谁也不敢为这些败而不以一死来殉国的人多说一句话。

大是大非，当然应该泾渭分明，否则还有什么正义与邪恶、光明与黑暗的区分呢？但若偏执到全凭意气用事，疑虑到不讲实事求是，狭隘到人皆为敌的程度，那么《古城会》将以关老爷人头落地的结果告终。回顾历史，甚至 20 世纪的“文革”，这种不死于真正的敌人手里，而被自己人残害的悲剧，难道还少吗？

关羽之死，是《三国演义》里精心经营的篇章。

当罗贯中执笔写这部演义时，由于民间文学的传播，以及历代统治者的尊崇，关羽已经成帝成圣，所以极尽渲染之能事。等到毛宗岗父子评点整理成现在流行的《三国演义》这个本子时，更是不遗余力。篇幅之长，回肠荡气，其中任何一个人物的死，也没有像他这样着力描写的。

宋朝洪迈在《容斋笔记·名将晚谬》里写过：“关羽手杀袁绍二将颜良、文丑于万众之中，及攻曹仁于樊，于禁等七军皆没，羽威震华夏，曹操议徙许都以避其锐，其功名盛矣。而不悟吕蒙、陆逊之诈，竟堕孙权计中，父子成禽，以败大事。”完全是骄兵必败的结果。但捉住关羽的孙权，竟想诱降这位不可一世的人物，这就说明孙权识见差焉！

孙权不了解当初曹操能使关羽降，而现在他则不能使羽降。因为当时魏能打出汉献帝的招牌，而吴却没有。投降者也有其符合自身尊严的选择，宁降于龙虎，也不甘降于等而下之者。而且曹操能在建安五年使关羽降，此刻，无论曹操、孙权都无计可施。何也？关羽二十年前只是一员战将，降汉而不降曹，暂屈以图别计。现在他是天下瞩目的一方主帅，诛颜良、除文丑、过五关、斩六将、义释华容、单刀赴会、水淹七军的汉寿亭侯，赫赫扬扬，功勋卓著，把曹操吓得差点迁都的人物。这个光辉形象，他自己也不会玷污的。

后来孙权悟过来了，把关羽杀了。然后在庆功会上，战败关羽的吴大将吕蒙，突然被关羽的亡灵附身，七窍流血而亡。他虽能打败关羽，但关羽的报复，是通过死后的亡灵，最后使这个胜利者死得更惨。关羽之死的描绘，反映了中国人的一种善恶报应的传统文化心理。

善良之被欺凌，正直之被屈辱，君子被小人嬉弄，忠臣被奸佞陷害，这类恶行占据上风的现象，在中国历史上是屡见不鲜的。好人不得好报，正义无法伸张，坏人永远得志，良民总是遭殃，好像是一种永远也喘不过气来的常态。人们对于国贼民奸，暴君昏臣，屠夫恶棍，歹徒劫匪的蹂躏折磨，既无力反抗也不敢反抗。就只好把希望寄托于来世，寄托于阴间，寄托于西天“极乐世界”，因为那里是一个比较公平的世界，是神和鬼在统治着的、至少不像人间这样恶行不受责罚的世界。

这种宗教宣扬的报应和轮回学说，在中国封建社会里特别有市场。善有善报，恶有恶报，不是不报，时辰不到。谁都逃不了死，作恶必自毙，最后，坏人在十八层地狱里受到惩处，升不了天，哪怕投胎也只能投到母猪肚子里，被人宰了吃。这就成了受尽欺侮的、求告无门的、不敢反抗的、无可奈何的弱者们，一剂最佳的自我安慰的精神良药。马克思认为宗教是一种精神鸦片，道理就在这里。因为它毒害人们的反抗压迫之心，抑制人们奋起斗争的意志，实际上是为统治阶级服务的。

于是这种梦代替了实实在在的报复，无数人和无数次的这种梦的臆想，化为言之凿凿的事实。生前是弱者，死后化为复仇的厉鬼，活着谁都可以欺侮，但一死即成仙成神去报仇申冤。像关羽这样义薄云天的英雄豪杰，竟被吕蒙设计败走了麦城，那么更是要让他成为使恶人闻之魂飞胆丧的天神。

而且，残害的对象越是了不起，那报应也来得越快。譬如吕蒙，

马上就被关羽死后的魂灵附体索命。远在洛阳的曹操，也整日间白昼见鬼，“每夜合眼便见关公”，这就十分的牵强。而且历史并非如此，可写在演义里，讲在故事里，便使那些活得实在不自在的人，得到最大的宽慰。因为在老百姓的心目里，曹操这个奸雄，正义之神便一定率领着那些他杀掉的好人，会来缠住他不放，最后想逃脱一死是不行的。这些大快人心的报复，也是人们最津津乐道的，因此，在如此精神鸦片的麻醉下，忍辱偷生，苟延残喘，也就甘之如饴，既然人不算天算，还用得着什么反抗呢？

这就是中国人永远不打算活着去反抗恶的报复观。

唯其不反抗恶，中国的封建社会，才能够维持长达数千年之久的统治吧？

宋太祖的誓碑

皇帝发的誓，而且是开国皇帝发的誓，对其继承者是具有绝对的权威和约束力的。

九百多年前的赵匡胤，敢立一块不杀士人的石碑，固然出于他万世基业的考虑；其实很大程度上也是一种势所必然的，符合社会发展的行为。中国人好说“时势造英雄，英雄造时势”，大概就是这个意思。赵匡胤要结束军人对政治的干预，也许是中国历史上开天辟地的第一位。“枪杆子出政权”，此乃我们大家都知道的真理，但另外半句，早在一千年前赵匡胤就身体力行了，枪杆子可以出政权，但这个政权绝不能再被枪杆子左右。实行文官制度，由政治家治国，而不是军事家治国，便是赵匡胤执政的奋斗目标。誓碑虽小，意义重大，因为它极其明确地刻了“不杀”二字，也就给实行这种文官制度有了最起码的保障。

在此之前，中国的士人，也就是文人、读书人、知识分子，是被统治者视为呼之即来挥之则去的“衙役”，是被权力拥有者视为用得着时用之用不着时甩之的“抹布”，是被当官的、有钱的、拿刀动枪的视为可以骑在头上拉屎撒尿的“臭老九”，当然更是被以秦始皇为首的暴君们视为大逆不道的整肃对象。在此之后，至少在这块深藏于密室的誓碑上，有一行字：“士人不可杀。”大宋王朝，第一，并非没有杀过士人的纪录；第二，但也确实有士人杀得较他朝为少的纪录。

这誓碑意义非凡。

中国之文化精神，其辉煌灿烂，其博大精深，其传统悠久，其生命力蓬勃，是有超越历史而万劫不灭的能量。视文化为民族生命，视文人为国家栋梁，乃有史记载的三千多年以来中国人的精神传承。中国立于世界民族之林，不是因为其国力强大，不是因为其人口众多，不是因为其地大物博，也不是因为其历史悠久，而是因为其拥有的这种文化渊源。中国，作为一个国家，败弱过，穷困过，破碎过，被人侵略得险几亡国过，但之所以得以衰而不败，败而不灭，灭而重生，生而不息，得以筚路蓝缕，走出困境，含苦茹辛，摆脱绝地，全在于支撑着我们精神的这颠扑不破、历久弥新的由方块字组成的文化传统。同样，这种誓碑上的精神传承，犹如横亘在中原腹地的长江大河一样，枯水期再长，也不会断流。

中国人经过千年以上的摸索，由昏沉蒙昧的黑夜，走向启迪觉醒的黎明。赵匡胤顺应了这样的潮流，故而王夫之在《宋论》中曾经说到这块誓碑："太祖勒石，锁置殿中，使嗣君即位，入而跪读。其戒有三：一、保全柴氏子孙；二、不杀士大夫；三、不加农田之赋。呜呼！若此三者，不谓之盛德也不能。"一个受到压迫的人，方知不受压迫之可贵，同样，一个压迫惯了的人，要他收手不压迫人，也难。明末清初的王夫之，深知文人在压迫下，难以为文，难以为人，这位遗民甚至要躲到湘西石峒，才能摆脱大清王朝文网的压迫，所以，他对赵匡胤的这项措施评价极高。道理很简单，人只有一个脑袋，它可不是韭菜，割掉一茬，仍可再长一茬。因此，赵匡胤这块誓碑，基本能够约束后来的执政者，给文人带来一点安全保障。中国封建社会，一共有过三百多个皇帝，只有他发了不杀士人的誓，舍他，无人敢做这样的承诺，而且，大宋王朝三百年，勉勉强强也还是按照他的誓言去做，不杀，或者尽量不杀士大夫，所以，他真是很了不起。

这一点，赵匡胤对于中国文化的贡献，是无与伦比的，然而，历史上少有人注意宋太祖此举，即或有，也一笔带过，或者存疑，只有王夫之以"盛德"二字，表示他衷心的赞美。

赵匡胤的这块誓碑，有论者以为，不仅达到中国封建王朝全部历史上的“民主”高峰，更有论者谈及，还说明了昏君、庸君也许不把这种精神传承放在心上，但这不等于明主、英主把这种精神传承不当回事。秦始皇焚书，医药的书，农林的书，他是不扔到火堆里去的。这说明，即使暴君在下手屠杀文人、灭绝文化时，他作为一个中国人，这种血脉传承的精神渊源，也还在起着作用。这也是五千年中国文化传统，得以绵延至今，还发扬光大的原因。在中国历史上，有宋一代，对于文人比较优容，也比较信任，其人事政策的起源，是与这块在962年（建隆三年）所立的誓碑分不开的。

> 德国经济学家库恩（Dieter Kuhn）在《宋代文化史》一书中指出，中国11世纪至13世纪发生了根本的社会变化，首先，文官政治取代了唐朝的以地方藩镇为代表的军人政治，受到儒家教育的文人担任政府高级行政官员；孟子以王道治国的思想第一次付诸实施。其次，宋朝在农业文明、城市文明和物质文明（如手工业）方面取得了很大成就。农业技术的新发展，新土地的开发，以及农作物产量的提高，奠定了宋朝经济繁荣的基础。城市商业和手工业得到了迅猛的发展，出现了以商人为代表的新富人阶层，促进了饮食文化、茶文化、建筑和居住文化的发展。因此，库恩甚至认为，宋朝是中国中世纪的结束和近代的开始。
>
> 美国历史学家墨菲（Rhoads Murphey）的《亚洲史》第七章“中国的黄金时代”，对于这个黄金时代有精彩的论述。
>
> ——这是一个前所未见的发展、创新和文化繁盛的时期。它拥有大约一亿人口，“完全称得上是当时世界上最大、生产力最高和最发达的国家”。
>
> ——在宋朝，作为中华帝国主要光荣之一的科举制度达到了它的顶峰。得到选拔的官员中，有三分之一或更多来自平民家庭，“如此高的社会地位升迁比例，对于任何前近代甚至近代社会来讲，都是惊人的”。（樊树志：《国史十六讲》）

关心文学史、对于唐宋文人稍有所知的读者，一定会了解宋代对

文人授官之高，胜于前朝。以“唐宋八大家”为例，唐授韩愈、柳宗元的官位，也就是刺史、侍郎等职，相当于省市一级、地市一级。而欧阳修、苏轼的官位，大抵都相当于省部级，而范仲淹、司马光、王安石等人，更是进入中枢决策层面的要员。这就是王夫之对赵匡胤所赞美的“不谓之盛德也不能”了。

虽然，说到赵匡胤，都会加上“行伍出身”四字，他的御像，也是粗黑肥硕，与读书人之文雅清秀，毫不搭介。其实从他的祖辈起，历后唐、后晋、后汉，至后周数朝的军人世家，不仅拥有殷厚的根底，还渐渐拥有门阀的褒望。从他的高祖开始，为县令者、为藩镇从事者、为刺史者、为检校司徒者，不一而足，在涿州时即为名门望户，在太原时更为世家豪族，当赵匡胤出生在洛阳夹马营时，家道不幸中落，然而大户人家的出身，贵族后裔的履历，诗书礼教的素养，传统精神的渊源，在气质上、在教养上，已非前辈那一派赳赳武夫的形象。

凡读过孔孟之书、受过学塾教育、稍知斯文修养、略懂温良恭俭的中国人，对于文明的趋附、对于文化的亲和、对于文人的认同、对于方块字的敬重，都是自然而然发乎内心的。而那些识字不多、读书不多、思想狭隘、意识愚执的农民和小生产者，也就是那些以“大老粗”为荣的并且还握有一定权力的人，才会抵制文明和文化，才会忌畏文人和士子，才会趁着政治运动之际，挟嫌报复，狠下死手整知识分子。因此，文人与文化素质缺欠的领导人，或文明修养差池的掌权者，是根本找不到共同语言的，这就是庄子在《秋水篇》里所讲的：“夏虫不可以语于冰者，笃于时也。”这就像与一个坐井观天的人无法交谈万里无云的广阔天空一样，这种人局限于视野，偏颇于眼界，拘束于心胸，窒碍于头脑，正常人是不可能与他们这种一窍不通的榆木疙瘩，彼此沟通，相互呼应的。

巴尔扎克有言，不经过三代的陶冶，成不了贵族。《千里送京娘》中的那个善良护送弱女子的男主角，就是赵匡胤。其正直，其正派，其正经，其正大光明，成为话本演义、弹词杂曲的正面形象。赵家虽属武将，世代从军，但宋太祖却是个异数，酷爱读书，“虽在军中，手不释卷。闻人间有奇书，不吝千金购之”。公元958年，“从世宗平淮甸，或谮上于世宗曰：‘赵某下寿州，私所载凡数车，皆重货也。’世宗遣使验之，尽发笼箧，唯书数千卷，无他物”。据《宋史》，“既长，容貌雄伟，器度豁如，识者知其非常人”，甚至为周世宗柴荣视为隐敌，对他心怀戒意。

崇文抑武，在赵匡胤前，焚书坑儒的秦始皇做不到，以儒冠为尿壶的汉高祖做不到，动不动拿文人祭刀的魏武帝做不到。甚至连从谏如流的唐太宗也做不到，因为李世民征讨一生，武是第一位，文是第二位，这是他必然的排序，也是历代最高统治者的必然选择。而赵匡胤能做出历朝历代都未有过的改变，应该在于他总结了唐末至五代，从公元 875 年黄巢起义起，或许从公元 755 年“安史之乱”起的 200 年间频仍战乱的历史经验。“陈桥兵变”当上皇帝以后，如何改变唐末至五代以来各地藩镇节度、相互割据、军人统领行政、胡作非为的弊端，如何消除动辄刀枪相见、兵燹成灾、中央操控不了、天下大乱的败象，成了他念念不忘之事。他曾经对赵普感慨过：“五代方镇残虐，民受其祸。朕令选儒臣干事者百余分治大藩，纵皆贪浊，亦未及武臣一人也。”在他眼中，一百个文臣的贪浊，其危害性也不如一个将领的作恶。所以他下决心要用文人来治国理政，于是，就有了这块誓碑。不得杀士大夫，虽然是最低程度的安全保证，但却给文人从政为官、发挥才干、敢于直言、恪尽厥职，创造出宽松的氛围、良好的环境。

据说唐太宗李世民在一次科举后，站在午门城楼上看新科进士鱼贯进入朝堂，对左右的人说，天下英雄尽入吾彀中矣。其实唐朝每次科举的录取率仅为宋朝的十分之一。唐二百多年，进士登科者三千多人；宋朝三百多年间，进士登科者十万多人。这充分说明赵匡胤是下决心要实行文官制度的，为此，他在选拔人才、储备人才上，采取兼收并蓄、多多益善的政策。而且直接取之民间，实施最公平的择优录取方针。

宋代采取“重文抑武”的国策，第一是赵匡胤对于历史的经验总结；第二是他自身文化素养、精神渊源的影响所致；第三，恐怕更是他对于武将夺权篡位的巨大威胁，始终不敢掉以轻心、耿耿于怀的警

惧。因为他自己搞过这样一次突然袭击，“陈桥兵变”侥幸得以成功，他不能不戒之、惧之，不能不防患于未然，不能让别人再捡这个便宜。其实“黄袍加身”的发明权，并非他的首创，而是蹈袭他的上司郭威。他的老长官起事就更仓促了，甚至连黄袍这样重要的道具也未准备好，只是扯下旗杆上的黄旗裹在身上，就剑不出鞘，刀不血刃，把江山夺了。这种投入极低，产出极高，堪称价廉物美的兵变模式，对那些野心不小、胃口很大、头脑简单、手握虎符的将帅，肯定极具诱惑力。所以他当上皇帝以后，自然不能让别的将领，如法炮制来对付他。说白了，这种兵变模式，太容易被复制了。更何况他深知唐代拥兵的藩镇，是如何不停制造内乱的；五代跋扈的武将，是如何夺权篡国称帝的，而要让将领们死掉篡夺之心的最佳之计，莫如剥夺他们的统兵之权，成为一个“光杆司令”。因此，这才有赎买政策的“杯酒释兵权”，这才有“兵不识将、将不知兵”的军事建制，这才有重用文官的系列措施，这才有大量招收士子的科举制度。这固然是后来败亡的“积贫”“积弱”和“三冗”（“冗官”“冗兵”“冗事”）后遗症的由来，但也是大明王朝经济发达、市场繁荣、文化鼎盛、科技昌明，成为中国历史转捩点的原因。

关于这块“士人不可杀”的誓碑，首见于宋朝叶梦得的《避暑漫抄》：

> 艺祖受命之三年，密镌一碑，立于太庙寝殿之夹室，谓之誓碑，用销金黄幔蔽之，门钥封闭甚严。因敕有司，自后时享（四时八节的祭祀）及新太子即位，谒庙礼毕，奏请恭读誓词。独一小黄门不识字者从，余皆远立。上至碑前，再拜跪瞻默诵讫，复再拜出。群臣近侍，皆不知所誓何事。自后列圣相承，皆踵故事。靖康之变，门皆洞开，人得纵观。碑高七八尺，阔四尺余，誓词三行，一云：“柴氏子孙，有罪不得加刑，纵犯谋逆，止于狱内赐尽，不得市曹刑戮，亦不得连坐支属。”一云：“不得杀士大夫及上书言事人。”一云：“子孙有渝此誓者，天必殛之。”后建炎间，曹勋自金回，太上寄语，祖上誓碑在太庙，恐今天子不及

知云。

据《宋史·曹勋传》，已经被俘虏到金国为降人的宋徽宗，对即将南归的曹勋交代：“（太上皇）又语臣曰：‘归可奏上，艺祖有约，誓不诛大臣、言官，违者不祥。故七祖相袭，未尝辄易。每念靖康年中，诛罚为甚。今日之祸虽不在此，然要当知而戒焉。’”

两宋王朝对于文化人的优容，这块誓碑起到极大的作用。第一，因系太祖所立，具有国家法律的权威；第二，赵匡胤为赵氏家族的开国之君，他所立的誓碑，自然也就有钳束整个家族的契约力量；第三，围绕誓碑的神秘设施、神圣仪式，以及谶语诅咒，对后世继承人的阻吓作用，是毫无疑义的。在中国、在世界，如果不是唯一，也是少有这样器识的最高权力拥有者，敢于做出以碑刻这种不易磨灭的方式，发出誓言承诺，不得杀文人、士大夫以及言事者。王夫之说：“自太祖勒不杀士大夫之誓以诏子孙，终宋之世，文臣无欧刀之辟。张邦昌躬篡，而止于自裁；蔡京、贾似道陷国危亡，皆保首领于贬所。”

后来的研究者，对于赵匡胤誓碑的真实性存疑，理由有三：一是“靖康之变”发生时，《避暑漫抄》的作者叶梦得不在京城；二是未见宋朝李焘所著《续资治通鉴长编》与元朝脱脱所著的《宋史·太祖本记》中，有过类似记载；三是如此盛德之举，正应借以广树恩信，延揽人心，没有必要秘而不宣，讳莫如深。这就是读书人读多了书以后的“知多识少”了，唯奉本本主义，而昧于事理常识。其实，非作者亲眼目睹的事实，不能断言其不存在；未见于信史所载，也不能说明传闻便是杜撰；至于当时为什么不利用这项德政，大肆宣传，制造舆论，只不过是以今人的行事方式加诸前人而已，这就是书呆子的好笑了。试想一下，赵匡胤不是傻瓜，这种皇室内部的密约，具有相当程度的底牌性质，怎能公之于众，成为束缚接班人手脚的羁绊呢？我们还可以想象一下，五代以来，武人嚣张成性，能够忍受对如此“二等公民”的安排吗？而做小媳妇做惯了的知识分子，得此尚方宝剑，那还了得，岂不要骑在皇帝的脖根子上拉屎吗？

宋代以文臣驾驭武将的基本国策，一以贯之的重用并优待文臣，

轻易不杀臣下的大政方针，实际上是以祖宗家法为历代皇帝所遵奉，并认真执行的。从《续资治通鉴长编·仁宗·庆历三年》的范、富争论，范仲淹多次提及“祖宗以来”，大家嘴上不说，心里却是明白这块誓碑，有一条可以约束皇帝的戒律。“初，群盗剽劫淮南，将过高邮，知军晁仲约知不能御，谕富民出金帛，具牛酒，使人迎劳，且厚遗之，盗悦，径去不为暴。事闻，朝廷大怒，枢密副使富弼议诛仲约以正法，参知政事范仲淹欲宥之，争于上前。”范仲淹认为：“郡县兵械，足以战守，遇贼不御，而又赂之，此法所当诛也。今高邮无兵与械……然事有可恕，戮之，恐非法意也。”仁宗“释然从之，仲约由此免死。既而，弼愠甚，谓仲淹曰：‘方今患法不举，举法而多方沮之，何以整众?’仲淹密告之：‘祖宗以来，未尝轻杀臣下，此盛德之事，奈何欲轻坏之。’”从《退斋笔录》所载元丰年间，神宗欲处置一名办事不力的转运使，蔡确和章惇也是以“祖宗以来”四字逼皇帝让步。当时，对西夏用兵失利，神宗很没面子，要杀这个失职的转运使，一以卸责，二以泄火，三以树威。没想到承旨办案的宰相蔡确，却拒绝执行。他的理由是：“祖宗以来，未尝杀士人，臣等不欲自陛下始。”接下来，神宗说，不杀可以，“使刺配远恶州郡”。时为门下侍郎、参知政事的章惇，坚称不可，“如此，即不若杀之”。他认为，“士可杀，不可辱”，黥面对士人来说，胜于刑戮。事后神宗对二人喟然长叹：“快意事更做不得一件!”章惇居然像吃了枪药似的回答道：“快意事，做不得也好。”这种臣下顶撞主子的回答，宋以前的秦、汉、唐听不到，宋以后的元、明、清更是听不到。

蔡确敢顶着神宗不办，章惇敢力阻刺配，都是有这个“祖宗以来”在撑腰，神宗无可奈何地收回成命，只好作罢，也是不得不顾忌这个“祖宗以来”。其实大家心里都明白。首先，大宋王朝舍太祖外，无人配称祖宗。说“祖宗以来”，就是指赵匡胤的这块誓碑。其次，这块誓碑，除了皇帝外，再无他人亲眼目睹，所以无人敢公开直接地说出口，于是约定俗成，用“祖宗以来”而讳说誓碑。第三，只要一说“祖宗以来”，誓碑上一、三两条，都非重点，要害就在“不杀士人和言事者”这一条。也许正是这一份自古以来对文人士大夫从未有过的保护条款，知识分子的积极性焕发，能动性大增，创造性蓬勃，从而推动了宋朝的发展和变化，成就了中国历史上少有的辉煌。

宰相吕大防对宋哲宗说得再明白不过：“自三代以后，唯本朝百三十年中外无事，盖由祖宗所立家法最善……前代多深于用刑，大者诛戮，小者远窜。唯本朝用法最轻，臣下有罪，止于罢黜，此宽仁之法也。”他所以如此宣讲，也是要宋哲宗记信誓碑的祖训。而这个得以接神宗大位的年轻人，在他真正掌握帝权后，马上就报复当年谏诤过他“好色”的刘安世和范祖禹，绝无“宽仁”可言。起初，他虽为帝，但垂帘问政者为宣仁高太后。这“好色”二字，要是惹老太太不高兴，很可能废了他，所以他特别恨这两个人多嘴。于是，御笔一批，说这两位台谏，“辄造诬谤，靡有不至，迹其用心，宜加诛殛，聊以远窜，以示宽恩。范祖禹特责授昭州别驾，贺州安置。刘安世特责授新州别驾，英州安置”。从他所用“诛殛”一词来看，大有不杀不足以泄旧忿之意。其心胸歹毒褊狭，可想而知，如果没有太祖誓碑，如果没有“天必殛之”的诅咒，早砍下他俩的脑袋了。因为誓碑的约束，因为谶语的威吓，他住手不予“诛殛”，所以，他也就敢宣称自己，“朕遵祖宗遗志，未尝杀戮大臣”，这当然是表面文章了。可他不得不说这番话，说明他“跪瞻默诵”过这块誓碑，大概不敢不太当回事的。

再从北宋时期著名的“乌台诗案”和“车盖亭诗案”看，这两起“文字狱”的事主苏轼对神宗的大不敬，对时局的大不满；蔡确以唐代的武则天，影射当朝主政的皇太后，那矛头直指最高领袖，是明显不过的“恶攻”罪，要是放在明朝，或者清朝，肯定是活不成的了。可在宋朝，他们只止于被流放而已。虽然被流放，得以保全性命，但缓慢的死亡，无穷的折磨，更是一种苦不堪言的惩罚。《宋稗类钞》说过：“章惇恨安世，必欲杀之。人言春、循、梅、新，与死为邻，高、窦、雷、化，说着也怕。八州恶地，安世历遍七州，所以当时有‘铁汉’之称。”像刘安世居然能够存活下来，像苏轼最后赦回中原常州，是极少的幸运者。凡流放于荒州野县的两宋政治人物，最后无不瘐毙于蛮烟瘴雾的毒域。然而，比之明朝的“腰斩”、清朝的“凌

迟”，相对而言，已算是“仁政”了。若无赵匡胤的誓碑，恐怕连这点“仁政”也是不会有的。

两起“文字狱”事件，很大程度因党争而起：神宗支持变法，变法派便借苏轼一案，打击反变法派；同样，哲宗继位后，宣仁高太后主事，她反对变法，反变法派便拿蔡确一案，搞倒变法派。但是，当案件进入实质阶段，到底要怎样处置时，是杀是关，是释放还是流放，便出现与他朝迥然不同的众说纷纭现象。元、明、清的知识分子，恨不能把头缩进裤裆里去，吓得连屁也不敢放得一个，就是因为没有大宋王朝“不杀士人和言事者”的保证。所以，在宋朝，无论变法的，反变法的，对于蔡确的惩罚，齐感不妥。遂不分畛域，不计前嫌，联合起来，要求皇帝按祖宗之法，也就是按赵匡胤誓碑来处理。

北宋这两起“文字狱”案件，雷声大，雨点小，都以流放了结。苏轼流放得近一点，蔡确流放得远一点，这就是赵匡胤那块誓碑的作用了。

“乌台诗案”来势汹汹，大有就地正法的形势。苏轼被押到开封，关进大牢，大家都替他捏把汗，他自己也吓得魂不附体。慢慢地有人为他缓颊，都拿誓碑的精神说事。据《续资治通鉴长编》：“轼既下狱，众危之，莫敢正言者。直舍人院王安礼（王安石之弟）乘间进曰：‘自古大度之君，不以语言谪人。按轼文士，本以才自奋，谓爵位可立取。顾碌碌如此，其中不能无觖望。今一旦致于法，恐后世谓不能容才，愿陛下无庸竟其狱。’”章惇也规谏过神宗：“轼十九擢进士第，二十三应直言极谏科，擢为第一。仁宗皇帝得轼以为一代之宝，今反置于囹圄，臣恐后世以谓陛下，听谀言而恶讦直也。”关了苏轼三个月后，不想、不愿、也不敢杀文人的神宗，终于将他释放了。对他的处分还算手下留情，只是发配到湖北黄州这不算太边远的边陲县份，任团练副使，本州安置，不得签署公事，相当于推一推就过去、拉一拉就回来，不一棍子打死，给出路的政策。有饭可吃，无公可办，那时大概不用写检讨、作交代，这样，他倒有足够的时间吟诗作赋，著名的《赤壁赋》就是在黄州写出来的。

“车盖亭诗案”的处理，比较复杂。元朝脱脱编《宋史》，将蔡确列入奸党传未必合适，但自宋而元而明，对“王安石变法”的看法，一直负面，这也是客观存在。第一，神宗死了，哲宗继位，宣仁高太后主政，重用旧党，推翻新法，形势对蔡确不利。第二，继王安石为相后，蔡确又极其卖力，贯彻新法，很得罪了那些反变法派。第三，生性歹毒，作风恶劣，害人甚多，结怨不少。此案一出，很令他的对立面欢欣鼓舞，想不到你小子终于有这一天。但谪令一出，贬英州别驾，新州安置，这绝对要他性命的处置，令朝中支持他的一派、反对他的一派，以及既不支持也不反对的一派，都傻眼了。他是当朝宰相，即使有错，也应得到尊重，应该体面下台，更不能远放新州，到那“与死为邻”的州县。于是，大宋王朝的变法一派、反变法一派，竟一致认为处分过于严重，而且不合祖宗家法。

赵翼在《二十二史札记》中，有一则关于“车盖亭诗案”的感想，此公以十分讶异的笔调写道：这是怎么回事呀？“若论（蔡）确设心之奸险，措辞之凶悖，虽诛戮尚不足蔽辜，仅从远窜，已属宽典。乃当时万口同声，以为太过，即号为正人君子者，亦出死力救之。谓圣朝务宜宽厚，力言于宣仁后帘前，并言于哲宗者，范纯仁及王存也。谓注释诗语，近于捃摭，不可以开告讦之风者，盛陶也。谓以诗罪确，非所以厚风俗者，李常也。谓恐启罗织之祸，七疏论列，及闻确谪命，又奉还除目者，彭汝砺也。谓薄确之罪，则皇帝孝治为不足，若深罪确，则于太皇太后仁政为小累，皇帝宜敕置狱逮治，太皇太后出手诏赦之，则仁孝两全者，苏轼也。甚而范祖禹先既劾确，及问新州之命，又自谓自乾兴以来，不窜逐大臣，已六十余年，一旦行之，恐人情不安。又甚而邵康节局外评论，亦谓确不足惜，然为宰相，当以宰相处之，而以范纯仁为知国体。可见是时朝野内外，无不以为谪确为过当。”

赵翼为清朝大学士，自然是以大清王朝对待“文字狱”的观点，来看待蔡确这几首牢骚满腹的诗。大宋王朝的文人，不但敢于提出异议，而且对范纯仁等一干人，平素与蔡确形同水火，泾渭分明，观点对立，互不相能，都是对“熙宁变法”持反对观点，因而程度不同地受到王安石及其党羽的打击、排挤、压制、远谪。一到了有悖祖宗之训，有违誓

碑之旨，就都跳出来为一个罪犯求情。正因如此，他指责这都是“宋待士太厚之故，纵有罪恶，止从黜谪，绝少岭海之行，久已习见，以为当然，一旦有此远谪，便群相惊怪，不论其得罪之深，反以为用刑之滥。政筝纵弛，人无畏惧，实由于此，宋之所以不竞也”。

正常，视为不正常；不正常，反而被视为正常。这大概就是九百多年间不谈赵匡胤这块誓碑的原因。做帝王者，不谈，可以理解，他们绝不允许文人犯上作乱，他们最害怕的是文人以自己的头脑思考。做文人者，不谈，就不可理解了。但你读了赵翼的这段妙文以后，就会知道所谓的“斯德哥尔摩综合征”，是怎样将一个正常人变为不正常的；而这个不正常的人，竟会成为迫害他的人的同党、帮凶，并视其所作所为，无不正常。这就是我们从赵翼文章中所读到的弦外之音。中国知识分子之可怜可悲，就在于这种自觉和不自觉地甘为统治阶级的鹰犬反噬同类，还认为自己在替天行道。这也是赵匡胤誓碑之所以成为鲁殿灵光的绝唱的原因了，你文人不自重、不自好、不自强、不自立，那别人还能对你怎么样？

不过，赵翼所说的“宋之不竞”，的确也是一个无法回避的事实。在后人眼里，乃中国历朝历代中最不振作、最不提气、最为窝囊、最为扫兴，仅有半壁江山的一个朝代。赵宋王朝造成这样的败局，主要由于“冗官”“冗兵”“冗费”，而尤让中国人感到耻辱的，这是一个竟然向邻邦纳贡称臣，才得以苟安一隅的王朝；这是一个竟然有两个皇帝被人家抓走当俘虏的王朝；这是一个竟然连立锥之地也没有，不得不被迫漂荡在海上的王朝。然而，就这样一个先输于辽、后败于金，最后亡于元的“积贫”“积弱”的王朝，由于赵匡胤的誓碑，文人得大自由，文化得大发展，文明得大进步，文学与文艺得大繁荣，让我们看到这个王朝辉煌灿烂的另一面。军人和军事活动为时代主体的战争年代，毁灭、死亡、破坏、灭绝，压倒一切；文人和文化活动为时代主旋律的和平年代，建设、发展、腾起、富裕，成为基调。于是，两宋王朝积三百多年的努力，其高度发达的经济、突飞猛进的科技、高产丰收的农业、富庶活跃的市场，其规模宏大的城市、大量增加的人口、生活安定的社会、诗书礼乐的环境，成为繁荣和创造的黄金时代。正如陈寅恪所说：“华夏民族文化历千年之演变，造极于赵宋之世。”造到极致境界，与这块誓碑所营造出来的大环境，有着莫大的关系。

钱穆则说得更仔细些：“论中国古今社会之变，最要在宋代。宋之前，大体可称为古代中国，宋以后，用为后代中国。秦前，乃封建贵族社会。东汉以下，士族门第兴起，魏晋南北朝定于隋唐，皆属门第社会，可称为古代变相的贵族社会。宋以下，始是纯粹的平民社会。除蒙古满洲异族入主，为特权阶级外，其升入政治上层者，皆由白衣秀才平地拔起，更无古代封建贵族及门第传统的遗存。故就宋代而言之，政治经济、社会人生，较之前代莫不有变。”（《理学与艺术》）

法国汉学家谢和耐的《中国社会史》，将宋代称作中国的文艺复兴时代，也是强调唐、宋大转变中的文化含量。“11—13 世纪期间，在政治社会或生活诸领域中，没有一处不表现出较先前时代的深刻变化。这里不单单是指一种社会现象的变化（人口的增长、生产的全面突飞猛进、内外交流的发展……），而更是指一种质的变化，政治风俗、社会、阶级关系、军队、城乡关系和经济形态均与唐朝贵族的仍是中世纪中期的帝国完全不同，一个新的社会诞生了，其基本特征可以说已是近代中国特征的端倪了。”

仅就中国人的“四大发明”来说，除造纸外，其余的火药、活字印刷术、指南针三项，这些宋朝人智慧的结晶，一直到今天，仍为当代社会所需要。而我们时时刻刻须臾不离的书本、报纸、文件、宣传品，乃至于网络上所使用的印刷体方块字而言，它之被称为“宋体”，这个“宋”，就是宋朝的“宋”，所以，宋朝人的社会生活模式，为后世中国人所承袭。或者还可以说，我们当下的生活方式，与秦、与汉、与唐，都多不搭界，从文化渊源上讲，与宋，却是最为接近的。严复有过这样一种论点：“若论人心政俗之变，则赵宋一代历史最宜究心。中国所以成为今日现象者，为恶为善，故不具论，而为宋人所造就，十八九可断言也。”

赵匡胤的誓碑，也许真的是子虚乌有，然而有一点不可抹杀——两宋王朝对于文人的优容、对于文化的扶掖、对于文明的提倡、对于文学和文艺的宽纵，也许是中国封建社会中最值得肯定的时期了。

清·崔错《李清照像》　李清照素服倚石，托腮沉思

溥仪大婚的深处

中国人爱看热闹，在这个世界上即使不数第一，也是名列前茅的民族。

我记得俄国作家契诃夫写过一篇小说，说一个人，站在涅瓦大街上，直愣愣地朝天上看。其实，天空上并没有什么，一只偶然飞过的鸟，一片偶然飘过的云，不过如此，他看得很出神、很投入。有人路过他的身边，看他观天，不知所观为何，也跟着停下脚步，把脸仰起来。接着，又有人路过这俩人的身边，看他们齐仰着脖子，怔怔地看天，也不由自主地把脖子仰起来。于是，第四个人，第五个人，相继加入了这个仰脖子观天的行列。随后，路上的汽车也停了下来，执勤的警察也走了过来，人越聚越多，谁也说不上朝天空里看什么和有什么可看，但每个驻足观看的人，都若有其事地一本正经地看得十分起劲儿。

而生活在中国京城里的人，好热闹，看热闹，与俄国人有所不同，侧重在一个“闹”字上。“热”是心态，“闹”是形态，身和心的全部投入，那才叫真热闹。就看每年春节，从初一到十五，厂甸庙会的人山人海，把琉璃厂塞得一个水泄不通，买的年货如糖葫芦、风车，必须高高举过人头，方可得保不被挤碎挤坏，便可知道北京人这种有事没事，连推带挤，身体力行，爱看热闹，痛苦并快乐着的强烈冲动了。

于是我想起鲁迅先生曾经写过的一篇杂文，题目曰《推》，就是描写中国人，如何在看热闹时你推我挤的过程中，得到“好白相来希”的快乐。看热闹是中国人的一种有趣性格，当然更是北京人一种不肯消停、不得安生、不肯罢休、有热便闹的可爱性格。看来中国人好这一口，北京人尤其好这一口。在这个首善之区，哪怕是两条狗打架、两辆车剐蹭、两个小贩争吵、两个流氓动手，都会有越来越多的人围观看热闹，起哄架秧子，这是再正常不过的。

当年逊帝大婚，这天大的喜事，使得整个北京城，处于亢奋过度的状态之中，是可以想象而知的。

公元 1922 年 11 月初，当时这个城市还叫北平。有关退位皇帝爱新觉罗·溥仪，要和郭布罗氏荣源家的名叫婉容的女儿，和额尔德特氏端恭家的名叫文绣的女儿，一封为后，一封为妃，举办婚庆大典的消息，对京城百姓来说，那可是闻所未闻的热闹。小朝廷专门成立了一个大婚筹备处，向外界定期发布信息，迎亲的日子经择吉、经御准，刚禀报三位太妃，还未来得及公示，便不胫而走，满城皆知。

大概人们是这样琢磨的，娶媳妇是常事，但皇帝娶媳妇百年不一遇，谁知中国将来还会不会再有皇帝？如果真的永远共和下去，这回错过也许再难碰到。于是街头巷尾，胡同旮旯，无不谈论这桩婚姻；茶楼酒肆，戏院商铺，莫不期待这场喜事，竟烘托出这个冬月小阳春的十分明媚来。

据溥仪在《我的前半生》中的记载，他的婚礼，全部仪程要进行五天，隆重，红火，庄严，堂皇，这对没热闹要找热闹，有热闹要瞧热闹的京城小市民来说，他们甚至比那个马上要娶媳妇的 17 岁的溥仪，还要起劲儿，还要沉不住气。

其实溥仪对结婚这件事，压根儿不感兴趣：

> 按着传统，皇帝和皇后新婚第一夜，要在坤宁宫里的一间不过十米见方的喜房里度过。这间屋子的特色是：没有什么陈设，炕占去了四分之一，除了地皮，全涂上了红色。行过“合卺礼”，吃过了“子孙饽饽”，进入这间一片暗红色的屋子里，我觉得很憋气。新娘子坐在炕上，低着头，我在旁边看了一会，只觉着眼

前一片红：红帐子、红褥子、红衣、红裙、红花朵、红脸蛋……好像一摊溶化了的红蜡烛。我感到很不自在，坐也不是，站也不是。我觉得还是养心殿好，便开开门，回来了。（《我的前半生》）

我曾经到过长春的伪皇宫，那个狭小的院子，当然与那宏敞宽阔的北京紫禁城无法相比。但室内的一切，尤其触目所见的墙布、灯饰、地毯、坐垫、幔帐、纹章、旗帜、旒带……无不给人一种压抑感、晦暗感、神秘感、阴沉感，恐怕还一脉相承着原来清宫传统的装饰布置。所谓皇室的那种地方，老实说，确乎不适宜于活人生存，而更适合于死人居住。所以 17 岁那年的溥仪，还年轻，还未完全萎靡，于是急迫地逃出那间化开的红蜡似的新房，他显然是被过甚的堂皇所形成的死气沉沉而吓跑的。

然而婚礼按照策划，在热烈地进行着，这五天的活动是这样安排的：

十一月二十九日巳刻，淑妃（即文绣）妆奁入宫。

十一月三十日午刻，皇后（即婉容）妆奁入宫。巳刻，皇后行册立礼。丑刻，淑妃入宫。

十二月一日子刻，举行大婚典礼。寅刻，迎皇后入宫。

十二月二日帝后在景山寿皇殿向列祖列宗行礼。

十二月三日帝在乾清宫受贺。（《我的前半生》）

这次皇帝娶媳妇，对京城而言，空前是说不上的，但绝后则是肯定的。所以，跟民国四年袁世凯称帝，改元洪宪，弄得一样遗臭万年；与民国六年张辫帅复辟，率师进京，落个灰头土脸一样，这绝对是一次充满怀旧意味的宫廷盛典。鲁迅笔下那从胡同里懒洋洋地踱来，插上一面五色旗的国民，总算像死水里出现一圈涟漪，在冬日的阳光下打个呵欠，多少给古城添了一丝生意。那些本来无事可干围着炉子取暖的小市民，像是服了兴奋剂，无不等待着这场皇帝的婚礼，无不期盼着看看这场热闹。

辛亥革命成功，民国政府成立，与被推翻的清王朝，曾经达成一个协议：一是每年供给四万两大洋，赡养退位的王室；一是允许逊帝还可以在紫禁城里，维持他的小朝廷。这种共和与帝制并存，革命与封建共处的局面，当然是很滑稽也很奇特的中国现象。

也许中国人太喜好热闹了，无论制造热闹的人还是等着看热闹的人，都唯恐没有热闹。所以这次逊帝大婚，生怕事态不扩大、场面不热烈、群众不轰动，便想着法儿花样百出，推陈出新。

只紫禁城里热闹还远远不够，要热闹出紫禁城外才能达到大热闹、真热闹的目的。于是就在那位叫婉容的“后”，那位叫文绣的“妃”，从各自的娘家，被抬到东华门，进入紫禁城的这一路，要按照清宫婚礼的程式进行。民国管辖的北平特别市政府也答应了，并拨警察局的军乐队、驻军的鼓号队助兴。这样，民国已经十一年了，北京街头出现两拨人马、两支队伍，男性一式的蟒袍马褂、高头大马，女眷一式的凤冠霞帔、珠翠满头，全部是前清服饰的化装游行。

据溥仪记载，仅民国政府派出的军警，就足有数千之众：

> 淑妃妆奁进宫。步军统领衙门派在神武门、东安门等处及妆奁经过沿途站哨官员三十名，士兵三百名。
>
> 皇后妆奁进宫。步军统领衙门派在神武门、皇后宅等处及随行护送妆奁，经过沿途站哨官员三十一名，士兵四百十六名（其中有号兵六名）。
>
> 行册立（皇后）礼。派在神武门、皇后宅等处及随行护送经过沿途站，哨步军统领衙门官员三十四名（其中有军乐队官员三人），士兵四百五十八名（其中有军乐队士兵四十二人，号兵六人）。宪兵司令部除官员九名、士兵四十名外还派二个整营沿途站哨。
>
> 淑妃进宫。派在神武门、淑妃宅等处及随行护送经过沿途站哨步军统领衙门官员三十一名、士兵四百十六名。宪兵司令部官员三名，士兵十四名。警察厅官兵二百八十名。
>
> 行奉迎（皇后）礼。派在东华门、皇后宅等处及随行护送经

过沿途站哨步军统领衙门官兵六百十名，另有军乐队一队。宪兵司令部除官兵八十四名外，并于第一、二、五营中各抽大部分官兵担任沿途站哨。警察厅官兵七百四十七名。

在神武门、东华门、皇后宅、淑妃宅等处及经过地区警察厅所属各该管区，加派警察保护。本来按民国的规定，只有神武门属于清宫，这次破例，特准“凤舆”从东华门进宫。(《我的前半生》)

那四五里长的队伍，中西合璧，古今一体，洋鼓洋号，唢呐喇叭，高头大马，八抬大轿，遗老遗少，磕头膜拜，好奇百姓，夹道迎送。由民国政府派出五六千人的军警，沿途护卫，维持秩序，排场之宏大，声势之显赫，仪仗之辉煌，卤簿之壮观，那大场面、大气派、大手笔、大动作，可让爱看热闹的北平人，大饱眼福的同时也跑细了腿。

这场王朝复辟、回光返照的大戏，又将荒唐和悖谬推进一步。

这热闹，固然令前朝耆旧热泪盈眶，但同样也令革命人士气愤填膺。在民国的天空下，这种时光倒流的感觉、这种僵尸复活的感觉，实在是匪夷所思。连溥仪自己也说：

这次举动最引起社会上反感的，是小朝廷在一度复辟之后，又公然到紫禁城外边摆起了威风。在民国的大批军警放哨布岗和恭敬护卫之下，清宫仪仗耀武扬威地在北京街道上摆来摆去。正式婚礼举行那天，在民国的两班军乐队后面，是一对穿着蟒袍补褂的册封正副使（庆亲王和郑亲王）骑在马上，手中执节（像苏武牧羊时手里拿的那个鞭子），在他们后面跟随着民国的军乐队和陆军马队、警察马队、保安队马队。再后面则是龙凤旗伞、鸾驾仪仗七十二副，黄亭（内有皇后的金宝礼服）四架，宫灯三十对，浩浩荡荡，向“后邸”进发。在张灯结彩的后邸门前，又是一大片军警，保卫着婉容的父亲荣源和她的兄弟们——都跪在那里迎接正副使带来的“圣旨”……（《我的前半生》）

而像鲁迅先生的另一篇杂文《沉渣的泛起》所说，这次逊帝大婚，也把沉寂了十多年，郁闷了十多年，憋得五计六受的封建余孽、遗裔孤臣、没落贵族、八旗子弟的积极性充分调动起来，他们不但看热闹，还要凑热闹。据当时的一些报纸报道：

> 清宫内溥仪婚礼筹备处宣布，溥仪大婚之礼定于12月1日举行，消息传出，各方面送礼的络绎不绝。满蒙王公，遗老旧臣与活佛等，都有进奉。民国要人，上至大总统，下至各地军阀，下野政客，也纷致贺礼。黎元洪送如意、金瓶和银壶，红帖子上写着“中华民国大总统黎元洪赠宣统大皇帝”，其联文云：“汉瓦当文，延年益寿；周铜盘铭，富贵吉祥”。其他的如：曹锟送如意和衣料，吴佩孚送来衣料和银元7000元，冯玉祥送如意、金表和金银器皿，张作霖送成套的新式木器，王怀庆送九柄金如意，(复辟不成下野的) 张勋也送来银元10000元。
>
> (保皇派) 康有为除送磨色玉屏、磨色金屏、拿破仑婚礼时用的硝石碟和银元1000元外，还有他亲笔写的一副对联，上联是“八国衣冠瞻玉步”，下联是“九天日月耀金台”。
>
> 以豪富著称的遗老们，如陈夔龙、李经迈等，送的都是钻石珠翠。上海的犹太人大资本家哈同、香港的英国籍大资本家何东，也都送了不少珍贵礼品。由于无处存放，溥仪叫人都储藏在建福宫里。(《20世纪中国图志》)

最滑稽可笑的，该是溥仪自己所描写的那些复辟势力的表演了：

> 民国派来总统府侍从武官长荫昌，以对外国君主之礼正式祝贺。他向我鞠躬以后，忽然宣布：“刚才那是代表民国的，现在奴才自己给皇上行礼。”说罢，跪在地下磕起头来。
>
> 当时许多报纸对这些怪事发出了严正的评论，这也挡不住王公大臣们的兴高采烈，许多地方的遗老们更如惊蛰后的虫子，成群飞向北京，带来他们自己的和别人的现金、古玩等等贺礼。重

要的还不是财物，而是声势，这个声势大得连他们自己也出乎意外，以至又觉得事情像是大有可为的样子。(《我的前半生》)

我在北京也住了半个多世纪了，慢慢体会出来，见过大世面的北京小市民，别看他是升斗百姓，住在破烂四合院里，看热闹也是颇为讲究的。有的热闹，看看而已；有的热闹，推推挤挤也就罢了；有的热闹，值得一看，因为可以过瘾；而有的热闹，能够得到刻骨铭心的满足，能够得到惊心动魄的满足，才是北京人非看不可的。

究竟什么是小市民最热衷的热闹呢？

读清朝和邦额的《夜谭随录》，其中有这样一句，让我豁然开朗："适过菜市口，值秋决，刑人于市，阻不得进。"由此可知，最让京城人神往、达到歇斯底里的程度、足以万人空巷、倾城出动的热闹，就是到菜市口去看杀头。

昨天还趾高气扬，今天却牛鬼蛇神；早晨还人五人六，傍晚则狼狈万状。那些原来可望而不可即的大人物，此刻成为谁都可以踹一脚、啐一口，而且绝不敢反抗的狗屎堆。在中国电影不一定卖座，戏剧不一定有票房，但任何一次批判会、斗争会，从来都是保证客满，从来都是高潮迭起。这种看别人倒霉而自己侥幸免灾，看别人完蛋而自己居然未被波及的热闹，又一次让我深深领教小市民心底里的阴暗面。

也许，小市民作为一个城市中的特殊阶层，一无经济基础，二无政治信仰，三无文化渊源，四无拼搏精神，永远心怀不满，怨天尤人。由于往上升腾之不易，向下沉沦之不甘，愿意看到别人失败，而不愿意看到别人成功，从别人的不幸中获得快意感，从成功者的失败中获得满足感，便是小市民像赶场似的看批斗会那热闹的动力。

但菜市口也不总是刑人，批斗会也不总是召开，于是诸如逊帝大婚这样足以满足小市民窥私心理的热闹，便成为1922年那个冬季里的一场好戏。虽然清朝的龙旗换成了民国的五色旗，虽然像走马灯似的换总统，溥仪却总是在紫禁城当他的逊帝。可在同一个蓝天下，这位逊帝是快活欢乐，还是悲哀痛苦，对小市民来说，是个难解的谜。

好在这次大婚，总算有揭开这层薄纱的可能了。这样，隐秘的公示、私密的暴露、隐藏的角落曝光、保密的过程展开，可想而知，如此热闹，对于两眼灼灼的小市民来讲，该是怎样的震撼。

我是1949年来到北平的，当年的冬天，我就到郊区蓝靛厂参加“土改运动”。有些上了年纪的老人，尤其是旗民，谈起他们皇上的那次大婚，还沉浸在当年看热闹的回忆里，意犹未尽，回味无穷，想想也真是很有意思的。

中国人的民族性格，历来是慢半拍的。所以，在世界历史的进步潮流中，这种循规蹈矩、安步当车、求稳怕乱、不敢错了方寸的中庸哲学，使得老大帝国在那百年里，常处于落后挨打的地步。但不知为什么，对在人口密集的城市里占大多数的小市民而言，他们从那无关宏旨的热闹、那表面文章的热闹、那虚火阳亢的热闹、那起哄架秧子的热闹中，所表现出来的积极性、趋从性、人来疯性、不管三七二十一的投入性、不计前程不问后果的盲动性，实在是让人不敢恭维。

于是我不禁想起看过的一部法国影片，就是那个已故的法国老牌喜剧明星雷诺·伯拉姆主演的，我记不得片名了，也不知翻译过来没有，但大致的剧情还留有一些印象。一位老先生和一对搭他顺风车的情侣，在海边的山间公路行驶。那对浪漫男女的浪漫行止，使开车者分了心，车子不慎从悬崖处冲出去，眼看车毁人亡，沉入大海，谁知一棵半山腰里的小树杈救了他们，他们这种马上要折断、要跌落而又无法解脱险境的命运，惊动了整个法兰西。

不但电视台用直升飞机航拍、现场报道，还有消防队试图用钢丝缆绳拉住那辆车以防小树压断。更有很多看热闹的开着汽车、带着帐篷、装着干粮蒸馏水、领着全家老小、准备安营扎寨看个够。临时搭起的卖法式面包和法式土豆条的小吃店，出租望远镜、遮阳伞和躺椅的便利店，赌这三个挂在悬崖上的人结果是死是活的六合彩投注店也随之在公路边、在海滩上，一字排开。上面，整个山头是看热闹的人和车；下面，整个海面也是看热闹的人和船，简直是一场铺天盖地的“嘉年华式”的狂欢节。

由此可见，看热闹，全世界莫不如此，不仅中国，也不仅北京。

同样可见，看热闹大概既是人类的一种天性，也是人类的一种本

能。而天性，通常受着下意识的操控，智商愈低者愈无法自持；本能，往往受着内心支配，心理愈不健全者愈难自控。因此，这种看别人不幸的“看热闹”所达到的小市民精神的最高境界，说到底，除了庸俗，还是庸俗。

而庸俗，则是小市民灵魂的全部。

头发的功能

中国人要是提起头发这档子事，简直等于是一部“白头搔更短，浑欲不胜簪”，或“白发三千丈，缘愁似个长”的伤心史。

鲁迅先生在《呐喊》里，写过一篇《头发的故事》，讲清末民初在东京留学时剪辫的风波。做一个中国人，会为头顶上这些无关宏旨的毛发，演绎出如许麻烦的故事来，为此不禁感慨系之地说：“老兄，你可知道头发是我们中国人的宝贝和冤家，古往今来多少人在这上头吃过毫无价值的苦呵！”

这一席话，道出了中国人对“头发观”的一份深刻体会。

要说起头发的功能，我怀疑，人体的这一部分，还有其生理性的功能吗？早在冰河期，我们的老祖宗的确是要靠厚厚的头发来给脑袋保暖防寒的。到了冷兵器时代，在面对面的交手战时，处在袭来的武器和即将命中的头颅之间，头发还稍稍能够起到一些缓冲作用。所以，那位知识水平谅不甚高的上帝，在造人时，能设计出类似保护伞的头发，使脆弱的脑袋瓜子得以躲闪突如其来的攻击，也还是了不起的。

到后来，人类发明了盔甲，头发就可有可无了；再后来，人类发明了火药，武器运行的速度加快，头发的防范作用更不存在。上帝给人类造出来的头发，便也如他老人家给我们造的阑尾一样，逐渐退化为累赘之物，剪去或者留下，已经到了悉听君便的阶段。所以，自从人类的祖先走出了茹毛饮血的与动物无甚差异的原始社会，头发生理

的功能便消失殆尽，只剩下一些心理的精神的社会的功能了。没头发又如何？君不见和尚、尼姑、阿兵哥，脑袋都剃得光光的，照样过得很好。西方世界里有一位女模特，别出心裁，将一头秀发剪掉，刮一个光溜溜的秃头，甚至更具吸引力呢！

但是，中国人一谈头发，便不能不勾起往事。我不知道外国人有没有为头发吃过毫无价值的苦，更不知道西方社会有没有这样一个历史阶段，统治者给全国的男性公民发出一份考卷：你是要头发，还是要头？如果你要头发，你就得付出头。如果你觉得掉了头，吃什么也不香了，那你就只好让人家将你的头发剃掉。这就是发生于 15 世纪中叶，满清入关，在中国大地上的一道充满血腥味的选择题。

若是外国人，断不会傻到放弃脑袋而保全头发的。道理很简单，皮之不存，毛将焉附？但中国人不，生为大明人，死为大明鬼，宁可掉我头，不可剪我发，表现出选择死亡的勇敢。外国人被包围了，打不赢也走不脱，会毫不犹豫地放下武器，保险举白旗投降，没有二话。中国人则不，一定要战斗到最后一刻，最后一人，最后一颗子弹。关云长在土山降了曹操，是他一生的污点，张飞为此要杀掉这位兄长。外国人看重生命的价值，第一位是个人，第二位才是其他什么。中国人则是把国、把家、把个人，联在一起考虑的，头发虽小，却关乎忠君报国、气节大义之事。于是，把脑袋伸出去，砍吧！“扬州十日”“嘉定三屠”，满地滚的都是血淋淋的不肯剃发的明朝脑袋，那场面，够恐怖！

但外国人也有他们自己的偏执，一言不合，誓不共天，必要拼个你死我活，方肯罢休。最近刚纪念过的普希金就是一个例子。这位意气用事的诗人，一听有位近卫军军官讽刺他，说阁下戴的绿帽子，可是圣彼得堡今年冬天最流行的样式咧！这还了得，诗人马上怒发冲冠，下帖子挑战，要求决斗。我想，中国人碰上这样的场面，绝对表现出比普希金高得多的涵养。哪怕有人赤裸裸道出乌龟王八绿帽子绿头巾之类的话语，也不会大发雷霆，发指髭裂的。这也许就是东西方文化的差异了。中国人讲大是大非，“匈奴未灭，何以家为”，家都不要了，老婆算什么，至于有关个人的一切，那就更是小事了。“小不忍则乱大谋”，你说你的，我装听不见，然后罔顾左右而言他；甚至还会嘟哝，听蝲蝲蛄叫唤还不种地呢！

20世纪80年代，那时还叫苏联，我有幸光顾过列宁格勒（现圣彼得堡）。在古色古香的涅瓦大街上，有一家门面不大的咖啡馆，主人邀我们进去，因为诗人是在这儿喝了咖啡才去郊外决斗的。我们当然要尝尝普希金喝过的最后之咖啡，其味绝香、绝苦、绝提神，也绝兴奋。也许我是中国人的缘故，我想，我若是普希金，即使受到咖啡因的刺激，也绝不采取这等决斗的做法。普希金够种，所以，他的诗永远燃烧着读者的心。他喝完了杯中最后一口黑咖啡，站起来，走出门去。几个钟头以后，在郊外林中雪地里，“砰”的一声枪响，诗人为他的名誉倒下了。

中国人，尤其知识分子，大话可以说得非常响亮，但身体力行，就不是人人能这样慷慨激烈的。从1957年到1979年的22年间，我所受到的屈辱，足够普希金去决斗一百次，也足够死一百次，甚至还要多。哪怕一条蠕虫，一个跳蚤，也要骑到头上来拉屎撒尿，以泄其卑鄙的私欲，但我不也只有选择苟活，像癞皮狗一样趴在地下任人践踏吗？绝无拔出枪来要求一决雌雄的勇气。也许正因为这份怯懦，中国作家自杀率极低，为了一口鸟气决斗而死的，从未有过。缺乏激情，或许这也是中国很少产生大师级作家的原因。真是没有办法的事。中国人，尤其文人的软弱劣根性从封建社会起，就已经被统治者收拾得毫无骨气可言。没有骨气，激情何来？

满清政府看准了这一点，1644年，刚进山海关，就颁布了一道“薙发令”，因人心不服，曾暂缓执行。到了1645年，攻下江南，南明亡窜，政权稳固，重申此令：“凡清军所到之处，限十日内尽弃明朝衣冠，皆以满族习俗剃发。遵依者为我国之民，迟疑者同逆命之寇。”凡违反“留头不留发，留发不留头”十字方针者，一律处死。于是，一个帝国消亡，一个王朝开始，最倒霉的老百姓，每个人都得面临这样一个选择：是当顺民，伸出脑袋被人剃；是当逆民，抻着脖子被人砍；是当遗民，逃到深山老林。中国人为头发的这种功能，煞费苦心，伤透脑筋，不知如何是好，在世界范围内也是绝无仅有的。

所以，鲁迅先生才有那样的感叹！

我小时听我祖母讲古，我想，她也是听她的祖母，一代一代传述下来的，说剃头的为什么可以敲锡锣，穿街过巷，吆喝生意，这是大清皇帝授予他的特殊权力。一般情况下，农村只有在重大事件发生时，才可筛锣的。剃头师傅的锣虽小些，据说也有权将居民召集起来，查看有没有留发不剃、尚未蓄辫的。所以，剃头的把那块荡刀布视为圣器，因为那上面贴有十字方针的圣旨，曾经神气活现一阵的。

后来，我到了北京，见胡同里的流动理发师，是用一支类似钢琴音叉的大型镊子，招徕顾客。那发出来的“铮”的一声，在幽静的小胡同里传得很远很远，竟能生出颇为回肠荡气的余韵，只有诗意，再无三百年前那留发留头的生死之虞了。可见时光是消磨个人和民族伤痛的最佳方剂。见此与我家乡迥异的场面，我便怀疑许多神乎其神的传说，其实都是无稽之谈，不过人云亦云罢了。

但明末清初的中国人之视发如命，是与圣人的提倡分不开的。《孝经·开宗明义》里有这样的教义：“身体发肤，受之父母，不敢毁伤，孝之始也。”其实，帝国天下要改朝换代，王侯将相要改换门庭，知识分子要改弦易辙，既得利益者有可能丧失一切，因此，他们对新政权进行抵制是一种本能。我弄不明白，老百姓跟着瞎起哄个什么劲呢？谁来当皇上，你也是被统治的草芥之民。即使你为了明朝的头发，而被清朝割下脑袋，那吊死在煤山的朱由检，会发给你一个碗大的义民奖章吗？别逗了！

所以，还是文人聪明，怎么使自己摆脱这种窘境，既全了名节又保了头颅者，莫过于一代名妓柳如是爱上的文坛领袖钱谦益了。黄卓越先生编《闲雅小品集观》，为其小传：“牧斋二十八岁，以命世之才，登进士第，即卷入世海浮沉。列名于东林，谄事于马士英，降顺清廷，进退无据，陟降频遭。因而于己，感喟最多；于人，则争议最剧。时而想立身朝廷，时而又附庸风雅，内心流连于行用与居藏之间，直到晚岁，才窥破世情而遁入风月与禅林之中。”牧斋之一生，反映了一最典型的士大夫文人的襟抱。

相比之下，被陈寅恪誉为“罕见之独立女子”的柳如是，生和死都那么光明磊落，要比钱谦益在历史上站得更直。崇祯自缢消息传到江南，她劝钱谦益，作为大明政坛精英，海内文章领袖，江南世家子弟，风流队中人物，至此国破家亡之际，也就惟欠一死了。虽不能杀身成仁，抗敌御寇，但以死殉节，不贰大明，应该是你我能做的事情。大概钱牧斋也真的被这位美人说动了心，于是，泛舟湖上，欲投水就义。谁知到了要闭上眼睛往湖里跳的时候，这位诗人可不是义无反顾的普希金，甚至也比不上义无再辱的王国维，更甭说跳太平湖的老舍先生。他伸手探了探湖水，忽然缩了回来，叹了口气，说了声，河东君，这湖水可是冰凉冰凉的呀，怎么经受得住啊！没想到，这位“如花之美女”却毫不动摇，虽深闺弱质，但性子刚烈，全不管这些，纵身一跃，跳入水中。

女人要是痴情起来，没有她不敢做的事情！幸好，她的那一头青丝，被人绾住，这倒是头发意想不到的功能了。被救了起来的柳如是，对这位声称蝼蚁尚且贪生的钱才子，又能说些什么呢？表面上节义，骨子里怕死，在慷慨与苟且之间，做了这种愧对红颜的选择，她也只能欲哭无泪了。无耻之尤周作人，做了汉奸，至今还有一帮逐臭之徒，尾随阴魂，鼓吹不停呢！钱谦益虽为贰臣，并未认贼作父。做一条东洋哈巴狗，那就更不应该深责了。

据说，清初三大思想家顾炎武、黄宗羲、王夫之，只有后一位船山老人至死不剃头。而他能够蓄发不剃，坚持到底，因为他隐遁湘西乡下四十年，伏身瑶洞，与世隔绝。钱牧斋是那种“红袖添香夜读书”的主。这位江南大才子，没有声色繁华，没有履舄交错，没有功名利禄，没有卤簿鼓吹，让他在山林里风餐露宿，是一天也过不下去的。而且，豫王多铎的大驾到了南京，他这个写过降书的南明礼部尚书，已经准备了一份厚礼面呈，难道要他顶着明朝衣冠去进谒这位接管大员？

清人史惇的《恸余杂记》，记录下钱谦益怎样剃掉头发当顺民的过程：“豫王下江南，下令剃头，众皆汹汹。钱牧斋忽曰‘头皮痒甚’，遽起，人犹谓其篦头也。须臾，则髡辫而入矣！”就这样，顾全了脸面，渡过了难关。这个头皮痒的理由，虽属掩耳盗铃，但也足以

搪塞过去，至少不那么尴尬得厉害。这就是知识分子的小聪明与小动作，令人摇头的地方了。

写到这里，不禁为那位将自己的书斋名之曰“寒柳堂”，以表达隔代思慕之情的盲翁陈寅恪，跌足三叹。老人在风雨如磐的岁月里，独坐岭南那座大学校园里的书斋灯前，于冥冥之中，与三百年前的江南艳妓，作灵魂之交流时，不得不爱屋及乌，连钱牧斋也高看一眼。不过，清代的乾隆不那么宽容，他有一首给钱牧斋“盖棺论定”的五律，是很不给面子的。“平生谈节义，两姓事君王。进退都无据，文章那有光？真堪覆酒瓮，屡见咏香囊。末路逃禅去，原是孟八郎。”据说，他曾下令史馆的词臣们，将钱谦益列入《贰臣传》的乙编，理由是他几乎无法与同属贰臣的洪承畴相提并论。以此类推，那么，投降东瀛、为虎作伥的周作人先生，不晓得在乾隆眼里如何看，也许连《贰臣传》的丙编都进不去的。

头发剃了，钱谦益就堂而皇之地应清廷招揽，到北京充修《明史》的副总裁去了。不过，只待了半年，也许是想念情人的缘故，买舟南下，随后不复出仕。从王应奎《柳南随笔》中所载的一则轶闻，我们能看出钱谦益特别欣赏柳如是那一头秀发。对女性而言，头发的功能，既是美的象征，也是性的诱惑，更是爱的基础。我们能够想象，柳如是必定为一位秀发如云、乌黑亮丽、面如傅粉、明眸皓齿的美人。“某宗伯既娶柳夫人，特筑一精舍居之，而额之曰‘我闻室’，以柳字如是，取《金刚经》‘如是我闻’之义也。一日，坐室中，目注如是，如是问曰：‘公胡我爱？’曰：‘爱汝之黑者发，而白者面耳。然则汝胡我爱？’柳曰：‘即爱公之白者发，而黑者面也。’侍婢皆为匿笑。”

而在《新唐书·列女传·贾直言妻董》这则故事中，头发的功能还能起到爱情永在、矢志不渝的誓言作用呢！“直言坐事，贬岭南，以妻少，乃诀曰：‘生死不可期，吾去，可亟嫁，无须（守）也。’董不答，引绳束发，封以帛，使直言署，曰：‘非君手不解。’直言贬二十年乃还，署帛宛然，乃汤沐，发堕无余。”从这位束发封帛的女子身上，我们懂得苏武诗所写“结发为夫妻，恩爱两不疑”中“结发”二字的意义。也许从那时开始，头发的功能，更多地表现在精神方面了。

在中国诗人中，稍后于钱谦益的纳兰性德，是最多、也是最善于描写女性美发的一位。在他的诗词中，时见这样的佳句：“相思何处说，空有当时月，月也异当时，团圆照鬓丝。”“晶帘一片伤心白，云鬟香雾成遥隔，无语问添衣，桐荫月已西。”“锦帏初卷蝉云绕，却待要，起来还早。”“睡起惺忪强自支，绿倾蝉鬓下帘时，夜来愁损小腰肢。”“风髻抛残秋草生，高梧湿月冷无声，当时七夕记深盟。”“宝钗拢髻两分心，定缘何事湿兰襟。”“小晕红潮，斜溜鬟心只凤翘。”“曾记鬓边落下，半床凉月惺忪，旧欢如在梦魂中。”

这位贵公子，只活了三十一岁，在他青春的视野中，自然充满了美丽。他虽然曾经以惆怅的笔调写过：“正是冷雨秋槐，鬓丝憔悴”，“一事伤心君落魄，两鬓飘萧未遇”。但这只不过淡淡的忧愁罢了。要说写得好，还是那位大成功，也大失败，曾经登峰造极，也曾充军夜郎，不知伊于胡底的李白，只一句“君不见高堂明镜悲白发，朝如青丝暮成雪”，便把岁月流逝、韶华不再的事实概括无遗，而千古传诵。

曹丕在《与吴质书》内感慨过：“意志何时，复类昔日？已成老翁，但未白头。”他贵为帝王，也是很怕白头的。头发的这个提示功能，恐怕最令男人女人，尤其是当官的男人女人痛苦的了。当然也有看穿了的，浑不在乎，白就由它白去，老也由它老去。金埴在《不下带编》卷五举一例：“前人咏白发诗多矣，明有女冠朱桂英一绝最佳：‘白发新添数百茎，几番拔尽白还生，不如不拔由他白，那得功夫与白争。’此浑然有道气语也。”

她之所以能够潇洒而又轻松地看待头顶上的华发，因为是一个与世无争的出家人的缘故。如果她活到现代，怕也未必能做到这份豁达。寺庙里有处级和尚、科级和尚之说，那么，尼庵里也不可能没有处级尼姑、科级尼姑之分。一到有了级别、待遇、福利、享受的种种不同，这些本属无差别境界的佛门弟子，也会觉得头上的白发碍事的。

更何况我们这些碌碌尘世中人，肉眼凡胎，生活在物质世界之中，人世之心又怎能不浓呢？虽然高调要唱，清高要装，但面临诸如提拔、升职、调任、晋级等关键时刻，对着约你面谈的领导同志，就会觉得

自己头顶上那白花花的一片，有碍观瞻了。当然，这也不是今天才有的现象，从唐人刘禹锡的诗“近来时世轻先辈，好染髭须事后生”，我们就知道，使白发变黑，使头顶年轻化起来，是古已有之的事情。

明代的陆容在《菽园杂记》里说得更详细些：“陆展染白发以媚妾，寇准促白须以求相，皆溺于所欲而不顺其自然者也。然张华《博物志》有染白须法，唐、宋人有镊白诗，是知此风其来远矣。然今之媚妾者盖鲜，大抵皆听选及恋职者耳。吏部前粘壁有染白须发药，修补门牙法，观此可知矣。”

读到这里，不禁为我中华文化之博大精深感到骄傲。于是我忽发奇想，既然谁都有头发，谁都要变白，而且世世代代都会有“听选及恋职者”在，迫切需要将白发染黑，看来这是一项永远不败的买卖。那么，何不以张华之方，造乌发之精，创中华专利，赚全世界当官者之钱呢？说不定要比“著书只为稻粱谋”地赚几文辛苦钱，更是生财之道呢！

但愿美梦成真！

眼睛的功能

人的五官，依其功能，排序为嘴巴为先。它最忙，最累，要发出信息，要摄入营养，是一个从早到晚都在使用的器官。若评年终奖的话，嘴应该拿大份，这是毫无疑义的。其次为眼睛，因为人类所需要的信息量，绝大部分都得靠它从书本、从面对的客观世界接受而来。

当然，眼睛名列第二，它也是一种发出无声语言来表达心神的器官。尤其漂亮一点的女孩子，秋波频送，足可把七尺男儿当场击倒。所以，有些男性评论家，特别乐意受女作家之命，奋笔力书，宵衣旰食，写出评介文字。你不能不承认那双娥眉下的“秀目盼兮”所产生的一顾倾城、二顾倾国的魅力。

耳朵则更次之了，“眼见为实，耳听为虚”嘛；鼻子和舌头，尤其次之。除了好莱坞影片《闻香识女人》里的主人公，他的鼻子还能敏感地接受女人发出的性气息，大多数人的鼻子，对于异性求偶期散发的体臭，已经冥顽不灵地迟钝了。

不知是进化所致，还是造物者的刻意安排，至今我弄不明白（当然也无须弄明白），为什么有的器官是单，有的器官为双。也许“眼观六路，耳听八方”，就双配置。鼻子看似一个，但开了两个进出气的孔道，也是双配置。

可是，嘴巴只有一张，似乎有一点委屈大驾了。第一，所有的话，包括有用的、没用的、无聊的、荒唐的，一直到闲话、废话、屁话、

套话、高烧时的胡话、睡以后的梦话，无不打这张嘴里出来；第二，那些饭局、聚会、茶叙、酒宴，乃至满汉全席、八大菜系、浅斟小酌、一日三餐，所有的吃吃喝喝，也无不从这张嘴里进去。如此辛苦繁重的劳动，全靠一张嘴，甚至想偷个懒都不行，实在是很不公平的。

我猜想，在《旧约·创世纪》里，上帝在造人的时候，显然出于这样的好意：由于大千世界，光怪陆离，人间万象，千变万化，所以，凡双配置的器官，是为了使其兼顾正面和负面，避免片面性，不致偏听偏信，好作出一个全面、完整的判断。至于嘴嘛，上帝之所以不搞双配置，大概有其难处。试想一下，两张嘴，怎么摆法？总不能左边一张嘴，说左话，右边一张嘴，说右话；更不能一张嘴在前面，说人话，一张嘴在后脑勺，说鬼话吧！何况，从孔夫子到苏格拉底，从东方哲学到西方马克思主义，从来提倡作为一个人，总是应该心口如一，嘴对着心，心对着嘴的。所以，上帝理直气壮地给人一张嘴，省得一会儿左得可怕，一会儿右得讨嫌；一会儿人言可畏，一会儿鬼话连篇。

但是，智者千虑，必有一失。上帝在天堂里餐风饮露，哪里知道人类的这一张嘴，用途颇多，岂止吃喝和说话两种用途呢！诸如情侣接吻，天长地久；溜舔长官，巴结攀附；咬牙切齿，不共戴天；撒谎撩篇，云山雾罩，哪件事能少了这张嘴呢！按实际工作量，即使配备三张嘴，都不嫌多的。

中国古代甚至有以嘴谋生的职业，叫作说客。代表人物为苏秦和张仪，一个连横，一个合纵，游说六国，封王称相，就是靠嘴巴混饭吃的。至于官场上的那些吹牛拍马者，阿谀奉承者，告密诬陷者，煽风点火者，能够平步青云，升官长级，纱帽顶戴，浑身朱紫，靠的什么？全依赖这两片子嘴呀！

这样一来，上帝的安排，全部让人类给颠覆了。

别看只配备了一张嘴，可人类要充分使用起来，还真是让上帝他老人家猛吃一惊呢！君不见美国的拳王泰森，把嘴巴当凶器，咬掉对手耳朵；君不见互联网上独立检察官斯塔尔的调查报告，嘴巴还能起到行乐工具的作用。

别看配备了两只眼睛，照样把黑看成白，把坏看成好，把谬误看成真理，把香花看成毒草！人的能动性之可怕，恐怕是造物者万万没估计到的。

对于客观世界的认识，这种视觉上的感知，眼睛的功能永远是第一位的，在五官中比耳朵甚至更重要些。俗话说："耳听为虚，眼见为实。"但这种眼睛感知到的真实，究竟具有多大程度的准确性，是要打问号的。因为缤纷多彩的世界，总是令人眼花缭乱，所以，面对着错综复杂、分辨不清的事物，我们常常"目迷五色"。

我想，万能的上帝肯定读过安徒生的童话《皇帝的新衣》，不知他作如何想。这个国家所有臣民的眼睛，一下子全部不管用了，明明看到那位出巡的皇帝，根本没有光辉灿烂的龙袍在身，可老百姓没有一个跳出来说看不见，你上帝有什么辙？而簇拥着皇帝的大臣宰相、将军元帅、三宫六院、御用文人，更是马屁拍得山响，一致赞美那袭根本不存在的新衣，说它穿在伟大领袖的身上，显得多么华丽、高贵、漂亮、辉煌。看到这里，上帝会气得发昏的。

幸好，使上帝感到吾道不孤的，是路旁的一名小童，道出了他眼睛所看到的真相："哦，这个大人怎么光着屁股呀？"

这就是造物者始料不及的悲哀了，播下的是龙种，没想到收获的却是跳蚤！这小童还能说一句真话，或许正是这个世界希望的所在。

看不见的硬说看得见，譬如皇帝的新装；看见的硬说看不见，譬如皇帝的臀部。眼睛的功能，能达到这种境界，是人比上帝的高明之处。屎渍斑斑的屁股，通过三寸不烂之舌，使大家相信其不存在。而那位像肥鹅似的皇帝，被骗子的两片子嘴，蛊惑得相信自己并未裸露，大摇大摆地检阅臣民，在山呼万岁的阵阵声浪中，还很得意地向广大群众挥手致意呢！

这是童话，然而，也是现实。

安徒生童话之不朽价值，就在于不论什么时代，什么社会，都具有对应的意义。或许，这就是文学的生命力。

老百姓的盲目，终究是老百姓一个人或一家人的事情。但像安徒生童话里这位皇帝的盲目，可就对一个国家、一个社会、一个时代产生影响了。但自古以来，有几个皇帝，敢于承认自己实际是光着屁股

的呢？明知错了，也不认错，顶多扩大化，顶多十个指头与一个指头，顶多吃一堑长一智付一点学费。更何况看见了错误，眼睛一闭，只当它不存在呢！除非到了国破人亡，国将不国，如明末的朱由检，才肯下罪己诏。这时，他生命的里程，离景山那棵歪脖子树，已经不远了。

这就证实了西贤的一句名言："宫廷，是最黑暗的渊薮；国王，常常是具有视觉的盲者。"他的话未必是特指拜占庭帝国那荒淫污秽的后宫，所有统治者的禁闱里，都会产生这种对自己的欺和瞒和被别人欺和瞒的现象。

隋代的二任帝炀帝杨广是一个例子，他是自己的眼睛在欺瞒自己。其实，作恶一生、祸国殃民的他，已经到了山穷水尽、走投无路的地步，恐惧得连夜晚也必须几个女人围着他，才能入睡。他不是看不到他的脖子终于被勒的命运。有一次，他揽镜自照，竟然叹息，这样好的脖子，最后会被勒死，太可惜了。他也并非看不到宇文化及已经在磨刀霍霍，但看见当看不见，还在那里盲目乐观，对萧后说："外间大有人图侬，然侬不失为长城公，卿不失为沈后，且共乐饮耳！"还闭着眼睛幻想自己可以做陈后主呢！

唐代的十五任帝文宗李昂，是另外一个例子。他不是看不见，也不是不想看见，而是别人遮住了他的眼睛。有一次，他问当直学士周墀："朕可方前代何主？"周墀答："陛下尧、舜之主也。"李昂叹了口气："朕岂敢比尧、舜，何如周赧、汉献耳？"周墀大吃一惊："彼亡国之主，岂可比圣德？"李昂最后说："赧、献受制于强诸侯，今朕受制于家奴，以此言之，朕殆不如！"这个家奴，就是太监头目仇士良，历经顺宗、宪宗、穆宗、敬宗诸帝，在宫廷中已经坐大成势。身为皇帝的李昂，只能听任他的摆弄。

仇士良告老还乡时，曾把他如何控制皇帝的诀窍，传授给接班人："天子不可令闲，常宜以奢靡娱其耳目，使日新月盛，无暇顾及他事，然后吾辈可以得志。慎勿使之读书，亲近儒生。彼见前代兴亡，心知忧惧，则吾辈疏斥矣。"从这番话中"娱其耳目"的"目"，"彼见前代兴亡"的"见"，都与眼睛的功能有关。由此可以断定，十个帝王，有九个是视觉功能障碍者。第一种情况是他自己笨蛋，看不见；第二种情况是他根本不想看见，把脸掉过去；第三种情况是他周围的人不让他看见，仇士良擅长的就是最后这一手，使皇帝成为有视觉的盲者。

史称，李昂是经常翻阅老祖宗二任帝李世民的著作《贞观政要》的，难道没看到大臣魏征对唐太宗所言“兼听则明，偏听则暗”吗？虽然听是耳朵的事，但这个道理同样适用于眼睛。既然明白这种处境，为什么不能有所作为呢？李昂说他受制于家奴的自怨自艾，不甘于被仇士良玩弄于股掌之上的自怜自叹，其实，这也证明“君子之泽，五世而竭”的遗传递减规律。从盛唐的李世民这样的英武之君，一代代退化到中唐、晚唐，已成强弩之末的李昂，无论心理、体质、才智、能力，都呈衰微之势，即使想做些什么，恐怕也没有这把子力气了。

柏杨先生在他的白话《资治通鉴》一书中，论及晋代帝室时，认为：“晋二任帝司马衷（就是老百姓因饥荒快要饿死，建议他的子民，既然没有粮食果腹，何不去吃红烧狮子头的一位出了名的白痴皇帝——作者注）是行尸走肉。三任帝司马炽和成都王司马颖，史书指明‘不慧’。司马诛杀自己主力张方，说明他愚蠢，司马越也同归一类，十四任帝司马德宗，连衣服也不会穿，吃饭不知饥饱。”所以，他断言：“司马家族有痴呆性遗传基因。”

这帮智障残疾人，还能指望他们的眼睛能看到什么人民大众的疾苦吗？中国人的全部不幸，就是君临在他们头上的，倘非暴君，便是昏君；绝少遇上英主、明主，而倒常常碰上智商低下、行为乖戾、心理反常、胡作非为的帝王。他们的眼睛，比瞎子还要瞎；他们的行为，比疯子还要疯。朝令夕改，不停折腾，民不聊生，国无宁日，那就更倒霉了。因为他们毫无游戏规则可言，想一出是一出，结果遭殃的，还不是无辜的平民百姓。

这种用声色犬马悦其目，金钱女人蒙其眼的办法，岂止对皇帝实用，对任何朝代握有权柄的官员，都是最好使其乖乖就范的手段。尤其那些昨天的泥腿子，今朝的当权派，别看他穿西装，打领带，喝洋酒，吃西餐，但灵魂中的农民意识可不比腿上的泥，桑拿几回、按摩几次，就不见踪影的。历代农民起义领袖，只要稍成一点气候，革命意志很快衰退，就是因受到小农经济短期行为的心理支配。这也是所

有农民成功者，不管他爬上多高的位置，难逃最后失败的必然规律，除非他与小农意识彻底决裂。

试看当下那些押上被告席的贪官污吏，哪一个不是好出身、好成分？然而，只要金银到手，美女上床，这双农民的眼睛，便目迷五色，既看不见党纪国法，也看不见班房给他准备的小号，东窗事犯，只有灭亡一途了。

想到这里，对那位看不到自己屁股裸露，眼睛功能有障碍，自以为穿上新衣的皇帝，倒觉得多少有点可爱了。虽然，他不让人民讲真话，但那个小童说出了光屁股的真相以后，他并没有龙颜大怒，派御林军去抓起来，派皇家警察总监去严刑逼供，派军情六处去跟踪盯梢查出余党，这就挺不错的了。要是碰上秦始皇试试看，这个小童早就成为齑粉了。

不过，我在想，若是上帝看到这个国度里的臣民，居然冲着那团毫不雅观的臀部，万众一声地山呼万岁，是不是会感到气恼呢？

但终于有这样一位直白道来的小顽童，也许使人不至于那样失去信心。

嘴巴的功能

一

人有一张嘴，作用有二，一是说话，二是吃东西。不言不语，没关系，但不吃不喝，却是要死人的。所以，嘴巴的功能，主要是吃。人人皆会吃，但有人吃得斯斯文文，有人吃得恶形恶状。前者表现出一种吃文化，是来自修养；后者表现出一种吃心理，则是发自本能了。

中国是个饮食大国，由这种种吃文化与吃心理混合在一起的吃精神，便表现在五千年来我们中国饮食男女之能吃、会吃、善吃、敢吃以及殚思竭虑，想尽一切办法，变出千奇百怪的吃上面。说中国人嘴巴的了不起，达到“当惊世界殊”的地步，是一点也不夸张的。

随便举个例子。

刘姥姥进大观园，贾母请客，有一道菜，叫茄鲞。那位在村子里常年吃茄子的老妇说：“别哄我了，茄子跑出这个味儿来了，我们也不用种粮食，只种茄子了。”

众人告诉她，千真万确是茄子。她再尝了尝，也果然有一点茄子香，然后她请教做法。凤姐说：“这也不难，你把才下来的茄子，把皮刮了，只要净肉，切成碎丁子，用鸡油炸了，再用鸡肉脯子合香菌、新笋、蘑菇、五香豆腐干子、各色干果子，都切成丁儿，拿鸡汤煨干

了，拿香油一收，外加糟油一拌，盛在瓷罐子里封严了。要吃的时候，拿出来用炒的鸡瓜子，一拌就是了。”

刘姥姥听了，摇头吐舌说：“我的佛祖，倒得多少只鸡配他，怪道这个味儿！”

仅仅一个茄子，能费这么大的精力与功夫，不得不叹服中国人的讲究口福。外国人一只面包，剖开来，塞进一根香肠，再挤进一些颜色可疑的酱，站在那儿，吞下肚，就算一顿饭了。他们的大餐，除了不停地换盘子，换刀叉，该到嘴的东西，不是那么一块，就是那么一勺，真应了贾母的一句话：“可怜见的！”所以，你走到世界各地，都有中国饭馆，老外经过门口，通常情况下，腿就挪不动了。由此也可领略中国人对于嘴巴这部分功能的开发，达到怎样的高水平了。

平心而论，我们中国人不是一个特别具有开创性的民族，都是棍子敲在脑袋上，板子打在屁股上，或者洋枪洋炮戳在心口，才肯变一变祖宗之法的。独独在烹调上，我们完全可以扬眉吐气，趾高气扬。全世界的人，都不能不膺服于我们中华民族五千年的饮食文化。美国算了不起的了，世界第一强国，以“国际宪兵”自居，颐指气使，动不动就把航空母舰开到人家家门口。可谈谈吃文化，山姆大叔就傻眼了，除了麦当劳，除了肯德基，简直没有什么可以拿到台面上的东西。他们可以做出世界上最大的比萨饼，最长的热狗，拿材料往上堆呗，谁不会？可咱们北京街面上，常见的卖面茶的大铜壶，随便拎出一个，也比他们建国的历史长。这虽说有点阿Q，但也确是不争的事实。

我们中国有辉煌的吃历史，我想首先得归功于神农氏。他老人家就敢什么都尝一尝，唯其如此，中国人至今，除了天上飞的飞机，地上跑的汽车外，没有不能吃的，没有消化不了的东西，吃得全世界都朝我们瞪眼睛。

我对这位先祖，恭敬之余，也有些微词。神农尝百草，算是开了一个坏头。因为这个基础，他一开始没有打好，尝百草的这个“草”字，一下子把中国人的食谱大致给框死了。于是乎，吃茄鲞，那是佼佼者。大多数老百姓的嘴里，灰灰菜、曲麻叶、榆树皮、橡子面，以及艾蒿、蕨根、地瓜蔓、萝卜缨，草本植物就和五千年来的中国人的胃分不开了。因此，中国人的体质始终不如洋人，“东亚病夫”的帽子戴上以后，很难摘下来；奥运虽拿金牌，可足球冲不出去。我想与祖先们糠菜半年粮、营养不足有关。要是神农氏当年尝的是挪威三文鱼、澳洲大龙虾、神户小牛肉、俄国鱼子酱的话，也许今天中国足球早就走向世界，省得可怜巴巴的中国球迷伤心落泪了。

正因为历史上的中国人饿怕了，才造成中国人特别盼吃、想吃、馋吃、贪吃的现象。在当代中国，过了而立之年的人，谅逃不脱三年灾荒那一劫，谁敢侈谈自己从未经历或大或小的饥饿呢？所以，现代中国人，从官员到老百姓，一件永远乐此不疲的事情，就是吃喝，而且最好是大吃大喝。尤其是不用自己付账的，那就更值得拼命吃、拼命喝了。所以，中国有撑死的、喝死的诸多记录。这些人如此狼吞虎咽、风卷残云、满头大汗、津津有味地吃，吃完了直舔舌头，还惦着有什么可以往回带。这就得怪神农氏打的基础不好，中国历史上灾荒年景太多，才形成下丘脑那主管摄食的神经有关饥饿反射的部分过于亢进。因此，也造就了中国人吃的本领走在世界前端。

因此，我每当读到《红楼梦》里的吃喝，以及过去和现在一些老饕写的令人馋涎欲滴的文章，如何制作满汉全席，如何来吃十全大补，如何欣赏羊羔美酒，如何品尝八大菜系……常常不怀好意地猜测，这些美食家究竟是吃撑了才想起来写的呢，还是饿怕了之后产生创作欲望的呢？以我小人之心来度君子之腹的话，大概属于后者的可能性要大些。我们尊敬的曹雪芹先生，就是一例。他住在北京西山，“满径蓬蒿老不华，举家食粥酒常赊”，“饔食有时不继”，怎么能不在《石头记》里大写特写荷叶羹、螃蟹宴、烤鹿肉、鸽子蛋来精神会餐呢！

好像老外在吃上不如国人那样饿狼似的迫不及待，而且也不像我们一定要上十道八道菜，非要把客人撑死噎死不可。最近，经常看到一些去过外洋的人，介绍外国人如何招待咱们同胞的文章：一道汤，两道菜，刀叉盘碟换得倒勤，但实质内容却不见丰盛，然后上甜食，就“拜拜”了。于是，笑话外国人小气的同时，也感慨中国人的靡费。

这倒一点不假。再举一个例子：中国人劝酒，一个音节——

“干”，或两个音节——“干杯”；英语里的这个意思——“cheers”，是三个音节。从这极微小处看，中国人讲究的是干脆利落，直奔主题，能少说一个字，绝不多说一个字，以大快朵颐为主。外国人就不同了，一入座，主人敲敲玻璃酒杯，开始讲起，不让你站起来的两条腿和擎着酒杯的一只手发酸，是不会住口跟你“cheers”的。

如果说，外国人的宴会是吃精神的话，那么咱们中国人的宴会，则是百分之百吃物质了。从天上吃到地下，从江河吃到海洋，水陆杂陈，纷至沓来，大有不吃到海枯石烂山穷水尽誓不住嘴的意思。

全世界不能不拜倒在中国人的嘴下，那可真是厉害啊，越不让吃什么，越吃；明着不能吃，暗着吃。越珍稀的动物，越吃；不趁着有的时候吃，绝种了还有屁可吃。于是乎，越值钱的越吃，越难弄的越吃，越精贵的越吃，越是异想天开、别出心裁的越吃，越是普通老百姓吃不着的越吃；越是能吃得比别人高一筹的，哪怕不好吃，也越要吃。而且越是文化层次不那么高的，越暴发户的，越突然抖起来的，越舍得牺牲自己的胃。

吃到这种程度，就没有吃文化，只有吃心理了。

似乎可以理解，也似乎情有可原，在中国人往事如烟的记忆里，吃糠咽菜，比起无米之炊，就算是赖以糊口，很足以自慰的日子了。但是，一年到头，通过肠胃消化系统的，都是些绿色纤维，了无营养，那种匮乏更促使这种吃心理往穷凶极恶发展。一逮到机会，便拼命地吃，不要命地吃，欲壑难填地吃，用疯狂的补偿精神来吃。觥筹交错，杯盘狼藉，东倒西歪，满嘴流油。尤其慷公家之慨时，脸不红，心不跳；花人民之钱，手不抖，眼不眨。喝了还要拿，吃了还要带。刘姥姥离开贾府，带着板儿回乡，还要了一些点心果子之类，何况时下那些在宴会桌上达官贵人、经理老板，更是大包小裹往家带了。

近年来，所有犯了事的官员，从家中抄出来的赃物，除了金银债券、美元港币外，准有好酒若干瓶。看到这类报道，常常令人哑然失笑，这是只有我们中国这些只知口腹享受的庄稼汉式的官员才干得出来的事。外国也有贪官，但很少见有从家里抄出几十瓶陈年干邑的。当然贿赂未必不包括酒，肯定都喝了。酒本来就是应该喝的嘛。只有中国这些没水平的贪官，才像葛朗台似的一瓶一瓶地储藏起来。老兄啊！你都成万上亿地捞了，还会在乎那区区消费的几个酒钱吗？有一位贪官，捞了天文数字的钱，装在缸里，埋在屋里，起赃时，发现一文不少。我想除了应发给他一枚最佳贪官奖章外，或许值得研究一下，他是不是类似那种为艺术而艺术的艺术家一样，有一种为贪污而贪污的癖嗜。否则的话，不能理解他贪污的目的何在。

所以，这些查出来的和还未查出来的贪污渎职的官员，别看他们级别不低，满口马列，穿得西服革履，领带打得还算过得去，经常出国放洋，吃西餐也不出什么洋相，但其骨子里，却永远是个充满小农经济心理的农民。那真是没有办法的事。权力和金钱可以搞到一切物质的东西，但权再大，钱再多，却不能买来属于精神世界的修养、识见、学问、气度……由于文化品位的低档次，政治素质的低水准，因此在生活消费方面，至今还追求一种动物性的物质满足。也正是这些官员，是中国当前吃喝风的主要动力，要没有他们，饭店酒楼、舞厅茶座、保龄桑拿，全套三陪的营业额，一定会降低很多个百分点。

中国人的吃心理，若是只表现在一个“贪”字上，犹可以理解为物质极度匮乏、精神极度低下的后果。如果，从人们对于吃的刁钻古怪，挖空心思，无所不用其极，所表现出令世人惊异的施虐性，便是除了“贪”之外，要再加上残忍的“残”了。

一条鲜活的太湖鲤鱼，宰而不使其死，开膛剖肚刮鳞，手持其头，始终不松手，氽入沸滚的油中，待熟，便加料烹调，端上桌来。此时，那鱼尚未死，眼能转动，口能翕合。据说，洋人，尤其洋太太，多不敢下筷。但在座的中国人则喜形于色，摩拳擦掌，杀向这条鱼去。

我并非鱼道主义者，我也知道我吃的每条鱼，都必然有这样一个宰杀过程。但一定要如此弄到桌面上来表演，其中是否有施虐的吃心理作祟？值得怀疑。唯其不得吃，吃不着，盼望太久，失望太久，空着肚子等待得则更久，这种报复心理，便化作慢慢的消遣。

那条在餐桌上眨眼的太湖鲤鱼，是上了电视的。还有一种据说活吃猴脑的吃法，就更残酷了。其法是将一只活猴，夹紧在一张特制的餐桌中间的圆洞里，不管它在桌子底下如何叽里呱啦地叫唤，食客们

持专用工具，击碎其脑壳，用匙舀那白花花的脑浆，就什么作料吃下去。如果确有其事，那血淋淋的场面，用意似不在吃，而是一种嗜血者的潜意识发泄。

还有，弄一块炉板，将欲吃的活物放在上面，用文火徐徐焙烤，并不急着要它死，而是要它口渴难忍，给它酱油喝，给它醋喝，使五香作料的味道，由其脏腑渗入肉中，这自然是百分之百的保证原汁原味了。于是，这套生吃活烤的全过程，最后一个环节，吃倒不成其为主要目的了，相反，施虐的每个步骤，则是就餐者的最大乐趣所在。

那些吃得快活，吃得满足，吃得汗流浃背、痛快淋漓，吃得手舞足蹈、胡说八道的吃主，此时此刻，便进入了吃便是一切、吃便是生命的无我也无他的状态之中。我就觉得老祖宗神农氏尝百草，改变了更早的原始时期茹毛饮血的饮食习惯，老是糠菜半年粮，肚子里没一点油水，无法不生出这种吃心理来，似乎人为了这张嘴活着外，便别无其他了。

《红楼梦》里少有这种血淋淋的吃的场面，曹雪芹把吃当作一种文化对待。虽然他那时营养状况不佳，肚子很饿，但能够安贫乐道地著作《红楼梦》，就几根老韭菜下粥，然后呵开冻墨，守着盏孤灯写下去，把吃心理升华为吃文化，再提炼出一段美丽文字，而无时下中国人那种既贪且残的吃心理，这实在很值得敬佩的。

吃心理和吃文化不完全是一回事，前者乃本能，本能来自先天，是基因决定了的。后者系修养，修养则是后天的熏陶，是逐渐形成的。中国人远自先秦时期，就认为饮食是精神文明的体现，“夫礼之初，始于饮食”。“食不厌精，脍不厌细。鱼馁而肉败，不食。色恶，不食。臭恶，不食。失饪，不食。不时，不食。割不正，不食。不得其酱，不食。肉虽多，不使食胜气。唯酒无量，不及乱。沽酒市脯，不食。不撤姜食，不多食。”孔夫子对于这方面的讲究，就更具体而微了。

但愿经过一段现如今丰衣足食的岁月，相信所谓“衣食足，知荣辱”此话果然是这么回事之后，祛除一些人的病态的吃心理，真正体现我们从先秦开始的饮食文明，那才是值得自豪的。

人之异于禽兽，这“文化”二字是十分关紧的。只有吃心理，而无吃文化，这个民族是不会有什么前途的。

二

嘴巴，对于文人来说，又是另外一回事了。

读宋人笔记，有关东坡先生嘴巴的几则轶事，颇有启发。费衮《梁溪漫志》：“东坡一帖云：‘夜坐饥甚，吴子野劝食白粥，云能推陈出新，利膈养胃。僧家五更食粥，良有以也。粥既快美，粥后一觉，尤不可说，尤不可说！’”袁文《梼杌闲评》：“苏东坡一帖云：‘予少嗜甘，日食蜜五合，尝谓以蜜煎糖而食之可也。’又曰：‘吾好食姜蜜汤，甘芳滑辣，使人意快而神清。’其好食甜可知。至《别子由诗》云：‘我欲自汝阳，径上潼江章。想见冰盘中，石蜜与糖霜。’嗜甘之性，至老而不衰。”

何远《春渚纪闻》：“先生在东坡，每有胜集，酒后戏书，见于传录者多矣。独毕少董所藏一帖，醉墨澜翻，而语特有味。云：‘今日与数客饮酒，而纯臣适至。秋热未已而酒白色，此何等酒也。既与纯臣饮，无以侑酒，西邻耕牛适病，足以为。饮既醉，遂从东坡之东，直出至春草亭，而归时已三鼓矣！’所谓春草亭，在郡之城外，是与客饮私酒，杀耕牛，醉酒逾城，犯夜而归。又不知纯臣者是何人？岂亦应不当与往还人也。”

俞文豹《吹剑录》：“齐王躅言，‘晚食以当肉，安步以当车，无罪以当贵。’东坡云：‘未饥而食，虽八珍犹草木；使草木如八珍，惟晚食为然。’文豹谓三者固处约之道，然必老成之人，始能造此。嗜欲少则能晚食，筋力衰则能安步，血气定则能无罪。”

一个文人要不懂得口福，大概写不出好文章；一个作家没有一份好胃口，估计难以产生杰作：嘴巴的功能全体现在这里了。苏东坡所以成其为苏东坡，和他一生追求口腹享受是不无关联的。在一部文学史上，凡大家巨匠，都是美食主义者，或曾经是美食主义者，或赞成鼓吹美食主义的人。曹雪芹在北京西郊，穷得只能喝粥就咸菜，并不

妨碍他在《红楼梦》里写出那么多精致刁钻的吃食来。果戈理在《死魂灵》里对俄罗斯人那连王水也奈何不得的肠胃，是如何的赞叹不已啊！

就东坡先生而言，大多数中国人可能未必背得出他的诗词，但没有领教过或者索性不知道“东坡肉”和“东坡肘子”者，恐怕为数甚少。在中国荦荦大观的菜系食谱中，能以一个作家诗人的名字冠名的珍馐，这光荣只有苏东坡享有，实在是使得一向上不得台盘的文人扬眉吐气的。有宫保肉，有叫化鸡，有谭家菜，有李连贵大饼，要不是苏东坡给文人争光，吃文化这个领域里，作家诗人就要剃光头了。

大家都晓得东坡肉这道菜典出杭州，不过，初到西湖的游客，更热衷炸响铃、炒鳝糊、龙井虾仁、西湖醋鱼。四川眉山，因为是苏轼的家乡，也沾光推出了东坡肘子。有一年我到峨眉山，途经该城，有幸尝到此味，除价格公道外，别的就没有留下什么印象了。

其实，东坡肉的最早发源地，应该是1080年苏东坡谪居的湖北黄州。因为他到了这个偏僻地区，发现当地猪多肉贱，才想出这种吃肉的方法。宋代人周紫芝在《竹坡诗话》中记载：“东坡性喜嗜猪，在黄州时，尝戏作《食猪肉诗》云：‘黄州好猪肉，价贱等粪土，富者不肯吃，贫者不解煮。慢着火，少着水，火候足时他自美。每日起来打一碗，饱得自家君莫管。’”

后来，1085年苏轼从黄州复出，经常州、登州任上返回都城开封，在朝廷里任职，没过多久，受排挤；1089年要求调往杭州任太守，这才将黄州烧肉的经验，发展成东坡肉这道菜肴。他在杭州，做了一件大好事，就是修浚西湖，筑堤防汛，减灾免难。杭州城的老百姓为了感谢他的仁政，把这条湖堤称作苏堤。堤修好时，适逢年节，群众给他送来了猪肉和酒。东坡先生倒很有一点群众观点，批了个条子，说将“酒肉一起送”给那些在湖里劳作的民工。结果，做饭的师傅错看成“酒肉一起烧”，把两样东西一块下锅煮起来，想不到香飘西湖，令人馋涎欲滴。这就是色浓味香、酥糯可口、肥而不腻、瘦而不柴的东坡肉的来历。于是，慢火、少水、多酒，便成了制作这道菜的要诀。

可是，如果想到他被贬到黄州之前，还是在开封大牢里关着的钦犯，是个差一点就要杀头的人，就会发现他这种口福上的专注之情，其实是这位文学大师对于权贵、恶吏、小人、败类恨不能整死他的精神抵抗。从他《初到黄州》一诗中，就表白了他的这种绝不服输的性格："自笑平生为口忙，老来事业转荒唐。长江绕郭知鱼美，好竹连山觉笋香。逐客不妨员外置，诗人例作水曹郎。只惭无补丝毫事，尚费官家压酒囊。"这和他在出狱后所写的诗句"平生文字为吾累，此去声名不厌低。塞上纵归他日马，城东不斗少年鸡"那种绝不买账的心态是相一致的。

如今我们时常听到拒绝投降的说辞，或一些人被封作拒绝投降的楷模、表率，让我们顶礼膜拜。细细想去，他们活得并不比谁不自在，甚至堂·吉诃德以为是恶魔的风车也没见，何从拒绝，何从投降，倒有点"少年不识愁滋味，爱上层楼，爱上层楼，为赋新词强说愁"的泛酸感。其实，苏东坡倒是在小人的包围之中，他可以说是终其一生在犯小人，总是不得安宁。这也是所有正直文人经常碰上的厄运。然而，可庆幸的是，他在颠沛流离的一生中，却有着一张能吃能喝的好嘴巴和难得的好口福，实在使那些整他的人气得发昏。

会吃，懂吃，有条件吃，而且有良好的胃口，是一种人生享受。尤其在你的敌人给你制造痛苦时，希望你过得悲悲惨惨、凄凄冷冷切切，希望你厌食，希望你寻死上吊，你像一则电视广告说的那样"吃嘛嘛香"，那绝对是一种灵魂上的反抗。应该说，苏东坡的口福，是他在坎坷生活中的一笔精神财富。如果看不到这点，不算完全理解苏东坡。

苏东坡一生"忠言谠论"，刚直不阿，从来不肯苟且妥协。他在《湖州谢表》里，公开向神宗表示自己的态度，绝不陪这班小人玩无聊的官场戏，"愚不适时，难以追陪新进"，压根不理会这些握有权柄的小人之辈。他哪里晓得小人不可得罪的道理，率意而行，任情而为，照讲他想讲的话，照写他想写的文章，锋芒毕露，略无收敛。于是，他就一而再，再而三地遭受到政治上的迫害。外放、贬官、谪降、停

明·徐渭《马麟禅门机缘图》　徐渭“病奇于人，人奇于诗，诗奇于字，字奇于文，文奇于画”

俸，这也是历史上的统治者要收拾作家诗人时，还不足以找到说辞杀头掉脑袋之前，常用的一套令其不死不活的做法。所以，东坡先生数十年间，三落三起，先是被贬黄州，后是谪往岭南，最终流放到海南岛，都是小人们不肯放过他的结果。

他们以为这样可以使他噤声、沉默、低头、困顿，以至于屈服、告饶、认输、投降。但小人们完全估计错了。苏东坡无论贬谪到什么地方，都能写出作品，都能吃出名堂，都能活得有滋有味，非我们那些或神经脆弱，或轻浮浅薄，或经不起风风雨雨，或摔个跟头便再也爬不起来的同行，所能望其项背。于是，你不能不佩服他的文章，你不能不羡慕他的口福。无论文章，无论嘴巴（包括吃下去和讲出来），都充满了他对权势的蔑视，对小人的不屑，对生活和明天的憧憬和希望，以及身处逆境中的乐观主义。

“你让我死，我就会按你说的去死吗？我且不死呢！只要我这张嘴还能够吃下去，我这支笔就能够继续写下去。”假如以这样的潜台词来理解在苏东坡全部作品中，竟会有如此多的笔墨谈到他的吃喝、他的口福，他的开怀大饮，或放口大嚼的酣畅淋漓的快乐，也许可以稍许理解大师心理一二。后来，读宋代朱弁的《曲洧旧闻》明白了，其实他志不在吃。“东坡尝与刘贡父言：‘某与舍弟习制科时，日享三白，食之甚美，不复信世间有八珍也。’贡父问三白，答曰：‘一撮盐，一碟生萝卜，一碗饭，乃三白也。’贡父大笑。”由此看来，他在吃喝的要求上，是可以自奉甚俭的。

同在这部宋人笔记中，我们还可看到他大肆渲染吃喝的豪情，那不言而喻的伏枥之志，跃然纸上。“东坡与客论食次，取纸一幅，书以示客云：‘烂蒸同州羊羔，灌以杏酪食之，以匕不以筷。南都麦心面，作槐芽温淘，糁襄邑抹猪，炊共城香粳，荐以蒸子鹅。吴兴庖人斫松江鲈鲙，即饱，以庐山康王谷帘泉，烹曾坑斗品茶。少焉，解衣仰卧，使人诵东坡先生《赤壁前、后赋》，亦足以一笑也。’东坡在儋耳，独有二赋而已。”如此追求极致的美食，落笔却在他的文章之上，吃喝的目的性是再明确不过的了。

善良的人可能穷困，可能坎坷，可能连一个虫豸也敢欺侮他。可他心里是坦荡的，觉也睡得踏实，因为他无可再失去的了，还有什么值得挂牵的呢？而与之相反，用卑劣的手段，用污秽的伎俩，用出卖灵魂的办法，或获得了金钱，或获得了权力的小人之流，他并不因此而无忧无虑、称心如意的。为了保住他的钱、他的权，日思夜想，坐卧不安，提心吊胆，惶惶然不可终日。哪怕半夜从梦中醒来，也一身冷汗。所以说："君子坦荡荡，小人长戚戚。"快乐和痛苦，有时也只能相对而言。

在现实生活中，那些用尽心机捞到一切的胜者，其实很累，很紧张，要不停地瞪大眼睛，窥视着四面八方，每个细胞，每根神经，都得打叠起百倍精神，或赔笑，或应付，或过招，或韬晦。像这种全天候的活法，是无法称之为潇洒的。更有甚者，那些殚精竭虑捞不到一切的败者，就拉倒罢！不，而是更痛苦，面如丧门之神，情似斗败之鸡，恨得牙痒，气得上火，见别人有，眼馋心痒，急不可耐；见自己无，怨天尤人，愤不欲生，也是活得十分沉重。

虽然，他们的伙食标准比谁都不差，而且，几乎天天有饭局，忙者，从琳琅满目的早茶开始，直到夜半的酒吧小啜，可谓吃个不停。然而，他们这两类人，心有外骛，通常不会有太热烈的食欲。

这一点，真得向东坡先生学习。苏东坡被陷害，抓到开封坐牢，这就是有名的"乌台诗案"。宋神宗不大相信御史们构陷他的罪实，曾派两个小黄门半夜三更到大狱里观察他的动静。回宫后他们向神宗汇报，说苏东坡鼾声如雷，睡得十分香甜。于是这位皇帝做出结论，看来学士心底坦然，这才睡得如此踏实。所以，那班小人要定他一个死罪时，神宗没有画圈，而是从轻发落，把他贬往黄州。

从苏东坡身上，我们至少获得以下三点教益。作为一个作家，第一，得要有一份坦然从容的好心胸；狗肚鸡肠，首鼠两端，患得患失，狭隘偏执，是成不了器的。第二，得要有一份刚直自信的好精神；随人俯仰，随波逐流，墙头衰草，风中转蓬，是站不住脚的。第三，恐怕得有一份兼容并蓄的好胃口，不忌嘴，不禁食，不畏生冷，不怕尝试。这个道理若用之于营养，则身体健康；用之于文章，则尽善尽美；用之于交友，则集思广益；用之于人生，则丰富多彩。

他就这样一步步达到文学的高峰。朱弁的《曲洧旧闻》记载："东坡之文，落笔辄为人所传诵，每一篇到，欧阳（修）公为终日喜，前辈类如此。一日，论文及坡公，叹曰：'汝记吾言，三十年后世上人更不道着我也。'崇宁大观间，（苏轼）海外诗盛行，后生不复言欧公者。是时，朝廷虽尝禁止，赏钱增至八百万，禁愈严而传愈多，往往以多相夸。士大夫不能诵苏诗，便自觉气索。"

如果他没有好的心胸、好的精神，特别是好的胃口和好的消化能力，能达到这样"吾文如万斛泉涌，不择地皆可出。在平地滔滔汩汩，虽一日千里无难。及其与山石曲折，随物赋形而不可知也。所可知者，常行其所当行，常止于其不可不止。""意之所到，则笔力曲折无不尽意"的文学高度吗？

他写过一首《惠崇春江晚景》："竹外桃花三两枝，春江水暖鸭先知。蒌蒿满地芦芽短，正是河豚欲上时。"就连这种剧毒的河豚，苏东坡也敢一试。宋代吴曾《能改斋漫录》载："东坡在资善堂中，盛称河豚之美。李原明问其味如何，答曰：'值那一死！'"正是这种美食主义，广泛吸取人世精华，才使得他文章汪洋恣肆，千古流传。一个像林黛玉只能夹得一筷子螃蟹肉吃的作家，这怕那怕，我看未必能有写出大作品的气力。

1094年，他第二次被流放到惠州。当时的岭南可不是今天的珠三角，但他面对这种小人们的政治迫害，唱出"日啖荔枝三百颗，不辞常作岭南人"的反调，毫无屈服之意，还是从口腹享受上大做文章。1097年，苏东坡第三次流放，被送到当时被看作蛮荒之地的海南岛，过着十分艰苦的日子。不过苦中有乐，他发现儋州滨海，蚝，也就是牡蛎极多。他给他的儿子苏过开玩笑地说，你可千万不要把这个消息传到北方去。到他们知道这里有如此美味，没准他们都要学我这样，要求犯错误，被发配到海南来，分享我这份佳品呢。

从这番幽默的语言中，我们可以看出苏东坡的嘴巴，从来是和他的反抗心理相关的。一饮一啄，区区小事，却反映了他在坎坷境遇中寻求生存下去的力量和不屈的意志，正是这样，他才能够获得浪迹天涯中的灵魂自由。一个充满自信的强者，无论落到什么境遇，只要精神不败，小人又岂奈他何。

吃得香，睡得着，写得出，而且写得好，斯为大家。

鼻子的功能

一提到鼻子，就想起《木偶奇遇记》里的那个只要撒谎，马上鼻子就会长个不停的匹诺曹。假如，这种谁撒谎谁鼻子就长的惩罚，对人类也有效验的话，恐怕没有人花钱买票，专门跑去动物园看大象了。

说实话，在人的脸部，鼻子是个呆板的、缺乏表情的、很难令人产生美感的器官。因为它不像眼睛那样传神，也不像嘴巴那样动听。很少有人单挑某先生的鼻子说长得多么好看，或者指出某小姐的鼻子如何令男士们倾倒，一般只要求鼻子不特别难看，就可以了。因为，什么样的鼻子为美，从无公认的标准。但什么样的鼻子为丑，却有许多名堂：大了，大鼻子；小了，小鼻子；弯了，鹰钩鼻子；红了，酒糟鼻子；粗了，蒜头鼻子；扁了，趴趴鼻子。几乎少有褒扬鼻子的专用语。

在《史记》里，司马迁说过秦始皇“蜂目长準”，说过汉高祖“隆準龙颜”。长準，无非鼻子长些。隆準，不过鼻子高些。史官这样写，也是想突出他们不同常人的帝王之相。这基本上也属废话，说了等于没说，因为不可能较常人长出或高出若干倍的，那不成了怪物？学问疏陋的我，搜索枯肠，再找不到对于鼻子的赞誉之词。甚至连哭，与鼻子无大关系，也叫哭鼻子。看来，鼻子够倒霉的。对于这个器官，文学家采用的嘲谑态度，也就可想而知了。

为什么要拿鼻子开心？我一直想，这与鼻子虽司嗅觉，在面部器官中，并非不重要，但比之于眼睛、耳朵、嘴巴，就不是绝对重要有关；而它偏偏占据了一个最重要的，甚至最突出的位置。如果把脸看成一张报纸，鼻子就是头条新闻、社论——它当然不配，于是，被人笑话。拿鼻子大开其涮者，俄国的果戈理算一个，在他的早期作品《彼得堡的故事》中，就写了一篇题名《鼻子》的短篇小说。

故事从理发师伊凡·雅柯夫列维奇坐在桌旁吃早点开始。俄国人不吃油条，不喝豆浆，而是要吃面包抹黄油。当他掰开那刚出炉的面包，眼睛立马直了，里面竟有一只鼻子。而且，他认了出来，天哪！这鼻子正经有点来头，是每星期三和星期日去刮脸的八等文官柯瓦辽夫的呀。他吓得魂不附体，不停筛糠。

怎么办呢？他老婆埋怨，肯定是他昨晚喝多了沃得卡，在给这位文官刮脸的时候，稀里糊涂地把他的鼻子割了下来。而他老婆更是混账，竟揉进面团里，放到面包炉里烤。伊凡·雅柯夫列维奇赶紧从面包里摘出这只鼻子，用布裹上，走出门去，在以撒桥上将它扔进了涅瓦河。

尔后，果戈理写得就更令人匪夷所思了，简直太夸张了，绝对是我们这些想象力相对贫乏的中国作家，料所未料、想所非想的。这只八等文官的鼻子，摇身一变，成了大模大样的五等文官，坐着四轮马车，混迹在彼得堡的官场。这可是那些只会中规中矩，只会照本宣科、只会借鉴模仿、只会从洋人那儿剽窃一些灵感的作家望尘莫及的。

说真的，当我重读了这篇《鼻子》以后，走在马路上，忍不住看那一辆辆疾驰而过的汽车里会不会也有那位五品文官，而实际却是一只别人丢失的鼻子？反正，文坛上，作家中，不乏这种果戈理写过的鼻子，虽狗屁不是，但人五人六。

他妈的，这算怎么回事?！不过他没有骂出声来。我很佩服柯瓦辽夫的涵养，因为我做不到。每当看到那些家伙小人得志的嘴脸，狗屁不是的下三烂，我就不由得血压升高，七窍冒烟。所以，读到果戈理笔下的这类彼得堡官场中人模人样的鼻子，我豁然开朗，从此也不那么往心里去了。既然那是一种世界性的现象，我也就去他妈的了。

不过，我在琢磨，果戈理使这只鼻子充满荒诞色彩，很可能与鼻

子在面部诸器官中长相比较滑稽有关。动物的鼻子，如猩猩，两孔朝天；如山魈，花花绿绿；如大象，状若蠕虫；如豪猪，鼻尖如豆，都很好笑。人类的鼻子也好不到哪里去，说方不方，说圆不圆，上窄下宽，前低后高，是一个颇为奇怪的构造。鼻孔、鼻翼、鼻梁、鼻尖很难摆到恰到好处。所以，这个世界上，只有丑鼻的记录，从来没有美鼻的典型。

美国作家欧·亨利在他的小说《使圆成方》里说过：“美是完美无缺的自然，圆形是它的主要属性，请看一轮满月，迷人的金球，瑰丽庙宇的圆屋顶，越橘馅饼，结婚戒指，马戏场地，召唤侍者的铃……”在这个世界上，只有呈O形的东西，总能给人一种感官上的愉悦。所以，你会赞美一个女孩子的漂亮的眼睛，性感的嘴唇，丰满的乳房，摆动的臀部。这一切，无一不是圆的。很少、几乎没有会对不圆不方的鼻子发表什么观感的。

大师曹雪芹在写《红楼梦》时，也不大注意鼻子，曾经用“鼻凝鹅脂”形容迎春，用“鼻如悬胆”形容宝玉，看来不是很认真的。因为这些套话，在旧小说里经常可以看到，早用乏用滥，不过信手拈来聊以充数。到了林黛玉这儿，曹雪芹觉得用这种大路货的水词，加诸他心爱的女主人公，不免有些亵渎，所以，他宁用“两弯似蹙非蹙笼烟眉，一双似喜非喜含情目”，着意描摹她那神态，专门给她眼睛一个特写，马上就不同一般。至于黛玉小姐的鼻子，一字不提。这倒好了，合乎司空图所言，“不着一字，尽得风流”，留给读者去想象了。

鼻子之所以不被看好，是它在五官中的功能愈来愈不重要相联系的。虽然早先，套用阿Q先生的名言，“老子也曾阔过的！”但人类进化的结果，嗅觉让位于视觉，让位于听觉，已成定势。在人类从四脚落地往两腿直立行走的进化过程中，鼻子可是老大。在宇宙洪荒年代，嗅觉对人来讲，至关紧要，无比有用。那时候，人类首先是用鼻子来接触世界，认知世界的，嗅觉起着斥候、警卫、试探、测定的作用。猪拱地觅食，狗闻尿识路，全凭鼻子。我们老祖宗也曾有过这样的进化阶段。

我们设想一下，当一头猛兽从房山方向朝周口店猿人袭击而去的时候，等老祖先们听到动静、看到身影才有反应，肯定根本对这迫在眉睫的险情来不及招架。只有早早地凭着鼻子（那时没有许多人工合成的气味，也没有患鼻炎、鼻窦炎的病史），嗅到空气中传来的不祥气味，便可及早地找一个安全的洞穴躲藏起来。许多动物至今还是靠嗅觉，寻觅食物，警惕敌人，追逐异性，认同族群。因此，上帝造人的时候，将它放在脸部的主要位置和突出部分，占去一张脸的三分之一的地盘，是很合理的。

但由于科学发展，技术进步，人类逐渐有了许多代劳的工具和手段，无须鼻子费事地去东嗅西嗅。人类的体能在变得软弱，鼻子是最明显的一个。就以“耳闻目见”“耳濡目染”“耳听是真，眼见为实”“眼观六路，耳听八方”这些话语分析，对于客观世界的认识，基本上是眼睛的事、耳朵的事，鼻子老先生早就靠边站，成为摆设了。再加之工业社会，环境污染。古人云，“如入鲍鱼之肆，久而不闻其臭。”这话端的正确。在混浊的空气里，别说花不觉其香，连屁也是放和不放一个样。

生活中经常会发生类似的状况，有它，无多；没它，虽不少，总感到有点欠缺。就以文学的造势为例，若是突然有一天，文坛上没有人起哄架秧子，没有人抬轿吹喇叭，没有人搞排行榜游戏，没有人嗜痂之癖地专捧女作家的金莲，没有人算命打卦谁传世谁不朽谁大师谁小卒谁完蛋谁永恒地那么一折腾，恐怕这一亩三分地里，也会冷清得让有些人五计六受而不安生的。现在，“应该有鼻子的部位，变成完全平塌的一块”，这实在教柯瓦辽夫先生痛苦得要命，总不能没有鼻子在涅瓦大街上闲逛吧？话说回来，果戈理固然需要别林斯基，不过，没有别林斯基，或者别林斯基忙于吃女作家的豆腐，果戈理也不至于上吊。而柯瓦辽夫，若是没有这个鼻子，却是连自杀之心都有的。

他决定去找警察总监报案，可怎么出得去门，这使他犯难。人，只有在这两种情况下才会没鼻子，一是害了杨梅大疮，一是受了中国古代才有的劓刑。无论何者，这都是不太名誉的事情。忽然，八等文官计上心来，用一块丝巾，装作鼻衄出血的样子，捂住这块难以见人的地方，在彼得堡的大街上行走。没料到，一件难以理解的怪事，在他眼前发生了，他在马路上看到了他丢失的鼻子。也许自己的鼻子，

与自己养的宠物小狗小猫一样，有一种归属感，他一下子就认了出来。

但万万没想到，这只百分之百属于他的鼻子，竟然有模有样，“穿着绣金的高领制服，熟羊皮的裤子，腰间挂一口剑。从有缨子的帽子，可以推知他是忝列在五品文官之列。”这等人物，比他要高好几个级别。如果按我们中国熟知的官场等级推断，八品为副局级，那五品的鼻子该是副部级或者准部级。看到这里，自惭形秽的柯瓦辽夫差点没有发疯。何况那老兄还屁股冒烟，坐着奥迪，比无代步工具的他，神气活现多了。

从历史上看，凡官场，总是由一批具有治理能力的官吏和一大批基本上吃闲饭的无能之辈——也就是一些混进来的鼻子，共同构成的统治网络。虽然，统治网络是一个萝卜一个坑构成，每一个坑里，必须有一个萝卜；每一个萝卜，也必须有它的坑。但是，有办事的萝卜，也有不办事的萝卜，更有坏事的萝卜；有起作用的坑，也有不起作用的坑，更有起反作用的坑。同是坑，同是萝卜，质素大相径庭。越是像沙皇俄罗斯那样衰朽的政权，越是有柯瓦辽夫鼻子生存的余地，因此，它成了某个坑里的某个萝卜的可能性也就越大。

这就明白了，一个从别人脸上丢失的鼻子，成了堂而皇之的五品文官。那么，一个瘪三、混混、无赖、痞子，原来狗屁也不是的家伙，忽然钻营得抖起来，沐猴而冠，马牛襟裾，也就没有什么值得惊奇的了。虽然大家了解他不过是一个鼻子，知道他的内容物不过一摊鼻涕，但他还感觉异常良好地在那里装腔作势、龇牙咧嘴、神气活现、吆五喝六。那么，你就觉得果戈理一再解释他写的这篇“第一，这对于祖国毫无裨益；第二……但第二点也还是：毫无裨益”的《鼻子》，其实是多么的深刻而具有世界意义了。因为这类混迹官场（恐怕还要包括文坛）的鼻子，并非只是彼得堡的土特产品，只能在涅瓦大街才可一睹容颜，而在我们这里，对不起，偶尔间，我还有幸与诸如此类的衮衮诸公坐在一张八仙桌上正儿八经地搓麻呢！

恕我就不一一介绍这些牌友了。

因为我从来遵循果戈理在小说中的教导：“俄罗斯是个不可思议的国家，你只要讲到一个八等文官，从里加到勘察加所有的八等文官都一定会认为是讲到了他自己。”这对作家来说，简直是醍醐灌顶的至理名言。所以，对这活生生世界中一切的真善美和假恶丑，我就要请大家原谅，只能宜粗不宜细地一笔带过了。

无独有偶，另一位世界级的大作家，日本的芥川龙之介，也曾以鼻子为题写过小说的。我不晓得这该是鼻子的荣幸，还是它的不幸。芥川先生的《鼻子》，则更是将这个器官，描绘得荒诞不可名状。

“谈起禅智内供的鼻子，池尾地方无人不晓。它足有五六寸长，从上唇上边一直垂到颚下。形状是上下一般粗细，酷似香肠那样一条细长的玩意儿从脸中央耷拉下来。”这根鼻子使这位主事和尚苦恼到了极点。“首先，连饭都不能自己吃，不然，鼻尖就杵到碗里的饭上去了。内供就吩咐一个徒弟坐在对面，吃饭的时候，让他用一寸宽两尺长的木条替自己掀着鼻子。可是像这么吃法，不论是掀鼻子的徒弟，还是被掀的内供，都颇不容易。有一回，有个中童子来替换这位徒弟，中童子打了个喷嚏，手一颤，那鼻子就扎到粥里去了。这件事当时连东京都传遍了。然而这绝不是内供为鼻子而苦恼的主要原因。说实在的，内供是由于鼻子使他伤害了自尊心才苦恼的。”

一个人有了这样一条不雅观更是不方便的鼻子，而不想方设法使其变短，那是不可思议的。“他几乎什么办法都想尽了，他喝过老鸹爪子汤，往鼻头上涂过老鼠屎”，鼻子依然故我。后来，他从朋友处得到来自震旦，也就是我们中国的治长鼻的一个偏方，而且简单易行，就是“先用热水烫烫鼻子，然后再让人用脚在鼻子上面踩”。

中世纪的日本人对于中国的尊崇，怕比我们现在一些作家对于西方文学的膜拜供奉尤甚。尽管日本的某些人现在很看不起中国，若到东邻扶桑走一走，却无处不见中国文化的痕迹。甚至我们这里早就不穿的屐，还在日本人的脚下踩着。说来惭愧，茶，本是我们中国的象征，而茶道却成了日本的特色文化；豆腐，是汉代淮南王发明的，可现在，中国人却组团到日本学习做豆腐。由此可见人家向你学习借鉴的地道和把你的东西融化吸收的努力。不像我们这里，囫囵吞枣，学而不化，胸毛贴得倒挺有男人气，可是，一双手伸出来如鸡爪，一对腿露出来似麻秆；一篇篇作品发表出来，总给人一种来历不明之感。

简直令人不敢恭维了。

禅智内供的长鼻子，经这偏方一治，果然变短了。但是，这种如释重负的舒畅心情，并没有快活几天，短了许多的鼻子，使看惯了他长鼻子的僧侣们，倒觉得格外的刺眼和滑稽了。“有位武士到池尾寺来办事儿，他脸上摆出一副比以前更觉得好笑的神色，连话都不正经说，只是死死地盯着内供的鼻子（当然是缩回去的）。岂但如此，过去曾失手让内供的鼻子杵到粥里去的那个中童子，在讲经堂外面和内供擦身而过的时候，起先还低着头憋着笑，后来大概是终于憋不住了，就扑哧一声笑了起来。他派活儿给杂役僧徒的时候，他们当面还毕恭毕敬地听着，但只要他一掉过身去，就偷偷笑起来。”“鼻子短了，反倒叫内供后悔不迭”。

读芥川先生的小说至此，我悟到，无论是他笔下的禅智内供的鼻子，还是果戈理笔下的柯瓦辽夫的鼻子，是什么样子，就该什么样子，那才是最好的、最自然的，结局因而也必定是最完美的。正因为如此，肚皮空空.不必装出学富五车的样子；胸无点墨，最好少去指点江山信口雌黄；稍有成绩，也用不着做出外国人认可的大师状；拿了绿卡，也无须作假洋鬼子吓唬中国老乡……毛泽东云：“假的就是假的，伪装应当剥去。”话说得厉害，但不是没有道理。于是，便有这两篇《鼻子》小说最自然不过的结尾。

那个“以五等文官的身份满处乱闯，惹起了满城风雨的鼻子，仿佛压根儿没有发生过什么事似的，忽然又在老地方，就是在柯瓦辽夫少校的两颊之间出现了”；当“寺院里的银杏树和七叶树一夜之间掉光了叶子，庭园明亮得犹如铺满了黄金”的那个早晨，内供也突然发现自己的鼻子，又跟过去一样长了。于是，柯瓦辽夫坐到了理发师伊凡·雅柯夫列维奇的椅子上，照旧任他拉着鼻子给自己刮脸；那个和尚“在黎明的秋风中晃荡着长鼻子”，“不知怎地心情又爽朗起来”。

真是让我们为这两只鼻子回复本来的面目，衷心祝福！

也许，做人，做文章，做一切事情，都应该是保持这样的本色状态，去伪饰，少装蒜；戒浮躁，忌狂妄；不矫揉，更不做作，那才算是找到了真正的自己。但是，如今还在招摇过市的鼻子，何时能够恢复其正常功能，你也别抱太多的希望，且等着慢慢看他们的表演吧！

舌头的功能

我记不起在哪里读到过，有关宋朝名相吕蒙正的一则轶事，说他幼年贫穷，寄宿寺庙，就为的是想蹭一顿僧饭，这也是寺庙住持，看他好学上进，给他想到这样一个吃饭之道，佛家人慈悲为怀，开斋饭时，必响铃，众僧云集，然后，行礼就食，吕蒙正也就端着饭碗来到，讨一口饭吃。寺庙规矩，你吃了布施，就得为菩萨服务，至少也得为寺庙尽一分心，出一分力，可他丢下饭碗，就拿书读。于是，长而久之，久而长之，典座、斋堂主持也许无所谓，伙头僧们不干了，于是改了规矩，先吃斋饭，饭后响铃，吕蒙正一心读书，不知这个变化，等铃响赶去，众僧人都吃完了。后来，他科举考中，最后三次出任国之宰相。官做大了，按照孔夫子的教导，食不厌精，脍不厌细，好美食，喜佳肴，特别爱好他的家厨给他做的一碗鸡舌汤。鸡舌很小，一碗汤至少得数十只、上百只鸡侍候。天长日久，他家后院，竟出现一座鸡毛堆积起来的小山，有一天，他步行回家府，没有乘轿，看到这座山，不禁失色。于是他想起在寺庙蹭饭吃的往事，不禁感叹系之，再也不让家厨做这碗汤了。

这并不奇怪，在中国历史上，有几个不讲究口福的官呢？凡为官者，被请客吃饭的机会，要比老百姓多得多，因此，嘴巴越吃越刁，胃口越吃越大，吃的水平也就越来越高，逼得厨师的手艺也跟着精益求精，登峰造极。应该承认，中华民族饮食文化的发扬光大，很大程

度上依赖于五千年来这班能吃、好吃、善吃、懂吃的大小官僚们的嘴巴。而要评功摆好的话，那极善品味的舌头，应该是中华美食走向世界的功臣。

舌头的功能，一是吃，二是说，好吃不好吃，会说不会说，全是舌头决定。

近代史的中国，不如意事常八九，只有在舌头导引下的饮食一项，在全球始终处于不败地位，给中国人多少增添一点光彩。

因此，或许有一点阿Q式的自慰，从1840年鸦片战争以后，中国人饱尝帝国主义的侵略，然而，英法联军火烧圆明园，八国联军攻打紫禁城，割地赔款，得了好处，也就滚蛋走人了，洋人至多猖狂嚣张一时；而我们中国厨师的炒勺锅铲、红白面案、油盐酱醋、五香佐料，到了巴黎，到了伦敦，就扎下老根，再不离开，凭煎、炒、烹、炸这四个字，大做中国菜的文章。从此，就没完没了地让老外掏腰包，永远挣老外那根洋舌头的钱，要这样算起来，到底谁厉害，还很难说呢！

“民以食为天”，“食色性也”，同样，回顾前些年的国内市场，休看下岗人众，国企不振，但大街小巷的餐馆、饭店、酒楼、食肆，由于舌头的需求，还是很发达、很昌盛的，成为拉动国民经济发展的一个重要行业。不过，要是从大饭店里摇出来的脑满肠肥、酒囊饭袋的公职人员，从小馆子里晃出来的满脸油光、打着饱嗝的乡镇干部看，这种拿支票的公款消费，对国库的增收，究竟有多大裨益，就很令人生疑了。

不过，凭良心讲，浪费公帑去吃去喝是不对的，但中国的饮食文化，能够有今天这样的辉煌成就，倒全是托赖于这些官员们的舌头，不辞辛劳地吃，费心殚思地吃，白天黑夜地吃，中国菜才吃出来一个世界水平。若是仅仅靠那些“忙时吃干，闲时吃稀，干稀搭配”，有时说不定“糠菜半年粮”的老百姓，我估计中国菜对世界就没有什么吸引力了。因此，像吕蒙正这样的美食家，对于中国饮食文化的发展，是做出过杰作贡献的。

真是应该向他们的舌头道一声辛苦，向他们的舌头致敬。

吕蒙正的这道名菜，叫“鸡舌羹”，食谱上查不出来，想系他的独创。顾名思义，是用鸡的舌头做出来的汤了。汤或者羹，是中国菜的正宗，看商周的青铜器，大而宽，深而广，绝对是以食物的流质状态设计制造的。有诗曰："三日入厨下，洗手作羹汤，未谙翁妇味，先遣小姑尝"，可见羹汤做得好坏，决定新媳妇在这家未来的日子好过与否。孔夫子也把羹看得很重的，他说："虽疏食菜羹，必祭，必齐如也。""齐"即"斋"的意思，他要求人们像斋戒那样对待这碗汤，有这样的古训在先，小媳妇敢不把汤做好？

至今粤人爱煲汤，家家有煲，每餐必汤，认为羹汤是最补养的，看来倒是古风余韵的发扬了。不过，用鸡舌头做羹，恐怕连老广也闻所未闻。这舌头一定吃那舌头，吃得如此刁钻促侠，挖空心思，也算把食文化推到极致境地了。鸡舌并非凤髓龙脑，倒不难求，但是，得需多少鸡舌才能烧出一碗羹来，令人咋"舌"。

于是我想起另一则轶事，也是关于吃的。晋人张季鹰在洛阳，见秋风起，因思吴中莼菜羹、鲈鱼脍，曰："人生贵得适意尔，何能羁宦数千里以要名爵！"遂命驾便归。张翰为了这碗汤，把官位也放弃了，现在还有这种为了口福而宁肯不当干部的傻瓜吗？恐怕很难找到了。有一年，我到苏州，文夫作东，就有一道莼菜汤。滑腻的莼叶，飘在碗中，倒有一点鸡舌或鸭舌的样子，以此类推，吕蒙正的"鸡舌羹"，总得百十只鸡的舌头做原料才行。此事放在现代化的养鸡场，算不了什么，但在当年，相府厨房里做这道羹的话，肯定要大开杀戒，千百鸡头落地。

明代的张居正爱吃腽纳脐，挺个别，也挺乖戾，多少有一点变态。腽肭脐者，海狗鞭也。《临海志》载："出东海水中，状如鹿形，头似狗，长尾。每遇日出即浮在水面，昆仑家以弓矢射之，取其外肾阴干，百日味甘香美也。"《本草纲目》载："今出登、莱州，其状非狗非兽，亦非鱼也。但前即似兽而尾即鱼，身有短密淡青白毛，毛上有深青黑点，久则亦淡。腹胁下全白色，皮厚韧如牛皮，边将多取以饰鞍鞯。其脐治腹脐积冷、精衰、脾肾劳极有功。"我不知道张居正的古怪嗜好与他一生走钢丝的官场经历而形成的淫虐欲、宣泄欲，有些什么弗洛伊德式的潜意识联系？他进入中枢时，高拱是元辅，权势极重，等到

隆庆驾崩，万历登基，他就联络太监冯保，将他的前辈、某种程度上的恩公和老师，一脚踢开，赶出北京，回原籍安置。

宫廷斗争，从来是帝国最黑暗的渊薮中的隐秘，他要爬上高位，不得不屈身巴结在小皇帝和太后那里说话起作用的太监。“居正察上色若黄叶，而骨立神朽，虑有叵测。为处分十余条札而封之，使小吏持之投冯保。”高拱对这个有政治野心的后辈，也不是未加防范，更不是没有安排耳目。“即有报拱者，急使吏迹之，则已入矣。拱亦不知为何语，第恚甚，至阁，面责居正曰：‘昨密封之谓何？天下事不以属我曹，而属之内竖何也？’居正面赤不能言，干笑而已。”

在这种当场被捉的尴尬下，张居正咬住舌头，不吐露一点风声。但等到高拱要干掉这个碍事的冯保，竟不知深浅地要与张居正同谋，“使所善心腹报居正，‘行且建不世功，与公共之。’居正阳笑曰：‘去此阉若腐鼠耳，即功，胡不世也！’”随后，这个爱吃“腽纳脐”的张居正，他舌头调转了一个方向，“阴使人驰报保，得预为备，而逐拱。”

据说，这位首辅先生，年近六十，精力不减，房中术还是一等功夫。看来，前美国国务卿基辛格说过的，权力是一种最强烈的兴奋剂，大概有些道理。因此，古往今来的官员们，也不知从哪里冒出来的取之不尽，用之不竭的精力，让人不得不敬佩。他们在权欲的催动之下，与政敌厮杀不误，有机会捞钱不误，搞女人日夜不误，从来不知疲倦为何物。张居正一生，可谓三不误的典型。万历皇帝（就是躺在定陵里的那一位），在张死后抄家时，发现他竟拥有那么多环侍左右的娇姬艳妾，顿时间，火冒三丈。因为他忽然明白了，敢情这位元辅先生，能在北京城的三九天里，不戴帽子上朝，原来他是大量服了壮阳药，吃了壮阳食物，以致虚火上亢的结果。

这位正当年的皇帝恼透了，有这般灵验的明代“伟哥”，竟不与朕同享，万历心中嫉羡与震怒交加、痛恨和报复齐来，能放过张居正吗？读《金瓶梅》，我们知道明朝在中国历史上，是一个“食色，性也”最为放肆而无节制的年代，特别在性风气上，更是一个最为泛滥而不检点的年代。那位才子屠隆，染上性病，汤显祖还作诗调笑而不以为羞耻的，那么一位首辅，弄几个妖姬冶妇，美女孪童，算得了什么呢？但是，神宗很不开心，你张江陵想要什么有什么，而我皇帝陛下却想要什么，常常得不到什么；甚至当太子时，想赏赐给自己心爱的女人几个钱，只有记账期之以来日。于是，我们也就理解万历收拾张时，为什么如此狠毒和不留情了。

应该说，作为首辅，执政近15年，张居正确实做出了政绩，为世公认。《明史》称他："通识时变，勇于任事。神宗初政，起衰振隳，不可谓非干济才。"然而，他的人格，品德，作风，政声，也有很多为人所不齿的地方。与他同科进士的大文人王世贞，就对他很不以为然的。在文章里曾嘲笑过，一位当朝宰相，竟然下作到以"晚生"的帖子，递过去以取悦于太监冯保，虽偶一为之，也颇令人作呕。无非因为这个太监能左右太后和皇帝，他不得不依靠他，不得不拍他马屁，即使如此，也不必卑躬屈膝啊！但从这里看到，张居正不但善吃，同时也善溜舔，舌头的功能，在他这里，也算得到超常发挥了。

据明代的文人焦竑的《玉堂丛话》，说到他奉旨归葬，从北京出发到湖北江陵，一路上作威作福的排场，真是令人叹为观止。仅他乘坐的轿子而言，就得要用三十二个轿夫来抬。轿上不仅有正厅，还有庑屋，还有侍候他的童子，两旁站立，茶水侍候。估计那轿子当不小于现在的"考斯特"。最可怕的，沿途供应他老人家的吃，如何应付他那口味尖刻的舌头，则更是一路经过的州县衙门，所伤透脑筋的事。

"始所过州邑邮，牙盘上食，水陆过百品，居正犹以为无下箸处。而钱普无锡人，独能为吴馔，居正甘之，曰：'吾至此仅得一饱耳。'此语闻，于是吴中之善为庖者，召募殆尽，皆得善价而归。"一百道菜上来，张居正眉头紧皱，举筷踌躇，简直没有他可吃的，其口味之高，其舌头之刁，其嘴巴的难侍候，可想而知。要是从明代沈德符的《万历野获编》的一则记载看，这一家人的味觉神经，也够登峰造极的了。

"江陵归葬公还朝，即奉上命，遣使迎其母入京。比至潞河，舁至通州，距京已近，时日午，秋暑尚炽，州守名张纶具绿豆粥

> 以进，但设瓜蔬笋蕨，而不列他味，其臧获辈（家奴厮役之类）则饫以牲牢（肯定五星级待遇），盖张（这个马屁精）逆知太夫人途中日享甘肥，必已属厌，反以凉糜为供，且解暑渴。太夫人果大喜，至邸中谓相公曰：‘一路烦热，至通州一憩，始游清凉国。’次日，纶即拜户部员外郎，管仓、管粮储诸美差。”

张居正的舌头一动，解决了一批无锡厨师的就业问题；老太太的舌头一动，使得通州运河边上小小七品县官，一步登天，擢升到中央政府工作，这就属于舌头的第二功能了。但最后，想不到这位既位高权重、不可一世，也卑污轻贱、曲节事人；既治国有方、政声蜚扬，也官僚腐败、贪刻残酷；既轰轰烈烈、位极人臣，也碧落黄泉、惨遭灭门的张居正，他的成功，由舌而起，他的失败，也与舌有关。明代沈德符的《万历野获编·江陵始终宦官》说：“江陵之得国也，以大珰冯保力……而最后被弹，以致籍没，亦以属司礼张诚，岂所谓君以此始必以此终乎！”当年，张居正舌头一动，断送了高拱，拉拢了冯保；现在，一个更得宠的太监，在万历身边，张诚舌头一动，把罪状一条条呈给皇帝耳边；而那个高拱，别看败在他手，临死之前，趁舌头还能动，又搞了一份《病榻遗言》告上去，历数张、冯的罪恶，火上加油，促使万历下了决心，在张居正死了两年以后，终于被抄家夺爵，总算留一点面子，没有戮尸。

这一切的是是非非，无一不是舌头在兴风作浪，想到这里，真有一点不寒而栗呢！但王世贞先生，也不是什么好样的，在张江陵如日中天的时候，曾经起劲地去巴结过的，甚至洋洋洒洒，写过吹捧他双亲的祝寿文章，想讨他的好，希望得以引荐跻身朝廷，求得朱紫。奈何张居正认为，阁下文章好，未必适宜做官，还是当你的文人算了。也许由于未能满足欲望，现在，你死了，你倒台了，我反过来敲打两句以泄愤，也是情理之常。所以说，文人的舌头，通常是靠不大住的，一会儿向这边拐，一会儿向那边拐，那是司空见惯的事情。

现在还是回到舌头的功能的正题上来。

其实，舌头这个器官，它的第一功能，是与鼻子相辅相成，司味觉。但也有分工，铁路警察，各管一段，空气中究竟是兰麝之香还是鲍肆之臭，它是不闻不问的。通常情况，除了与情人接吻，除了馋得舔嘴巴舌，除了神农氏尝百草，除了悬梁自缢后舌头拖出来回不去，人的舌头不外露，基本上是躲在嘴唇、牙齿后边，辨味而已。是倒牙的酸，是蜜般的甜，是连心的苦，是似火的辣，是打死卖盐的咸，是张不开嘴的涩，是烫得起泡的热，是彻骨穿心的凉，这一切，全赖舌头加以辨味，然后，决定取舍。而这个权力又极有限，若是敬酒不吃吃罚酒的一盏苦酒，若是捏着鼻子必须喝下的一碗苦药，若是自己酿成悲剧的一颗苦果，若是御赐的要你立时三刻就毙命的一杯鸩毒，尽管不想喝，非常不想喝，舌头也无法拒绝。嘴唇挡不住，牙齿咬不紧，舌头也就只有照单全收。

于是，舌头的第二功能，便成了最主要，最能动，甚至也可能是最可怕的方面了。

《诗经》早就以无可奈何的口气，写出了老祖宗对于舌头这种功能的惧畏："巧言如簧，颜之厚矣。"舌头能像乐器里的簧片那样灵活，歪曲事实，播弄是非，信口雌黄，颠倒黑白，把事情搅到满城风雨，天昏地暗，乱七八糟，不可收拾的地步，这张脸皮也未免太厚一点了吧！唐代刘兼的一首《诫是非》诗中写过："巧舌如簧总莫听，是非多自爱憎生。"但世界上，不是每个人都对舌头的这份功能，具有清醒认识的。

君不见"长舌妇"的说长道短，乱搅是非；"嚼舌头"的胡说八道，莫衷一是；"鹦鹉学舌"的毫无主见，重复别人；"唇枪舌剑"的能说会道，狡辩如流；"舌战群儒"的天花乱坠，满口喷沫；"簧口利舌"的耍嘴卖快，胡搅蛮缠；"不怕大风闪了舌头"的没边没沿，胡吹海谤；老百姓还有句俗话，"舌头能压死人"，一言兴邦，一言丧邦，舌头要想抬爱什么人，贬低什么人的话，在嘴巴里拐个弯即可。所以，打小报告的舌头，出卖朋友的舌头，扇风点火的舌头，添油加醋的舌头，几乎没有不得逞的。陆龟蒙"古来信簧舌"的感慨，绝不是无的放矢之谈……舌头，在人体各器官中，作韬晦状，不求外露，但切莫以为它老实巴交，安分守己，这个不显山不露水的家伙，要是

按捺不住在你背后跳出来的话，你还真是猝不及防的，我就有过绝不只一次被害苦了的教训。

于是，我想起来巴西作家吉里耶尔美·菲格莱德的《伊索》，1959年，北京人艺曾将它搬上中国舞台，这个剧本使我对于舌头的功能，又有了进一步的理解。这个伊索，我们知道他是位大寓言家，可在古希腊，他却是一个不自由的奴隶。没有出版商为他炒作，没有评论家为他吹捧，更没有哥儿们姐儿们同他抱团。他只有一个用鞭子抽打他的主人，他永远要受这个主人的奴役。

那一天，他的主人克桑弗请客，吩咐他准备菜肴，于是，遵命而行的他，第一道菜，上的是清蒸舌头，第二道菜，上的是是薰舌头，第三道菜，端上来的是红烧舌头。克桑弗一见，立刻大发其火："又是舌头，难道我没有命令你给我的客人拿所有菜当中最好吃的来吗？为什么你只是拿舌头来呢？你想让我出丑吗？"

"老爷！"伊索解释说："还有什么能比舌头更好呢？它能把我们所有的人联合在一起；如果没有舌头，我们就什么意思也表达不出来。舌头是科学的钥匙，真理和理智的武器。舌头能帮助我们建设城市；舌头帮助我们表示爱情。我们用舌头教学、说服、训导、祈祷、解释、歌唱、描写、证明、肯定。我们用舌头说出'亲爱的'，'神'和崇高而神圣的字'妈妈'，我们用舌头来说'是的'，用舌头来下命令叫军队去打胜仗……"

奴隶主的智商并不高，听得十分惬意，于是，心血来潮："伊索，你的确是把所有菜当中最好的菜拿回来了，现在，你再到市场上去，给我把那里所有的菜当中最坏的菜买回来。"可是，伊索并没有怎么忙碌，很快地端着托盘又走进来了。克桑弗揭开菜盘上的布单，一看，怒火中烧，禁不住咆哮起来："怎么又是舌头？……蠢货，你不是说舌头是最好的东西吗？你是想叫我鞭打你一顿吗？"

"我并没有错，老爷！"伊索沉静地回答，"我的主人，舌头是世界上最坏的东西。舌头是一切阴谋的源泉，一切造谣中伤的开端，一切争论的祸首。在广场上坏诗人用舌头使我们疲倦，不会思想的哲学家也总是求助于舌头。舌头能撒谎，掩饰，颠倒是非，诽谤人，侮辱人，懦怯地隐瞒，求乞，诅咒，能让人萎靡不振；能让人狂怒、歪曲、出卖、诱惑、堕落。我们正是用舌头说出这样的字眼：‘你死’，‘无赖汉’，‘奴隶’，我们正是用舌头说‘不行’这句话，阿喀琉斯用舌头表示了自己的愤怒，俄底修斯用舌头说出了自己的奸计。克桑弗，这也就是世界上没有比舌头更坏东西的原因。”

听这位古希腊的奴隶寓言家，淋漓尽致地说到这里时，我想，对于三寸不烂之舌的功能，我们应该有了一个全面足够的认识。因此，要是它一旦成为这个世界上最坏的东西时，老兄，给你提个醒，无认对自己的舌头，还是对别人的舌头，无论对当面的舌头，还是对背后的舌头，都得十分小心才是。

千万千万！

屁股的功能

对不起，当我落笔写下这个令人掩鼻的题目以后，不由得深感愧疚。好像不该把这不登大雅之堂的部位，摆到台面上来的。不禁握笔踟蹰，奈何，作为一个人的身体组成部分，自有其重要性，似应不该将其除外。何况，人世间尚有趴在臀下舐屎啜尿、胁肩谄笑、摇尾乞怜、卖身投靠之侪辈，还有众多的龌龊肮脏、苟且卑劣、阴损缺德、下流无耻的物事，与屁股相比，恐怕更不干净。

于是，我又理直气壮地写了下去。

其实，在西方国家的选美活动中，作为三围之一的臀围，是衡量女性美的一个很重要的参数。我们在汉语中，经常可以看到用来形容女子身态体姿的词语：如“袅袅”，如“婷婷”，如“娉娉”，如“婀娜”。细细琢磨，很大程度上与这个部位的存在有莫大关联。要不是具有丰美曲线的臀部，怎么会产生出女性特有的美感呢？

不过，话说回来，什么样子的女性臀部，曰“袅袅”，曰“婷婷”，曰“娉娉”，曰“婀娜”？不同之处何在？这些汉字，大概是只能意会，不可言传的。记得鲁迅先生说过，若是拿一张纸，请教一位读了许多古文的老夫子，什么样子的山是“嶙峋”，什么样子的山是“峻峭”，麻烦他画出来看看的话，肯定崴泥。但汉语中某些很难予以量化的字词，别看语焉不详，但在传达信息的方面，是并不示弱的。要是用上述词语加诸某位小姐，可以想象得出来，她准是一副风姿绰约、体态优美的样子。

所以，要谈到臀部的功能，对女性来说，自然是属于审美范畴的事情了。据说世界上那些顶尖的模特儿，屁股都是买了保险的。但男性的屁股，就满不是这么一回事了，它可以说是人体最受委屈的一个部位。臀若能言，肯定声泪俱下。虽然，高官、阔佬、名流、权威，有人会拍马屁，拍得眉开眼笑，心旷神怡，但那是精神层面的享受，屁股本身，并无任何实惠可得。相反，自古以来，屁股总是扮演挨踢、挨打、挨踹、挨板子抽的角色。鲁迅先生说过："身中间脖颈最细，古人则于此砍之；臀肉最肥，古人则于此打之。"于是，臀的全部痛苦，除了排泄身体里的垃圾，除了与人体最见不得人的器官为伍外，就是撅起来挨打了。

刚出生，产婆打，要你哭出声来，证明你非死婴；小时候，家长打，因你淘气闯了祸，不求上进；念了书，老师打，谁叫你不做功课，逃学调皮。成年以后，屁股的安全系数才大一点，但也说不定。要是你不幸生在明朝，是哪个朱皇帝的臣民，即使做了官，甚至做了很大的官，保不齐，也有可能受到廷杖的处罚。

廷杖，就是皇上打臣下的屁股。

在明代，场面最壮观的两次廷杖。一为正德十四年的"谏南游"，两次共打了 168 人的屁股，打死 15 人；二为嘉靖四年的"争大礼"，一次就打了 134 人的屁股，打死 17 人。从生理学的角度考察，臀虽肉厚，其实皮薄；脸似细嫩，皮层却厚。相对于臀而言，骂人曰脸皮厚，倒也不算冤枉。著书曰《厚黑学》，确系把握实质。尽管，打屁股的声音清脆悦耳，手感较好，但脱脱穿穿，比较麻烦，不如脸在面前，触手可及。所以，时下经常可听到啪啪的耳光声。尤其女人打不要脸的男人，男人打丢了他脸的女人，一掌过去，不同凡响，也够刻骨铭心的。因此，对付成年人的正儿八经地打屁股，便愈来愈罕见了。可在明朝，朝廷流行打屁股，风气所及，不管你是衣冠楚楚的国家栋梁，还是学富五车的翰林学士，皇帝一火，必须剥掉衣履，老老实实地趴在午朝门外的砖地上，亮出臀部挨打。

面对那一片形形色色的屁股，人们能够一本正经，不苟言笑，你

不能不佩服我们这个能将严肃化为玩笑，又能将玩笑化作严肃的民族，那种煞有介事的本领。据说，刘瑾执事以前，被廷杖者，犹可以穿着朝服挨打；但这个心理变态的阉竖握权后，从此就得脱了裤子，裸臀受杖。那些如虎如狼的锦衣卫，在司礼太监的监督下，一边喊着数，一边用荆条抽打。顷刻间，大臣们皮开肉绽，士子们血肉飞溅，那悲号哀鸣，恐怖万状的场面，令人不寒而栗。于是，你不能不为中国统治者的残忍感到吃惊；同时，你也不能不为中国的知识分子甘受于统治者的这种暴虐，而把屁股撅出来挨打，感到更为吃惊。这实在是中国历史上，甚至在全世界历史上独一无二的风景。

我不禁想起莎士比亚时代的英国，那位骄妄的远征军元帅爱塞克斯了。在任命爱尔兰总督的一次御前会议上，因他推荐的人选被否，他很没面子，这位年轻气盛的伯爵，竟敢口出不逊，在众多朝臣面前，顶撞伊丽莎白女王，差一点就要骂你这个老太婆懂个屁了。如此放肆，如此混账，女王当然怒不可遏，但也只是赏了他一记耳光，仅此而已。看来，这就是走出中世纪黑暗的西方，有一点人本主义的文明了。早先，伦敦塔桥上挂着成串的枭首头颅，说明英国也有过杀人如麻的时期。即便如此，我相信也比碰上咱国的朱姓皇帝强。伯爵大人，你若敢对中国的陛下龇毛的话，我敢保证，不但会把你每根骨头敲断砸碎，连浑身上下的肉，也将被菹为肉酱。

这种专打屁股的廷杖，应该是地地道道的国货。在西方的《摩西法典》里，虽有“鞭笞”的刑罚，但它类似中国的“脊杖”，就是《水浒传》里林冲、武松犯事后，押解到沧州服刑，在坐牢前的那顿“杀威棒”，行刑者绑人犯手脚于一个特制的架上，使其无法闪躲笞杖，并不着意专打屁股。而廷杖，则是集羞辱与惩罚于一体的刑法，其中既有家长统治的蛮横，也有某种变态心理的施虐。这种酷刑，只有咱国的皇帝，而且基本上是文化程度不高的皇帝，才能干出的好事了。据明史专家吴晗先生说，廷杖“始于元代，元代中书省长官也有在殿廷被杖的记载。朱元璋较元代实行得更普遍、更厉害，无论多大的官员，只要皇帝一不高兴，立刻就把他拖下去痛打一顿，打完了再拖上来，打死了就抛下去完事。”（见《明代特务政治》）

笞和杖，古已有之，在统治者眼中，算是轻刑，但执行起来，通常是不死也得脱层皮。据说，明代廷杖，行刑者看司礼太监的两只靴尖，若外八字，此人尚可留得一条命在，要是内八字的话，那就一定立毙杖下。所以，笞和杖，打的是屁股，弄不好要付出性命。早在汉景帝刘启上台时，就觉得这样的“轻”刑，施之于一般犯人，“与重罪无异，幸而不死，不可为人”，不利于他那时提倡的大政方针，让老百姓休养生息。所以，他下诏：“其定律，笞五百曰三百……”后来，他觉得还不够，至中元六年，又下诏曰：“加笞者，或至死而笞未毕，朕甚怜之，其减笞三百曰二百……”（见《汉书·景帝本纪》）

到了明代皇帝，就没有这种气度了。据《明史。刑法》里的记载，连打屁股的板子，都明文规定其尺寸。“笞，大头径二分七厘，小头减一分；杖，大头径三分二厘，小头减如笞之数。笞、杖皆以荆条为之，皆臀受；讯杖，大头径四分五厘，小头减如笞杖之数，以荆条为之，臀腿受。”从《明史·吴中行传》中看到：“中行等受杖毕，校尉以布曳出长安门，舁以板扉，即日驱出都城。中行气息已绝，中书舍人秦柱挟医至，投药一匕，乃苏。舆疾南归，去腐肉数十脔，大者盈掌，深至寸，一肢遂空。”由此可知，五刑（笞、杖、徒、流、死）中的两刑，笞，专打屁股；杖，打屁股兼及腿。总之，臀最倒霉。如果说屁股的功能，竟体现在惩罚上，也真是太悲哀了。

现在，已经很难弄清楚朱元璋喝令廷杖时的心态了。我认为，他的虐待狂，是和他童年当和尚、多尝屈辱，成年当混混、屡受欺凌的那段不愉快的历史有关。我一直臆测，怀有虐待狂的朱元璋，也许抱着这样一种流氓精神行事的：不错，我曾经是王八蛋，但今天我做了皇帝，妈妈的，我就要把你们一个个都打成王八蛋。估计，不光中国，古往今来，世界上所有胡作非为的领袖人物，都是以这样的流氓逻辑统治他的臣民，才弄得国将不国的。汉刘邦，往儒生的帽子里撒尿，还可以美其名曰反潮流。这个朱元璋，迫不及待地跳出来，甚至在金銮殿上亲执刑具，施暴泄怒，实在是太莫名其妙了。有些被他摧残的臣下，也忍不住对他这种荒唐的歇斯底里表现提出抗议，你不感到丢人，我还为陛下感到羞耻呢！有位名叫谢肃的官员，“出按漳泉，坐

事被逮，孝陵御文华殿亲鞫，肃大呼曰：‘文华非拷掠之地，陛下非问刑之官，请下法司。’”

吴晗分析这个出身微贱的人，“平定天下以后，唯恐廷臣对他不忠实，便用廷杖来威吓镇压，折辱士气，剥丧廉耻。使当时士大夫们在这血肉淋漓之中，一个个俯首帖耳如犬马牛羊，他这才满足。”疯狂镇压，嗜杀成性，的确是朱元璋御临天下的一个特点。野史称：朱做皇帝后杀的人，比他打天下时杀的人还要多。胡惟庸一案，蓝玉一案，至少有近十万人死于非命，有的城郭村镇，竟被株连灭族，杀得一个不剩、鸡犬不留，成了鬼墟。

用杀头的办法，从肉体上消灭对手，巩固其统治；用廷杖打屁股的办法，从精神上威慑官吏和知识分子，使他们乖乖就范，便是这位朱皇帝的两手。尽管他一方面不得不依靠文职人员，使国家机器正常运转，但另一方面也不能不看到他对于“士”阶层的压根儿的敌视、仇恨、排斥，想办法打击报复的阴暗心理。

吴晗说他“惟恐廷臣对他不忠实”，其实，这位皇帝更怕的是知识分子看不起他。从他兴起的文字狱看，可以用“毫无水准，层次极低”八个字形容。像阿Q头秃，故而忌讳说亮说光一样，哪怕是给他上贺表，只要出现与“僧”与“贼”的同音字，触到他当过和尚、当过兵痞的他认为不光彩的过去，也会勃然大怒，当场被砍头的。最荒诞无稽的，与他相隔千年之遥的亚圣，曾经说过“民为贵，社稷次之，君为轻”的话，其实与他狗屁也不相干，可朱皇帝大光其火，下令把这个擅议君主的孟子牌位，从孔庙撤掉，取消他的配享资格。要不是那年日食，孟老夫子只能在孔庙后院吃冷饭了。

小农经济思想所形成的偏执、愚昧、狭隘、短视、封闭、保守、局限、畏缩的心态，加深了这些统治者对知识分子的排斥与嫉恨的程度。所以，这类人之中像朱元璋这样具有流氓精神者，一旦掌握权柄，哪怕当个小小的科长，轻者，对知识分子抱警惧防范之心；重者，则以挫折践踏知识分子，以获得报复的快乐。

对这类小人得志者而言，有权以后，取得物质的满足、性欲的满足，大概比较容易。但要使处于弱势的精神世界，也强大到足与

“士”阶层相抗衡，却不那么轻而易举。因为，大学是要一天一天念出来的，书本是要一本一本读出来的，文化水平是靠一日一日积累出来的，精神修养是要一代一代熏陶出来的。虽然，可以混到学历，可以拿到文凭，可以谋得职称，甚至人五人六，像模像样，但是，精神世界的瘪三状态，却不是靠恶补可以迅速改善的。于是，借助于自己的权力，将这些精神上的强者，裤子剥掉，屁股露出，“一鞭一条痕，一掴一掌血”，打得死犹不死，不死几死，人格丧尽，尊严全无，你还有什么好翘尾巴的？

于是，屁股便遭殃了。

但世界上的任何事情，都不会是绝对的，也有这样的反常情况：打人屁股者，固然得意，但未必凯歌高奏；被打屁股者，固然脸面全无，但未必就等于失败到底。《红楼梦》第三十三回“手足耽耽小动唇舌，不肖种种大承笞挞”，就写了贾政发威风，打贾宝玉屁股的一段故事。结果，老子落了一个大大的不是，儿子倒成了一个香饽饽。

曹雪芹不愧为语言大师，这段打屁股笔墨，是中国文学作品中不多见的精彩篇章。舍此之外，中国文学史上，还能找出一篇屁股吃板子的文章吗？

贾宝玉之所以挨老子痛扁，罪状为“在外流荡优伶，表赠私物；在家荒疏学业，逼淫母婢”。就这位年轻公子而言，在成长期间，这种性意识萌动的表现，比之贾赦、贾珍、贾琏之流的滥淫，比之茗烟按住小丫头干警幻仙子所授之事的荒唐，真是算不得什么。贾母，是位绝对明白的老封君，早参悟出来，哪个男人不偷鸡摸狗？贾政者，“假正”也，却小题大做，上纲上线，一上来就将此事的性质，定作敌我矛盾处理，大有不杀不足以平民愤之意。

就像有些人一到搞运动的时候，马上来了精神，马上亢奋不已，贾政也是充满了敌情观点，意志坚定无比，嗓门提高八度，喝令他的随从小厮：“给我狠狠地打！”

“小厮们不敢违，只得将宝玉按在凳上，举起大板，打了十来下”，“贾政还嫌打得轻，一脚踢开掌板的，自己夺过板子来，咬着牙狠命盖了三四十下”，等到王夫人来了以后，“更加火上浇油，那板子

越下去得又狠又快”，甚至咆哮着，要用绳索勒死这个孽障，说着也真的动起手来。也许政老爷很少有表现自身价值的机会，好容易捞到这一回，所以，一下子就过火、过分了。

贾政情不自禁地亲自掌板，打他儿子，就会让人想到朱皇帝在金銮殿上亲自操刀，施暴臣下。看起来，这两位都属于长期处于弱势状态之下精神压抑的那一类人。所以，一遇机会，逆反心理，加上报复欲望，便按捺不住地要爆发出来。如果研究一下贾政在这个大家庭里扮演了一个什么样的角色，便知道他的这股无名毒火从何而来。地位尊崇，不过牌位；名义当家，实际傀儡；做官一任，差点革职；为文一生，狗屁不成。这样一种尴尬状态，他内心能够安宁吗？

年轻人办诗社，宁肯邀大字不识几个的王熙凤当监社御史，也不让他来指导指导，连空衔顾问也不给他；大观园题匾额，按说是他一次露脸的机会，可才思匮乏的他，一无佳联，二怕出丑，不得不任由着他儿子着实狂了一回，享足风光，能不让政老爷子受刺激。因此，他恨处处事事抢了他风头的贾宝玉，一见他就像仇人似的。

而且，他儿子活得痛快，过得舒坦，想躺想卧，悉听君便。他呢，却要一天到晚，一本正经坐在那里，做灶王爷状。他儿子的周围，尽是一些年轻貌美的女孩子，倚红偎翠，履舄交错，好不滋润。他呢，却只有一个歪瓜裂枣的赵姨娘，味同嚼蜡，索然无味。满府里，从老太太起，到小丫环小厮，谁不把贾宝玉当成宠儿，看作明星。这小子不论走到哪里，都受欢迎，连北静王也成为热烈的追星族。他只有枯坐在书房里，饱受凄冷，这种被摒弃在主流以外的失落感，怎么能不让他严重失衡呢？

这回好了，女婢投井，王府讨人，环三告密，血口喷人，得到这样一个有把的烧饼，能不抓起板子将宝玉往死里打吗？我们知道，所有借机泄愤者，都会找到冠冕堂皇的说辞。贾政口口声声，替天行道，也说明他有见不得人的心虚，否则就不会威胁下人，谁传消息出去，就跟谁算账。所以，贾政说，不能等酿成将来有一天杀父弑君才管，不过是幌子，一心报复，才是他的真实思想。

老子出了气，儿子受了罪，“只见他面白气弱，底下穿着一件绿纱小衣，一片皆是血渍。禁不住解下汗巾去，由臀看至腿胫，或青或紫，或整或破，竟无一点好处。”贾宝玉挑逗金钏，私藏琪官，为这些发自于性萌动行为，付出了苦楚的代价。

这顿肉刑，贾政的宣泄，只是痛快了片刻，从此，却败在他儿子面前，再也管不了他。而贾宝玉，痛苦一时，得到了更多的自由。这一打，宝玉成了千呵万护的大众情人。整个贾府，上上下下，男男女女，都围着贾宝玉转。慰问团一拨一拨，志愿者一批一批，想吃什么就做什么，想要什么就有什么，点着名让姐姐妹妹过来陪他，真是好不得意。而贾政，惨透了，先跪下来忏悔，后向老太太求饶，终于被逐出现场，栽了很大的面子以后，只好灰溜溜地躲在书房里，连头也不敢伸出来。

老太太怕他反攻倒算，甚至下了道死命令：“以后老爷要叫宝玉，就回他说，我说了，一则打重了，得着实将养几个月才走得；二则他的星宿不利，祭了星不见外人，过了八月才许出二门。”政老爷子发动的这次重建权威的内战，本以为能挽回自己的精神颓势，再振雄风，结果，他倒像被打了屁股似的，灰头灰脸，丢盔卸甲，落荒而逃，以彻底失败告终。那位臀部留有棒疮疤痕的公子哥儿，却获得了前所未有的大自由、大自在。

在这个温馨甜蜜、迷恋陶醉的温柔乡里，贾宝玉“不觉大畅，将疼痛早丢在九霄云外”。他忍不住思索，倘非这顿屁股，能获得这种“大畅”的感觉么？“我不过挨了几下打，她们一个个就有这些怜惜悲感之态露出，令人可玩可观，可怜可敬。倘若我一时竟遭殃横死，她们还不知是何等悲感呢！既有她们这样，我便一时死了，得她们如此，一生事业纵然尽付东流，亦无足叹息，冥冥之中若不怡然自得，亦可谓糊涂鬼祟矣！”

看来，这一次贾宝玉的打屁股，倒应了毛泽东的“好事变坏事，坏事变好事”的话。听贾宝玉这番内心独白，他不但不觉被打之羞，被打之痛，甚至也不觉人格被侮、尊严受辱，整个心灵受到戕害。适得其反，而是深深感到了这顿屁股打得好，打得太好，因为给他带来“大畅”的感觉。

像这样打出来一身贱骨头“求大畅”者，还不止贾宝玉呢！话题又绕回到《明史》上来，为什么那时有这些被廷杖的士人，除去帝王的昏庸暴虐、权臣的刚愎自用，各种政治势力的较量等等因素外，中国知识分子那种名垂青史的虚荣感，甘愿冒天威以坚持道德名教、纲常伦理自任，受刑惩而得大名节，也是使廷杖滥施的原因。因反对张居正夺情不守父丧，吴中行、赵用贤等五人多次上书，最后一起受杖，时称“五贤”。而领袖人物吴、赵二人，竟成为举世景仰的“一时之直”。这些人“虽见辱殿廷，而朝绅视之，有若登仙”。看来，受廷杖，得令誉，屁股的支离破碎，赢得了身前身后之名，比之贾宝玉的“大畅”，又高上几个层次，何乐而不被人打屁股呢！

正是他们被杖后抬出长安门外，一路上被人礼拜的，那通身笼罩在光环之中的圣徒形象，使得有些士人也想达到这种至高无上的境界，不惜生命，抵死上奏，触犯天颜，以求得一杖。中国知识分子，在这种打屁股成风的年代里，心灵的扭曲程度，已很难以正常人视之了。而尤为反常的，是那位受杖的领袖人物赵用贤，更把这种靠屁股挨打来邀名节的游戏推向极致。此公“体素肥”，想来是个胖子，膘壮肉厚，脂肪丰富，那重量级的臀部，自然要比骨瘦如柴者经打些。他与吴中行，同样被“杖六十”，刑毕，吴中行当时就“气绝”了。他虽“肉溃落如掌”，但还有口气，就在这奄奄一息之际，让他的妻子将屁股上那坨打烂尚未掉的肉，割下来，“腊而藏之”。

将自己屁股上的肉悬挂在屋梁上，令其风干，当成大名节的纪念，这种以展览耻辱而自鸣得意的病态心理，真是令人匪夷所思。这块史称之为“人腊”的臀肉，从此自然是镇宅的圣器，传之后世的吉祥物了。每当拿出来炫示、展现、玩味、品鉴时，我想赵用贤御史的脸上，便涌上幸福的光芒，忍不住额手称庆，感谢这顿廷杖，才有这块“人腊”。他捧着这块说不定有点臭烘烘气味的肉干，看到的是一份名声、一份荣光、一份资本，更是一份他向往的不朽碑石。

好啊，这屁股打得好啊！他会这样给自己喝一声彩的。

但是，后人读《明史》至此，对他这块风干人肉，恐怕就不免觉得恶心。中国文人的丑陋，就在于撅了屁股挨打以后，还如数家珍地加以炫耀。这恐怕是最没面子的事情了。

明朝已远去，时下又如何？近年来的时尚，以总结历史教训的名义，避免重蹈覆辙的理由，许多人来不及地写了许多东西，当然是大好事。但其中有些篇什，恕我不敬地讲，像赵用贤那样，一份炫示之、演义之，时不时地像珍宝一样地展览之、歌颂之，也是想把臭兮兮的货色，当作香喷喷的东西出售，为自己那一份不怎么样的过去涂脂抹粉，不知该怎么打扮得更正确才好。

“士”阶层的怯懦、软弱、苟且、偷生，也是助长这些痞子皇帝肆意妄为的因素。同样，“文革”期间，那些痞子先锋所以敢如此为非作歹，也是吃准了知识分子的软弱。先生们、女士们，可以“罔顾左右而言他”，千万别瞎编。拜托了。

要是看到坊间现在正流行的忆旧之作，反思之篇，一些名公，也有效赵用贤那样，拿自己“五七”“反右”、十年“文革”的“人腊”，招摇过市，冀获声名者，多少觉得有些反胃。也许历史这东西，如李白诗“抽刀断水水更流”所云，无论好的、坏的、不好不坏的传统，是有其承继性和延续性，那也是没有办法的事。不过，对这类新的丑陋，就留待后人，在新的《屁股的功能》中去写吧！我这里，用一句北京土话来形容，只是“卖羊头肉的，不过细盐（言）”地提个醒罢了。

顺便说一句，这组器官功能的系列文字，已经写到这个不雅的部位，看来也是应该告一段落的时候了。

于是，就此打住，并谢谢各位赏脸！